濱地健三郎の幽たる事件簿

有栖川有栖

角川文庫
23492

目次

ホームに佇む

通過する新幹線を見上げた。

車窓は青みがかっているが、乗客の一人一人の顔はどうにか判る。

——いないや。

あの人はこの列車にも乗っていないようで、がっかりする。この前、目が合ったのは五日前のこと。この次は、いつ出会えるのかは判らない。

——もし、会えなかったら？

考えたくもないことだが、あり得る。相手がどこの誰かも自分は知らないのだ。会えたとして、どうなるというのか？　新幹線の窓から飛び降りて、ここに助けにきてくれるわけもない。おかしな子が立っているな、とぐらいにしか向こうは思っていないだろう。

心細さにはだいぶ慣れてきたが、それでも日が暮れてくると淋（さび）しくてたまらなくなる。プラットホームには家路に就く人たちの姿が増え、ラッシュアワーになろうとしていた。父や母が迎えにきてくれるのでは、という期待をするのは、悲しくなるからやめた。

東京駅を出た新幹線が、また近づいてくる。これに乗っていないだろうか、と目を凝らしかけたところで、京浜東北線の電車が入線してきて彼の視界を遮った。

「先生、いらしたようです」

窓から外を窺った志摩ユリエが言うと、ボスの濱地健三郎は机上のランプスタンドを乾いた布で拭う手を止め、「ああ、そう」と返す。さる事件を解決した謝礼として受け取ったエミール・ガレ作のもので、赤や緑の色ガラスをまぶした笠が美しい。

「ちょっと、ためらっているみたい。うちにくる依頼人さんにはよくあることですけれどね。予約なさった二時までまだ一分あるから、几帳面に時間調整をしているのかなぁ」

「志摩君、窓から離れた方がいい。依頼人が二階を見上げたら目が合って、お互いにバツが悪くなるよ」

ボスは布を抽斗にしまい、オールバックの髪を撫で上げながら忠告する。

「そうですね。——あ、きます」

スーツ姿が動いた。階段を上る音が近づいてきて、チャイムが鳴る。ユリエはドアを開き、口元に笑みを作って迎えた。

「昨日、お電話をいただいた吉竹様ですね？　お待ちしていました。どうぞ」

半身になって事務所の中に招くと、左手にブリーフケースを提げた来訪者は「失礼します」と頭を下げた。三十代前半に見える細身の男性で、常ならざる相談事にやってきたのだから当然ながら表情が硬い。右手を腹部に当てていることに格別の意味はないのかもしれないが、緊張と不安がもたらす神経性の胃痛に耐えているようにも見えた。

「濱地健三郎です」

ボスは短く言って、〈心霊探偵〉と記された名刺を差し出す。依頼人は両手で押しいただいてから、自分の名刺を返そうとしてまごつく。

「あれ、違うな。こっちだったかな？」

上着やズボンのポケットにものを入れてしまうタイプのようで、名刺入れを取り出すのに焦っていた。ようやく名刺交換が完了したところで、あらためて濱地からもらったものを見て唸る。

「心霊探偵……。こんな変わった肩書の名刺を頂戴したのは初めてです。噂は本当だったんですね」

「どこでどんな噂をお聞きになったんですか？――お答えいただく前にどうぞ。そちらにお掛けください」

濱地は応接スペースのソファを勧め、真向かいに自分も腰を下ろす。ユリエは、コーヒーを淹れながら二人のやりとりに耳を傾けた。彼女が受けた昨日の電話でも、吉竹は少し言いにくそうに「濱地先生のお噂を聞いて」と話していた。

「ひょんなことから知ったんです。先日、日本橋のショットバーにふらりと入ってカウンターで独り飲んでいたら、隅っこの席にいた年配の男性二人が、ぼそぼそとしゃべっているのが聞こえまして」

密談のごとく話しているのがかえって気になり、グラスを傾けながら耳を澄ませていると、こんな会話だったという。

——そんな具合でね、インチキじゃないかと半信半疑で相談に行ったら、すっきり解決してくれたんだ。俺は幽霊だの祟りだのこれっぽっちも信じていなかったけれど、宗旨替えするしかなかったよ。

——ふーん、世の中には不思議なこともあるもんだなぁ。そのハマジ先生とやらは、おかしな宗教に勧誘したりしなかったか？

——違う、そんなんじゃない。あの先生は探偵なんだよ。南新宿のくたびれたビルの二階に小さな事務所を構えている。インターネットで検索してもウェブサイトは出てこないんだが。

「すみません。『くたびれたビル』だなんて」

吉竹は失言を詫びたが、そんなことで気分を害する濱地ではない。

「かまいませんよ。その調子で、わたしの前では事実をありのまま正確に話してください。――これはアシスタントの志摩君です」

濱地に紹介されてユリエも依頼人と名刺を交換する。もらった名刺には、〈株式会社リリックフーズ・営業企画室係長　吉竹創〉とあった。〈抒情的な食品〉とは風変わりな会社名だ。住所は名古屋市になっている。昨日の電話によると依頼人は名古屋在住で、東京出張のさなかに時間をやりくりして、ここへ相談にやってきたらしい。

「つまり、ふらりと入ったバーで心霊現象を専門に扱う探偵の存在をたまたま知った、というわけですか」

「はい。バーの会話の中で語呂合わせになっているこちらの電話番号が出てきたので、それを記憶して、昨日、お電話を」

「半信半疑で、ですね？」

「いやぁ」と吉竹は困った顔になる。「わたしは正しい場所にこられたようです。先生からいただいたお名刺にはちゃんと〈心霊探偵〉とあるし……バーで聞いたとおりです。濱地先生は年齢不詳の紳士。そして、若くて美人でスタイルのいいアシスタントがいる。あの、わたし、ありのまま正確に話しています」

ユリエは表情を変えず、無言のままわずかに頭を下げた。正直なところ悪い気はしないし、紳士と評された濱地も同様であろうと想像する。年齢不詳と言われたことについては、当人がよく承知しているはずだ。このボスのもとで働くようになってから半年以上が経つが、身近にいても自分よりひと回り上の三十代半ばなのか五十路に手が届いているのかさえ見当がつかないのだ。古い映画から抜け出してきたような浮世離れした雰囲気をまとい、ミステリアスと言うよりない。

「わたし、ここにきてよかったんですね？」

吉竹の問いに、探偵はにこやかに応じる。

「もちろんです。わたしはプロの探偵だから拒む理由などないのに、何故そんなふうにお考えになるんでしょう？　きてもらいたくないのならば、昨日の電話ではっきりとお断わりしましたよ」

「本当は紹介状が要るのかと思っていました」

バーにいた男は、「そんな探偵がいることは、よそでは話さないでくれ。興味本位の客が押し寄せたりしたら濱地先生が迷惑する」と真剣な顔で語っていたのだそうだ。

「そんな会話を洩れ聞いたのは、天の配剤とお考えください。この事務所は〈一見さんお断わり〉のお茶屋ではありません。わたしがご相談に乗ったことがある方に紹介された方以外に、あなたのような形でたどり着く方が珍しくないのです」

「不思議ですね。失礼ですが、そんなことでやっていけるんですか？」

「やっていけるんですよ。不思議ですねぇ、世の中というのは。どういう仕組みで動いているのだか」

それは日頃から思っていることなので、ユリエはこっそり頷いた。

「前置きはこのへんにして、あなたのご相談について伺いましょう。拝察するに、何かを怖がっておいでのようですが」

濱地の声は穏やかで、口調は羽根で掃くようにソフトだ。ふだんからこんな感じではあるが、ここでは聞き手としての技巧を弄しているのだろう。吉竹創の答えは意外なものだった。

「先生のおっしゃるとおり、わたしには怖いものがあります。有楽町駅です」

「有楽町駅ぃ」思わずユリエは訊き返してしまった。「――ですか？」

吉竹は彼女の方を向く。

「はい、JRの有楽町駅です。恐ろしくて電車で通過することもできません。もしもJRで東京駅から品川方面に行かなくてはならないとしたら、中央線に乗って新宿経由にするでしょう。……まぁ、わたしが東京に出張してきた際は、日本橋界隈で仕事がすむので実際に困ったことはまだないんですけれど」

特定の駅が怖いなどというのは何かの強迫観念だろうから、心霊探偵より心療内科の門を叩（たた）くべきだろう、とユリエが思ったところで、依頼人は説明を補足する。

「有楽町の駅自体が怖いというのではなく、あの駅に出現するあるものが恐ろしいんです。おそらくこの世のものではありません」

濱地はコーヒーをひと口、いとも優雅に飲んで小さな吐息をつく。気取っているわけではなく、相手を落ち着かせるために間を取っているのだ。

「どういう事態があなたを悩ませているのか、くわしく話していただきましょう。ことの発端から順を追ってお願いします」

　促されて、吉竹創は語りだす。

　ここ二カ月ほど、名古屋から東京へ頻繁にきています。わたしが勤めている〈リリックフーズ〉という会社は輸入食材の取り扱いから調理器具の販売、クッキング・スクール、レストランの経営まで手広くやっておりまして、先月の初めに初めて東京に創作料理のレストランをオープンさせました。場所は日本橋で、これが首都圏での一号店となります。その店の成績が期待をかなり下回っているため、営業部とともに予算未達の原因を調査・分析しています。そのため、オープン後も新規店舗の企画・開発を担当しているわたしが出張する機会が多くなっているわけです。たいていは慌ただしく日帰りをしますけれど、一泊することもあります。店長との面談が長引いて、うっかり最終の新幹線に乗り遅れてしまったことも。昔からそそっかしくて、いけません。

名古屋と東京……というより名古屋と日本橋を行ったり来たりするばかり。泊まりがけになる時のホテルも日本橋界隈で取っていましたから、出張族にはよくあることながら敷かれたレールの上を往復しているみたいなものです。

だったら有楽町なんてまるで縁がないじゃないか、と不審に思われるでしょうね。ええ、わたしはあの駅を利用することはおろか通過する機会もありませんが、そのすぐ横を通ることはあります。新幹線と在来線の線路が、田町（たまち）あたりから東京駅までぴたりと寄り添っているためです。特に有楽町駅では距離が近いし、列車は速度を落とす。

だから……視（み）えてしまったんです。この世のものではない何かが。

最初にそれに気づいたのは、えーと、手帳を見ながらしゃべらせてください。――九月二十日、朝8時2分に名古屋を出発する〈のぞみ〉に乗っての出張がありました。東京駅着は9時43分。わたしは真ん中あたりの車両のE席に座っていました。上り列車の進行方向に向かって左側、二つ並んだシートの窓側。窓側が好きなので、新幹線ではいつもE席の指定を取ります。

品川駅を出たあたりで使っていたパソコンを終了させ、下車する支度をしながら何気なく窓の外を見た時のことです。有楽町駅のホームに、真っ赤な野球帽をかぶった男の子が立っているのに目が行きました。広島カープの帽子か。最近のカープは強いから東京の子供にもファンがいるんだろうか、広島方面から遊びにきた子供だろうか、なんて思った覚えがあります。その子と視線が合ったような気もするんですけれど……終点の間際でスピードが落ちているとはいえ、向こうの姿はあっと言う間に車窓を流れ去ってしまいますから、目が合ったというのは錯覚かもしれません。これが、ことの始まりです。

その日の帰り。わたしはやはりE席に掛け、駅弁をどのタイミングで食べようかと考えながら車窓を見ていたら、有楽町駅のホームにまた赤い野球帽の男の子がいた。時間は手帳に控えていませんが、午後七時半ぐらいに東京駅を出る列車でした。通勤帰りの人でホームが込み合う中、小学生がぽつんと立っていたんですから場違いで、けっこう目立ちます。行きと帰りで同じ子供を見掛けるというのも、かなり確率の低い偶然です。おかしな感じがしました。

この世のものではない何かとは、その子供です。あれは何なんでしょう?

十月三日にも日帰りの出張をしました。乗ったのは行きも帰りも前回と同じような時間の〈のぞみ〉です。あの赤い野球帽の子供をまた見るのではないか、という予感めいたものがあったため、有楽町駅の横を通過する際ホームに注目していたら、本当にいました。立っている場所はやはり新幹線に近いホームの端で、しかも、はっきりこちらを見ていたんです。

これは変だ、おかしい、と気になって仕方がなくなり、午後八時前の帰りの新幹線から見てみると、朝と同じように立っていたので、ぞっとしました。向こうがわたしを見ているらしいのも無気味です。

単なる偶然だと思っても、気休めになりません。だって、極端な偶然というものはそれ自体が恐ろしいじゃないですか。意味があっても、なくても。

同じ子供だったのかどうか、赤い野球帽をかぶった別の子だったのではないか、と疑いもしたのですが、そうではないことが判っていきます。

翌週の十月十日にも東京に行くことになったので、「まさか、また立っていたりはしないだろう。そうでないことを確かめよう」と思い、有楽町駅のホームを見たら、ちゃんといたんです。車窓からその子までは、距離にして十数メートルしか離れていない。だから、神経を集中させれば男の子の顔や表情、服装などもかろうじて判るようになったんです。

わたし、スポーツで鍛えたわけでもないのにとても動体視力がいいんです。そのせいもあって視えてしまうのかもしれません。

背恰好(せかっこう)からして小学校の三、四年生ぐらい。十歳になるかならず、といったあたりでしょう。これといった特徴はなく、やや平坦な顔立ちの子なんですけれど、表情は独特です。淋しげというか、それを通り越して悲しげというか、希望をなくしたような目をして、わずかに口を開けているんですよ。何かを訴えているようでもあり、それすら諦めているようでもあり、見る者を不安にさせる顔です。

赤い野球帽には広島カープのCのロゴではなく、別の模様が入っているようでした。黒っぽいTシャツの上に白い半袖のシャツを重ね着していて、下はネイビーの半ズボン。この季節には似合わない薄着です。

いくら目を凝らしていても、一瞬のことなのでそれ以上のことは観察できません。その子からは言葉で説明できない奇怪な気配が立ち上っていて、まわりとは別の空間に存在しているみたいに思えます。たとえば……幽霊。

ここでは、幽霊と口にするのをためらわなくてもよかったんでしたね。正体の判らない幽霊めいたものを、わたしは子供時代からたまに視ているんです。そして、幽霊のようなものを視てしまうと、しばらくしてから身辺によくないことが起きました。祖母が死ぬとか、体育の授業中に腕を骨折するとか、父に重い病気が見つかるとか……。今回もよくないことの前触れではないか、と考えてしまいます。

その時の出張では東京に泊まり、翌十一日の午後一時台の帰りの列車からもその子を視たので、わたしは取り憑かれてしまったようです。恐ろしいのですが、新幹線が有楽町駅の横を通過する時には、どうしても車窓に目がいってしまうし、反対側の席に座る気にもなりません。何故だか見なくてはいけない気もするからです。

有楽町駅に立っている子供がこの世のものかどうかを確かめるため、実験をしてみることにしました。といっても、有楽町駅まで出向いたわけではありません。ある時、営業部の者と一緒に東京へ出張することになったので、彼にも視えるかどうかを試してみたんです。

「新幹線を間近に見られるホームの端に立って、新幹線を眺めている赤い帽子の男の子を有楽町駅でよく見かける。電車の写真を撮っているふうでもないし、あれは何をしているんだろうな。今日もいるかもしれない」などと下手な作り話で興味を引き、車窓をよく見ているように言ったら……。どうせそうなるだろうと予想したとおり、彼には何も視えませんでした。あれがこの世のものでないことは証明された、と思います。

物的証拠だってあるんです。その時にわたし、スマートフォンで駅のホームをビデオ録画してみたんですが、間違いなくいたはずの男の子が映っていない。再生したら丸っきり怪談なので、笑いそうになりました。

不可解なことは、まだあります。昨日になってわたし、その子が着ているTシャツの胸にプリントされている文字をやっと読むことができたんです。たったひと文字。

漢字の〈死〉です。しかも、それが炎に包まれているようにデザインされていました。「あんた、もうすぐ死ぬよ」というメッセージに思えてなりません。何故、見たこともない男の子がメッセンジャーとなり、有楽町駅のホームの端に立つのか、さっぱり判りませんが。

子供の頃からおかしなものを視ることがあり、それを不吉な前兆として恐れているくせに、そんなことを軽々しく話す人間によくない印象を抱いています。何と言うか……軽率に感じるんです。だから親しい友人に「どう思う？」と相談することもできない。独り身の独り暮らしなので、家族にそっと打ち明けることもできない。悶々と して過ごしていたところ、さっき申したとおり濱地先生のお噂を行きずりのバーで聞き及び、ご相談にきた次第です。

メモを取りながら聞いていたユリエは、吉竹の話に区切りがついたところで腰を上げ、自分の机からタブレット端末とスケッチブックを取って戻った。ボスは有楽町駅の構内がどうなっているのか知りたがり、依頼人が視るものを絵にしたがるだろう、と指示を先読みしたのだ。

そんなユリエの予測に反して、探偵は吉竹の過去の霊的な体験について尋ねる。依頼人は、はきはきと答えた。

「『あれは何だったんだろう？』という曖昧なものを除くと、いるはずのない人間を視たことが人生で三度あります。学芸会の時に舞台袖で出番を待っていたら幕の陰に知らない子供が立っていたり、キャンプに行って川岸の岩場に若い女の人が蹲っているのを視たり。その人は、とてもではないけれど人間が立ち入れないような場所にいたんです。二階の部屋の窓の向こうをお爺さんが悠然と横切ったこともあります。『ああ、人間じゃないな』とひと目で判りました」

濱地は膝の上で手を組み、さらに問う。

「その者たちが、いるはずのない場所にいたから、ですか？」

「はい。それに、何か様子がちぐはぐなんです。着ているものがまるで時季はずれだったりして」

「有楽町駅のホームであなたが視る少年の服装についても『この季節には似合わない薄着』とおっしゃっていましたね」

「十月半ばを過ぎて半袖のシャツとTシャツの重ね着に半ズボンというのは、天気のいい昼間でも肌寒いでしょう。日が暮れた後でもその恰好というのは変です」

「しかも、いつも同じ服装」

「はい。そして、Tシャツの胸には〈死〉――です」

「その少年を新幹線の車窓以外から見掛けたことは？」

「ありません。わたし、その子が駅から抜け出して、行く先々に姿を現わしたらどうしよう、と心配していたんです。けれど、幸いそういうことは起きてません」

「今のところは、ね」

「先生、嫌なことを言わないでくださいよ。外を歩くのも家に帰るのも怖くなるじゃないですか」

「失礼」と軽く詫びてから、濱地はユリエに言う。

「駅のホームがどうなっているのか見たいな」

「こうなっています」

すでに構内図をタブレットの画面に呼び出していた。それを吉竹に示しながら、探偵は少年がどこに立っていたのかを確認する。最初に見掛けた時に立っていたのは、新幹線から見て手前の3、4番線ホームだ。

「そのホームと新幹線の間には、三本の線路があります。あれは特急や快速が通過する線なのかな」

吉竹は、スマートフォンで録った動画を再生してみせる。車窓とホームの距離がどんなものなのかが摑めた。

「あのぅ……先生。調査をお引き受けいただけるんですね？」

「わたしが手掛けるべき案件のようです」

依頼人は胸を撫で下ろす仕草をしてから、なおも暗い声で問う。

「わたしが視た男の子の正体は何なんでしょうか？　よからぬメッセージだとしても、自分と縁も所縁（ゆかり）もない有楽町の駅に現われるのが理解できないんですが」

「よからぬメッセージを伝えるために立っているかどうか、まだ判断できません。たとえば、何事かを訴えたがっている霊が、たまたま通過する新幹線に霊視の能力を持つあなたを見つけたので、すがりつこうとしているのかもしれない」

吉竹は納得しなかった。朝から深夜まで大勢の人間が有楽町駅のホームに立つし、電車に乗ったまま通過する者の数は夥（おびただ）しい。月に何度か新幹線で通り過ぎる自分にすがろうとするのはおかしい、という理屈はユリエにも首肯できたし、濱地も理解していた。

「おっしゃるとおり。少年があなたに目を向けるのには、特別の理由があるのかもしれません。あなたの何かに反応している可能性もある」

「何か……とは？」

「あなたに関するありとあらゆる情報を集めたとしても、それの何に少年が反応しているのかを知るのは困難です。あなた自身がそれに無自覚だったり、忘れていたりする可能性もある。——まあ、有楽町駅に行ってみますよ。わたしなら会えるでしょう」

「お願いします」と依頼人は頭を下げた。

そろそろ出番だな、とユリエがスケッチブックの白紙のページを開くなり、探偵は言った。

「吉竹さん。あなたが視る謎の少年を絵に描いてみましょう。心細げな顔をなさらずとも大丈夫。これまでお話を伺ってきたところ、あなたは言語能力が高くて表現力が豊かな方ですし、志摩君はこういう技能に長け、わたしは情報を聞き出すのが得意です」

戸惑いながら依頼人は語りだし、ユリエは「こうですか？」と逐次確認しながら鉛筆を走らせる。少しずつ絵ができていき、吉竹にしか視えないものが可視化されていく。完成するまで二十分を要した。

「淋しそう……」

描き上げた自分の絵を見ながら、ユリエは感想を洩らしたが、〈淋しげというか、それを通り越して悲しげというか、希望をなくしたような目〉という吉竹の表現がより的確に思えた。彼に救いの手を差し伸べることができるのは、濱地をおいて他にいないだろう。

何とかしてあげたいが、胸に大きく書かれた〈死〉が恐ろしげで、関わりを持ってよいものだろうか、とも思う。

吉竹は絵の出来映えについて満足し、「うまいものですね」と再現度の高さに感心してくれた。しかし、それゆえか気味悪そうに絵から視線を逸らす。

「わたしに何か訴えているみたいですが、窓越しに見られるだけでは手を貸してやりようもありません。あの駅のそばを通る際に窓さえ見なければ済む話とはいえ、助けを求めているのなら見捨てるのも薄情ですよね……」

――何とかしてあげましょう。

ユリエは胸の裡で呟いた。依頼人の悩みを払うのが最優先だが、濱地に少年を助けてやってほしい。

「思ったより時間が経っていました」吉竹は腕時計を見て慌てる。「仕事に戻らなくてはなりません。調査料について教えてください。着手金がお入り用でしたら、その額も」

濱地が説明している間、ユリエは少年の絵をじっと見つめていた。

依頼人が帰った後、二杯目のコーヒーを飲みながらボスは指示を飛ばす。

「この夏頃から、有楽町駅で小学生の男の子が巻き込まれた事件や事故がないか、ざっと調べてくれるかな」

「今年の夏以降でいいんですか？　吉竹さんに視えたのはこの秋からですけれど、その子はもっと前から有楽町駅にいた可能性もあります」

「今年の夏以降でいい。そんな事件や事故は記憶にはないんだが」

ユリエにも覚えがなかったが、ネットで検索してみると一つヒットした。九月十四日に、九歳になる小学三年生の男児が階段から落ちて大怪我をしていたのだ。頭を強く打って意識不明の重体とあるだけで、詳細は不明だ。

「その子の顔写真がニュースに出ていれば、きみが描いた絵と突き合わすことができるんだが」

「残念ながら、ありません。名前は安川コウキ君。コウキは光り輝くと書きます」

「駅の階段で後ろから何者かに突き飛ばされた、というわけでもないんだね？」

「事件性はないようです。どこにもそういうことは書かれていません」

続報がないかと探すと、九月二十日に一つ。クラスメイトが折鶴を作って病院に持って行った、という。安川光輝少年は日暮里在住で、月島のお祖母ちゃんの家に台湾旅行のお土産を持って行こうとして奇禍に遭った、ということも。

「その後に亡くなったとも出てきませんね。もしかしたら、まだ入院しているのかも」

「意識が戻らないまま、ね」

濱地は、カップをそっと受け皿に置く。

「じゃあ先生、有楽町駅に立つ少年というのは、この光輝君の意識が実体化したものなんですか？」

「実体化はしていないが、病床にある肉体から遊離して特殊な人間には視える状態になっているんだろう。現時点では憶測にすぎないけれど」

やはり生身の人間ではなかった、ということか。

「的中していたら、記録的なスピード解決です」

「いいや。その子が駅で迷っているうちは解決ではない。もとの場所に戻してやらないと不憫じゃないか。そのせいで肉体が意識を失ったままなんだ」

少年の身内のことを思うと、居ても立ってもいられない。

「先生、今から有楽町駅に行きましょう。光輝君の魂だか何かを早く体に戻してあげてください。できますよね？　必要なものがあるなら、急いで揃えます」

「特にない。いや、あるけれどわたしは持っている」

「何ですか？」

「さて、何かな」

推理力を試されているらしい。

「うーん、へっぽこアシスタントなので判りません。先生が有楽町駅での事件や事故について調べるのは『今年の夏以降でいい』とおっしゃった根拠も」

「それについては、漫画家を目指していたこともあったんだから、きみの方が気づくと思ったんだけれどね」

ボスは、スケッチブックに描かれた少年の胸を示す。

「これを描く時、吉竹さんは炎の形についても正確を期すべく細かな描写をしただろ。『先が尖(とが)っていて、中ほどが大きく揺らいでいる』という具合に。この炎の特徴的な形に見覚えは?」

「言われてみたら、ありますけれど……」

〈死〉のインパクトが強すぎて、そこまで注意が向いていなかった。

去年から漫画やアニメで子供たちに大人気の『フシわん』のロゴによく似ている。文字のまわりが、こんなふうにめらめらと燃えているのだ。死んでも飼い主のそばを離れない可愛い犬たちの物語で、子供に害をなすものと勇敢に戦うというファンタジーだ。

「あのアニメは、今年になってから海外のテレビでも放映が始まって、世界各国で子供たちの人気を呼んでいる。台湾や中国でのタイトルは『不死狗(フシワン)』というんだ」

卓上メモに書いてみせる。

「先生、なんでそんなことまでご存じなんですか?」

漫画やアニメのオタクだったとは思えない。実は小学生の子供がいるのか、と訊いたら苦笑いが返ってきた。

「妻も子供もいないよ。ただ、その……幽霊が登場するのでね」

それって重度の心霊オタクじゃないですか、と噴き出しそうになったが、ボスは素早く真顔に戻っている。

「そうか。子供が着るTシャツの胸に〈死〉なんて変だと思ったら、台湾旅行で買ったシャツだから〈不死狗〉の〈死〉だけが羽織ったシャツの間から不吉なメッセージみたいに覗いていたわけですか。キャラクターのイラストもシャツで隠れていたんでしょうね」

「とにかく駅に行ってみよう。うまくいけば、依頼人と少年の二人を同時に解放してあげられる」

きみは事務所に残れ、と言われないことに感謝しつつ、ユリエはコートを着た。濱地に比べたらまったく未熟ではあるが、彼女にも霊を視る能力はある。それが吉竹に劣るということはないだろう。

肩を並べて新宿駅に向かい、南口から山手線のホームへ。電車がやってくると、車両の隅に立った。

「小学三年生の時、独りで電車に乗るなんて、わたしにはできませんでした。先生はどうですか?」

「どうだったかな。覚えていない」

「私立の小学校に電車通学している子を駅のホームで見たら、まだ小さいのに偉いなあ、と感心するんです。ちょっと心配にもなりますけれど。――光輝君だって、お父さんやお母さんといっしょだったら事故に遭わなかったかもしれません。独りで電車に乗るなんて、よっぽど早く月島のお祖母ちゃんのところに行きたかったのかなぁ」

「子供というのは、気が逸ると我慢できなくなることがあるからね。ご両親の許可をもらわずに出てしまったのかもしれない」

目黒駅を過ぎる。

「光輝君は日暮里駅から山手線に乗り込んだんですね。目的地が月島ということは……有楽町で地下鉄・有楽町線に乗り換えか。やっぱり小学三年のわたしにはできません。JRからメトロへの乗り換えが無理」

五反田駅を出る際、ホームに立つ人々の姿が車窓を流れていくのを見ているうちに、ユリエはあらためて疑問に思った。

「吉竹さん自身もおっしゃっていたことですけれど、光輝君はどうして新幹線で通り過ぎるだけの人を訴えるような目で見るんでしょうか？　他の人には視えないから、そうするしかないのかもしれないけれど……」

「彼はまだ九歳の子供だよ。他にどうすることもできず、立ち尽くしていたんだろう」

「有楽町の駅に囚われたまま、なす術もなく――ですか?」

「おそらく、その表現は正しい」

品川駅を過ぎ、田町駅の手前で新幹線の高架橋が寄り添ってくると、有楽町駅は近い。ボスに訊きたいことがあったが、ユリエは黙ることにした。まもなく結末が見られそうだから。

電車が2番線ホームに着くと、二人は急いで階段を下り、隣の3、4番線ホームに向かう。はたして赤い帽子の少年は、いた。体を新幹線が通る方に向けて、所在なげに佇んでいる。

生身の人間ではないことだけは、ユリエにも感覚で理解できた。まわりの風景に溶け込んでおらず、仕上がりのよくない合成写真のように見える。駅員も含め周囲の大人たちは誰も彼に注意を払わず、一瞥もくれない。視えていないのだ。

「きみは、ここにいなさい。わたしが話しかける。驚かせると消えていなくなってしまうかもしれないのでね」

「……消えたら大変なことに?」

「あるいは。消え方にもよる」

光輝の生命の灯を吹き消すことになったら、取り返しがつかない。ユリエは頷いて、濱地の背中を見送った。

少年は、見知らぬ男が近づいてくるのに気づいて、そちらに目をやる。怯えとも戸惑いともつかない表情を浮かべて。

濱地が何か言葉を投げたが、声が小さすぎて聴き取れない。少年は頷き、また濱地が話しかけ、少年が短く答え——。

西へ向かう新幹線が通り過ぎていく。こちらに視線を投げている乗客も見受けられたが、どの顔もたちまち去っていった。あの中の誰かに望みを託すなど儚すぎて、ユリエは想像しただけで慄然とする。

体の陰になってよく見えないのだが、ボスは少年に何かを差し出しているようだ。少年はそれを半ズボンのポケットに入れ、こちらに歩きだす。ユリエの存在に驚いた顔をして傍らを過ぎ、駆けだしそうな早足で階段の方へと。

「走っては駄目。ゆっくり気をつけて下りるのよ」

彼女の声は、その耳に届いたかどうか。少年の姿は、階段に差しかかったところで輪郭がにじみ、虚空に消えていった。

「これでよかったんですか?」

振り向いて問うと、探偵は人差し指で小鼻を掻いている。

「最善の措置を講じたつもりだ。迷っていた魂をここから解放してあげることはできたよ。彼は必要としているものを得た」

「それって何なんです？　先生は、あの子のポケットに入るぐらいのものを手渡していましたけれど」

「なんだ、見ていなかったのか。——駅に囚われた者を解放してくれる魔法のアイテムだよ」

ユリエは、ハンドバッグからＩＣカードを取り出した。

「これ……ですか？」

「正解だ。あの子が自分に付きまとわないか、と依頼人は恐れていたけれど、そんなことにはなっていなかっただろう。きみが言ったとおり、光輝君は『有楽町の駅に囚われたまま』だった。切符をなくしたせいで出られなかったんだ。ここへくる前から、そんなことじゃないかと思っていたよ」

話している相手が濱地でなければ、このボスのもとで働いて数々の不思議を目撃していなかったら、一笑に付しただろう。

「もしかして、階段から落ちたのも切符をなくして慌てていたから？」

「少しの会話しか交わしていないけれど、そのようなことを話していたね。どうしよう、どうしよう、と焦ってパニックに陥っていたらしい。『このカードがあれば平気だ。どの駅の改札も通れるから、メトロに乗り換えてお祖母ちゃんちにも行ける』と安心させてあげた」

どうやら一件落着のようだが、一つだけ問題が生じる。

「光輝君にあげたICカードはどうなるんですか？」

濱地は恬淡としている。

「あの子といっしょに消えてしまったね」

「ですよね。先生は、どうやって駅から出るんですか？」

「大人だから半べそをかいたりしない。『新宿から乗ったのですが、切符を落としました』と駅員に申告して、裁定に従うよ。わたしが新宿から乗ったことを、同行者のきみに証言してもらおう」

「そのために連れてきたんですか？」

「いやいや、そんなわけはない。銀座のはずれにケーキがおいしい店がある。そこに行って、今日の仕事は終わりだ」

濱地は破顔してから、東京駅に向かう新幹線を目で追う。

「ポケットにやたらとものを入れる癖は、なかなか直らない。そそっかしいことを自認していた吉竹さんは、子供時代にポケットに手を入れたり出したりしているうちに切符を落とす、という怖い経験をしたのかもしれない。それが光輝君を引き寄せた……というのは推理ですらなく、物語だね」

物語だとしたら、まだ続きがあればいいのに、とユリエは希った。

彼がうっすらと目を開けると、天井の蛍光灯が見えた。自分がどこにいるのか判らないが、ベッドで仰向け（あおむ）けに寝ているらしい。駅のホームではない。

ついさっきまで何かを手にしていた感覚が残っているのに、その何かは消えてしまったようだ。

「意識が戻った！」

女の人が叫ぶ。

あれは誰？

姉は何処（いずこ）

ここらは地盤がしっかりしているので大きな地震はない。

死んだ祖父母や両親だけでなく、土地の者は口を揃えて言っていた。大きな震災のニュースを聞くたびに、自分は幸運なところで暮らしているのだと思っていたのに、ある日、大地が激しく揺れた。

震度五弱。近隣に倒壊した建物はなく、屋根瓦が落下したり墓石が傾いたりといった程度のことで済んだが、彼にとってそれが悲運の始まりだった。

まず、姉が可愛がっていたゴンが消えた。もともと臆病な質だったオス猫は、生まれて初めて経験した揺れに驚き、座敷から庭に飛び出したかと思うと、そのままの勢いで裏の竹藪へと逃げ込んだ。震動していない場所がどこかにあると信じて、必死でそこへたどり着こうとしたのかもしれない。

恐慌をきたしたペットが逃げてしまうのは、大地震で被災した地方のニュースで聞いてはいたが、よもやゴンがそのような形で出奔するとは思ってもいなかった。

「家の裏に逃げただけだから大丈夫だよ。腹がへったら、ニャアと鳴きながら帰ってくるって」

電話で「ああ、どうしよう」と嘆く姉にそう言ったのは、心にもない気休めではない。彼は、本当に楽観していたのだ。

ところが、三日経っても四日経っても、ゴンは戻ってこなかった。五日目にはまとまった雨が降り、電話をかけてきた二つ違いの姉の声は「今頃どこかでずぶ濡れになってる。かわいそうに」と言いながら顫えていた。

そう聞いて、だんだん心配になってきた。ゴンは、たまに姉の家を訪ねて行く彼にもよく懐いていて、胡坐をかいていると膝に丸っこい頭をゴンゴンとぶつけてきた。親愛の念の表現である。それをされるのが大好きだったから、姉は友人からもらった猫をゴンと名付けた。

家の周辺を何度捜しても見つからないので、捜索の範囲を広げている、と姉は言った。近所の人たちにも「ゴンがいなくなったんです」と触れ、情報の提供を求めているそうだ。

姉が独りで住んでいるのは里山の長閑な集落にある実家で、家々は田畑と杉や竹の林に囲まれている。ゴンがどこへ消えたのやら、見当がつけにくい。

「あいつは怖がりだから、遠くには行っていないよ。ちょっと迷ってしまって、がんばって帰ろうとしているところだろう」

こんな彼の言葉も、棘となって姉の胸を刺したらしく、「だったら、こちらから迎えに行ってやらないといけない」と焦燥を募らせてしまった。

「堀田さんも熱心に手伝ってくれているんだけれど」

そう聞いた時、「堀田さんが？」と訊き返してしまった。五百メートルほど離れたところに住んでいる三十代後半の独り者で、その男にはよい印象を持っていなかった。道でばったり会った時、姉を見る目付きにどことなく胡乱なものを感じたからだ。姉は堀田の親切を素直に喜んでいるようだったので、警戒を促したりはしなかったが。

地震の十日後の土曜日に、彼は姉の家に向かった。前夜の電話で「まだ帰らないの」と聞いたきり連絡がなかったので、ゴンはいまだに行方不明なのに違いない。傷心の姉の慰めにはならないだろうと思いつつ、彼女が好きなチーズケーキを手土産に買ってから車を走らせた。

一時間ほどで着く。珍しいことに新聞受けに朝刊が残っていたので、それを取ってからチャイムを鳴らした。返答を待たずに合鍵で玄関を開けて入り、「きたよー」と大声で言ったが、返事がない。勝手に上がり込んでみると、家の中に人の気配がなかった。朝刊をダイニングのテーブルに置き、「姉さん？」と三回呼んだ。

わけあって急に買い物に出たのかもしれない、と思いかけたが、姉の車は外にあった。歩いて近所に行っただけならすぐに戻る。そう思いたかったが、この時からすでに嫌な予感がしていた。

——急用ができたのだとしても、メモぐらいは書いておきそうなものだ。よっぽど慌てていたのかな。

平屋の家の中を見て回り、普段は立ち入らない姉の聖域も覗いてみた。パッチワークキルトを作る作業台の上は整然と片づいていて、昨日の仕事を終えた状態のままに見える。自作を主にインターネットで販売するのを活計としている姉は、「一日の実働時間が短いから」と土曜も日曜もなくキルトを縫っていた。

壁には中間色をうまく使った大小の作品が飾られていて、部屋全体が柔らかな空気に包まれている。とても居心地がいい仕事部屋だ。床には、ゴンのために作ったラグマット。そこにいるべき猫がいないことを、仕事中も淋しがっていたのだろう。

スマートフォンを取り出して、姉にかけてみた。通じない。これぐらいで不安になるのは変だろうか、と自問しながらダイニングの椅子に掛けて三十分待った。

だんだん落ち着かなくなってきて、もう一度、家中を調べてみることにした。そんなところにいたら大変だが、押入れやクロゼットの中も。

「どういうことだ?」

声に出して言って、縁側にへたり込む。玄関が開き、「ごめんごめん」と姉が帰ってくるのを待っていたら、ガサガサと小さな音がして、竹藪の下から茶トラの猫が這い出してきた。

「ゴン！」

顔を含めて全身が土埃で汚れていたが、姉の愛猫なのは間違いない。

「お前、どこへ行ってたんだ？　無断外泊にもほどがあるだろう」

服が汚れるのもかまわず抱き上げると、うれしそうに喉を鳴らす。今までどこで何をしていたのかを説明してもらうことはできないが、どうにもならないわけがあって帰還がこんなに遅れたのかもしれない。

キャットフードを皿に盛ってやると、腹ペコだったらしく立てた尻尾を顫わせながら貪る。怪我や病気をしているふうでもなく、こちらは一件落着だ。

早く姉に伝えようと、また電話をかけてみたのだが、相変わらず〈電波が届かないところにいるか、電源が入っていないためにつながりません〉というアナウンスが流れるだけである。

そうこうしているうちに五時が過ぎ、初秋の日が傾きだす。よからぬ予感はますます強まり、姉が詫びながら帰ってくるか、事情を説明する電話をかけてくることを彼は祈った。

薄暮の時間も過ぎて、裏の竹林が闇に溶けてしまっても玄関のドアは開かず、連絡もない。ふと目が合ったら、ゴンも何か問いたそうな目になっていた。

――俺に訊かれても判らないよ。お前と入れ替わりに姉さんがいなくなったんだ。そっちこそ、何か知ってるんじゃないのか？

声に出さずに反問したら、きっぱり否定するようにニャアと高く鳴いた。

九月十六日。姉は、こうしていなくなった。


夜が更けてから警察に捜索願を出した時は、「三十歳にもなる大人だから」と本気で取り合ってもらえなかったが、翌日になると普通ではない事態と認識してもらえるようになった。警察が反応する前から、彼は近隣で姉について尋ねて回っていたが、「さぁ、知りません」という返事ばかりで、「それはおかしいな。ご心配ですね」と案じてもらった。

堀田は、動揺を隠さなかった。

「ふらっと気紛れにどこかに出て行くような人じゃない。事件か事故に巻き込まれたのかもしれないから、早く警察に動いてもらわないと」

がっちりとした大柄な男が、体格に似合わぬ心細い声を出した。そして、姉を見掛けなかったかと地区内を訊いて回るのに付き合ってくれたのだ。

老親の介護のために戻ってきた姉と同じく、堀田は東京から移り住んできた男だ。

事業に失敗して、しばらく心身を休めるために空いていた家を借りて暮らしているという。姉によると、転居してから半年になるが仕事は何もしておらず、貯えを取り崩して生活しているらしい。道端の立ち話で本人から聞いたのだ、と。

姉を捜すのを親切に手伝ってもらいながら、心境は複雑だった。おかしな下心はなく、姉に対して同じ地区に住む者として親愛の念を持っているから心配してくれているらしいのだが、まだ信じ切れない。

――もしかしたら、姉さんがいなくなったことについて何か知っているんじゃないのか？　それを隠しておきたいから、捜索の様子を探るために俺を見張りたいのかもしれない。

そんな疑念がどうしても頭から払えないのだ。誤解だったら善意の人に失礼極まりないが。つい勘繰ってしまうのは、堀田がいたって無口で何を考えているのか判りづらいタイプのせいもある。

警察が捜査に本腰を入れるようになったのはありがたかったが、竹藪や用水溝を丹念に竿で突くのを見て、嫌な気がした。そうするものなのかもしれないが、姉が死んでいるのが既定のことのように思えてしまい、どうしても胸が痛んだ。

彼は、車で一時間の町にあるマンションには帰らず、無人になった生家に留まった。いつ姉が帰ってくるかも知れないし、ゴンを放っておけなかったからだ。幸いなことに、彼はウェブが主体の広告デザイン会社を友人と経営していたので、在宅で仕事を続けても支障はなかった。

ひと月が経っても、事態は変わらない。

その間に、九月十五日の夜九時半に姉を見掛けた人物が見つかった。隣の地区から息子夫婦宅に遊びにきていた老夫妻で、姉らしい女性が懐中電灯を手に何かを捜すように小川の畔（ほとり）を歩いていた、と証言した。普通であれば外をうろつく時間ではないが、懐中電灯を持っていたことからしてゴンを捜していたとしか思えない。

それを補強する証言もあった。姉が目撃されたあたりでは、最近、野良猫が出没していた。「夜、あのへんを車で通った時に猫が鳴いているのを聞いた」と隣家の主婦も語っていたという。それを聞いた姉は、ゴンではないか、と見に行ったのだろう。「あのへん」は堀田の家からさほど遠くなく、空き家が目立つエリアだ。

――その夜に、姉さんの身に何かよくないことがあったんだ。

彼が最後に姉と話したのは、十五日の夜八時過ぎにかけた電話だった。その後でゴンを捜しに出掛けて、予期せぬことが起きたのだ。それが何なのかを考えたら、碌（ろく）でもないことしか浮かばないのがつらい。

十月二十日の夜。

姉が作ったラグの上で丸まって眠るゴンを見ているうちに彼はじっとしていられな

くなり、懐中電灯を携えてほとんど衝動的に家を出た。時刻は夜の九時二十分。問題の夜、姉はこれぐらいの時間にゴンを捜しに行ったのかもしれない。同じような行動を取れば、見えてくるものがあるのではないか。あまりにも淡い期待を抱いて、彼は暗い道をたどった。

姉は、ゴンの名を呼びながら歩いたのだろう。姉の名を呼んでも叢（くさむら）から応（こた）えてくれるはずもないから、彼は黙ったまま足を運ぶ。夜気が思いのほか冷たくて、もっと厚手の上着を羽織ってくればよかったな、と思う。先月は騒々しいばかりだった虫の声も、めっきり弱々しくなっていた。

涼しげな音が聞こえてきた。六月には蛍が飛ぶ小川のせせらぎだ。幼い頃、両親に連れられて見に行った。捕まえて家に持ち帰りたかったのだが、「飼おうとしても死ぬよ。かわいそうだから、ここで見るだけにしよう」と姉に止められたことを思い出す。

蛍など珍しくもなくなった小学六年生の時。暗くなってから、姉がこっそり家を出るのを目にして、こんな時間にどこへ行くのか、と跡をつけたことがある。何となく気になり、面白がってついて行っただけだ。

姉が向かった先は、蛍が舞う小川だった。岸にしゃがんで、小さな光の点が飛び交うのをぼんやりと眺めていた。あんな顔をして、いったい何を考えているのだろう、と不思議に思ったが、独りきりになりたいようだから邪魔をしてはいけないと感じて、すぐに引き返した。その程度には気が回ったのは、彼も思春期にさしかかっていたからだ。

友だち付き合いで悩んでいたのか、片想いに胸を焦がしていたのか、姉の心中を窺い知ることはできなかったが、あの姿は今も忘れられずにいる。しゃがみ込んだ姉の顔や体をよぎる蛍火の、なんと美しかったことか。黄色く冴えた光に浮かび上がる姉も、その時は神々しく見えた。

その小川に架かった手摺のない橋を渡ると、坂道を少し上り、径がカーブする途中に空き家が一軒ある。無住になって十年以上の民家で、荒れ果てていた。雨風をしのぐために猫が身を寄せそうな場所だから、姉はふらふらとその敷地内に入って行ったのかもしれない。

枯れた庭木が佇む庭は、まわりの木立の陰になって暗い。懐中電灯の光を向けたところで、警察はとうに空き家の中にも立ち入って調べていたから、新しい発見があるはずもない。

踵を返して戻りかけた時。

何故かは判らないが振り返らなくてはならない気分に襲われて、廃墟と化した家の方に向き直る。と、さっきまでなかったものが、そこに出現しつつあった。

空き家の軒下に置かれた庭石の近くに、空中から滲み出すかのごとく青っぽい影が浮かんだ。横たわった人の形をしている。最初は輪郭がぼやけていたが、ほどなく女性であることが判った。ふだん姉がよく着ていたのに似たブラウスとジーンズをまとっている。クロゼットに残っていなかったので、彼女の失踪当時の服装とみなされているものだ。

「……姉さん？」

宙に浮いた影はゆっくりと移動を始め、わずかにこちらを向いた顔が見えるようになる。見間違えようもなく、確かに姉だった。

薄く開いた目はどこにも焦点が合っていないらしく、深い酩酊状態にあるか、眠りに落ちる直前のよう。同じように開きかけた唇は、微かに動けども声は伝わってこない。仰臥した姉の体は、地面と平行にゆるゆると虚空を滑り、彼から五メートルほど隔てたところを通り過ぎて、坂道へと向かっていく。

茫然自失した彼は、立ち尽くしたまま言葉を失っていた。お前は幻覚を見ているのだ、と内なる声がした。

――いや、違う。

幻ならば一瞬で消えてしまいそうなものだが、それはこちらから向こうへと進んでいくではないか。高さ四十センチほどの空中を、彼に観察を促すような速さで。

姉の体は、空き家の敷地から坂道へと出て行く。その頭が、坂の上へ方向を転じかけたところで、理性の呪縛がやっと解けた。

「待って！」

踏み出した足がもつれ、よろめく。それが禍したわけでもないだろうに、坂道を二メートルばかり行ったところで、姉の姿がすっと消えた。

彼は、その場にへたり込んでしまった。たった今、目の当たりにしたものが何なのか咀嚼できない。

ただ、姉の幻影に出会えたことを喜ぶ気持ちはまったく湧いてこなかった。彼が見た姉はわずかに目を開けてはいたが、ほとんど顔に生気がなく、すでに死の領域に足を踏み入れているようにしか思えなかったからだ。

――姉さんは生きていないのかもしれない。

しばらく前から最悪の事態を受け容れる覚悟はしていた。だとしても、どこでどんな最期を遂げたかも判らず、亡骸の所在が知れないままというのは耐えられない。

消えゆく前に、姉の頭は坂道の上へと進みかけていた。坂の先に堀田の家がある。その意味を考えると、どうにも忌まわしいことを想像してしまうが、自分が見たことだけをもって堀田を問い詰めるのは困難だ。「何のことです？」と言われておしまい。

この場を立ち去りがたくて、空き家の周辺を歩き回りながら、どうすればいいのか思案を巡らせたが妙案は浮かばず、再び姉の幻影が現われることもなかった。

その翌日。

彼は同じ時間に空き家に向かい、まったく同じ光景を見た。何度も呼び掛けたが応えはなく、触れようとした右手は姉の体をすり抜けてしまう。そして、ビデオを再生するかのごとく前夜と同様に消えてしまった。

――姉さんの霊魂が何かを伝えようとしているのかもしれない。

そう思うのだが、こちらの問い掛けに応えてくれないどころか、視線も合わないのだから何も読み取れない。弟ならば察してくれ、と言われても不可能である。

警官の手を引いてきて、姉の姿を見せようかと思いかけたが、それこそ無意味だろう。そもそも彼らの目に映るかどうかが怪しいし、視（み）えたとしても捜査の進めようがあるまい。自分以外の人間に視えなかった場合――その公算が大きい――、この男はたった一人の肉親である姉が失踪したショックから精神に変調をきたしたのか、と同情されるのが落ちだろう。

悩んでいるうちに、あることを思い出した。半年ほど前だっただろうか、クライアントの営業マンとの雑談の中で、おかしなことを聞いた。「世の中は広い。オカルトめいた現象を専門にしている探偵がいるそうだ」と。インチキの臭いがぷんぷんするが、今の自分が相談を持ち掛けられるのはそういう存在しかないのではないか。

思い立ってすぐ、その営業マンに委細を伏せてメールを送ってみると、まもなく返信があった。探偵の名前は失念したが、電話番号を知っているという。訊いてみると、語呂合わせになっていて記憶しやすい番号だった。市外局番は03。わざわざ東京から出張してきてくれるだろうか、というのが気懸かりだが。

〈肩書は心霊探偵だってさ。僕の知り合いがお世話になったことがある。胡散臭い人物ではなくて、ちゃんと問題を解決してくれたし、法外な謝礼も要求しない紳士らしいよ。……お姉さんが行方不明だと噂で聞いたけれど、その件で?〉

相手の問いには曖昧に答えておいて、すぐに電話をかけた。

三日後。

どうしても仕事で事務所に出なくてはならない用件があり、午後の早い時間までに急いで処理した。久しぶりに会ったパートナーは彼の頬がこけているのを見逃さず、「ちゃんと食べてる?」と心配してくれた。もちろん、「お姉さんが早く帰ってくるといいね」も忘れない。深く感謝した。

仕事を済ませてから駅に向かい、改札口で濱地健三郎と落ち合う。さすがに勘がいいのか、年恰好が近い男が他にもいたのに、探偵は迷わず「大宅秦一さんですね?」と声を掛けてきた。

会った途端に、彼はどきりとする。

確かに、濱地は紳士然としていた。髪をオールバックに撫でつけ、仕立てのよさそうなスーツに身を包んでいる。年齢は見当がつけにくく、三十代なのか五十に手が届いているのかも不明。おいくつですか、と訊きたくなるのを我慢しなくてはならなかった。

が、彼は探偵の年齢不詳ぶりに驚いたのではない。濱地に同行してきた助手の女性が、はっとするほど姉とよく似ていたのだ。顔立ちはさほどではないが、顔の輪郭やすっきりとした首筋はそっくりだ。髪型もだいたい同じだから、目を細めて見れば姉のコピーに見えるだろう。初対面の挨拶を交わしながらさりげなく吟味すると、だんだん顔立ちも似ているように思えてきた。まるで、六、七年前の姉だ。

差し出された名刺には志摩ユリエとあった。姉は友梨だから、名前の音も似ている。

「どうかなさいましたか？」

落ち着いた声で濱地に訊かれた。彼は思ったままを打ち明ける。

「こちらの志摩さんが、失踪している姉によく似ているんです。雰囲気が似ているだけで、姉は志摩さんほど美人ではありませんけれど」

助手は曖昧に微笑んで、スーツから出た白いブラウスの襟をいじる。

「そうでしたか。あとでお姉さんのお写真を拝見するのが楽しみです」と探偵。

「お会いするなり不躾なことを言ってしまいましたけれど、先生が姉を連れ戻してくれる予兆のような気がします。どうか、よろしくお願いいたします」

近くの喫茶店の落ち着いた席を予約していた。そこへ二人を案内して、姉が消えた経緯と空き家の庭で見たものについて話す。電話であらましは伝えてあったが、より詳細に。姉、大宅友梨の写真を見せると、濱地と志摩から「ほお」「ああ」と声が上がった。

「髪の束ね方だけでなく、長さも染め具合も志摩君とよく似ているね」

「わたしの実のお姉さんっていう感じです」

他人事とは思えなくなってくれたら、秦一としてはありがたい。

語り終えると濱地からいくつも質問が飛んできたが、志摩ユリエは無言でメモを取るだけだった。ベテラン刑事と新米刑事のコンビのようなものか。

「友梨さんに自発的に失踪する理由がないことは、警察も認めているのですね。事件に巻き込まれたのだとすると、突発的なものを想定しているんでしょうか？」

濱地は、さらりと訊いてくる。重い調子であらたまって質されるより、この方がましだ。

「姉は、誰かの恨みを買うような生活はしていませんでした。事件の被害者になったのだとしたら行きずりの犯行だと思います。あるいは、何かを目撃して事件に巻き込まれた。といっても、あの地区は九時ともなるとみんな家に引きこもって、外を歩く人はいなくなるんです」

「当夜、不審な人物や車は？」

「警察の捜査では浮かんでいません。姉に何か起きたのが、その夜だとも決めかねているようです」

「しかし、あなたは確信している」

「はい。あれを視ましたから」

宙に浮かんだ姉の幻のごときものは、毎日決まった時間にしか現われない。時計で正確に計ったら、午後九時五十八分に出現して、三十秒ほどで消える。この時間に意味があるとしか思えない。

「毎日、それは現われるんですね？」

「そうです」

「他の人の目にも視えるんでしょうか？」

「判りません。迂闊に他人にしゃべる気になれなくて、試していないんです」

「あなたは、これまでに霊的なものを視たことがありますか？」

即答が難しかった。妖しげなものを視た経験は二度あるのだが、気のせいだと打ち消して記憶の外へ弾き出していた。

「なくはなさそうですね。たとえば、どんなものを？」

濱地がそう言うので、高校時代に学校帰りのバスから視たものを語った。反対車線にある停留所に、薬局のお婆さんが立っていた。祖母と親しかったので、彼もよく知っていた人だ。ひどく影が薄いように見えたのを訝(いぶか)っているうちに乗っていたバスは角を曲がったが、そこで「あれ？」となった。そのお婆さんは、三日前に亡くなっていたからだ。用事で街に行くために乗ったバスの中で心臓発作を起こして息を引き取ったのは、彼がバス停でお婆さんを視た時刻の少し後だった。

「それぐらいのことですから、自分に特別な霊感が具(そな)わっていると思ったことはありません」

「いいでしょう。今夜、わたしと志摩で確かめます。――友梨さんは、あなたの呼び掛けには応えないんですね？」

「何の反応もしてくれません。ぼくのことが見えず、声も聞こえていないかのようです」

「そんなお姉さんに、あなたは死の気配を感じている。お電話ではそう伺いました」

「こんなことを口にするのは自分でも嫌なんですが、姉はもう生きていないように思えます。当然ですが、一番の望みは生きた姉と再会することです。それがかなわないのなら、どんな最期だったのかを知りたいし、亡骸(なきがら)を見つけて供養してやりたい、と思います」

「心底まで晒してくれましたね。必ずやお力になります。一番の望みがかなうかどうかは、まだ判りません」

安請け合いをしない探偵が、かえって頼もしく感じられた。濱地は「ところで」と口調を改める。

「あなたは、問題の空き家が面した坂道の上に住んでいる堀田さんを怪しんでいるそうですが、その根拠をもう一度お聞きしたい」

理由の第一は、ふだんから姉に〈興味〉を抱いているようだったこと。〈好意〉とは別の不健康な感情を秦一は感知していた。理由の第二は、空き家の庭に浮かぶ姉が坂道の上に向かいかけて消えること。自らの全身を矢印にして、〈この向こうに犯人がいる〉と示しているようにも取れる。

「堀田さんが関与しているとしたら、夜分に猫を捜して回っている友梨さんに彼が不埒なことをしかけた、ということですね。そんなことをしかねない人なんでしょうか？」

「そこまで悪しざまには言いませんけれど……」

仕事もせずにふらふらしているから、色眼鏡で見てしまっている節もある。

「でも、姉が姿を見せるのは堀田さんの家の目と鼻の先です。まるっきり無関係とも思えません」

「だから、彼を突いて様子を探ってみた」

「いえ、そういうわけではなくて、昼間にも姉に会えないかと空き家に行ってみた時、たまたまあの人と出くわしただけです。『何をしているんですか？』と話し掛けてきたのは向こうでした。太陽が頭の上にあるのに、息が酒臭かったな。真っ昼間からよく飲んでいるようです。それはいいとして――」

ここで宙を漂う姉を見掛けたとも言えずに言葉を濁すと、堀田は憐れむような目になった。そして、ここらで猫が鳴いていたことがあるからと姉がゴンを捜しにきたことがあるが、「あれは別の猫ですよ」と答えたら、「そうですか」と言って帰ったことを話してくれた。「姉がこのあたりで猫を捜し回っていたのは夜だったのに、堀田さんは会ったんですか？」と言ったら、「昼間もきていたんですよ」と邪険に言われた。気のせいかもしれないが、自分を早く追い払いたがっているように感じた。

「坂道の道幅はどれぐらい？」

濱地は、現場のイメージをよりくわしく摑もうとしているようだ。

「車が一台、通れるぐらいです。すれ違うだけの幅はありません」

「堀田さんの家は、坂道をどれぐらい上ったところにあるんでしょう？」

「四、五十メートルです」

「他には何もないんですか？」

「坂道を上って左に行くと堀田さんの家で、右に曲がると椎茸の原木栽培をしている稲岡さんという人の家。それだけですね」

「堀田さんと稲岡さんの家は離れている？」

「そこそこ離れていますね。百メートルぐらいはありそうだから、お隣さんという感じでもありません。――実は」

秦一は、椎茸を分けてもらうのを口実に稲岡の家を訪ね、このところの堀田に変わった様子がないかと探っていた。二人暮らしの父親と三十代半ばの娘から話を聞けたが、「別に何もない」とのことだった。

「九月十五日の夜のことも尋ねたかったんですけれど、どうしてそんなことを訊くのかと変に思われると困りますし、稲岡さん親子も愛想のいい人ではないので、気後れしてやめました。調査は専門家の先生にお任せするのがよさそうです」

「無愛想な人のお相手は得意です」

濱地は、口を開くたびに安心させてくれる。勢いで電話をかけたものの、やはり心霊探偵などインチキではないか、と案じていただけにうれしい。もっとも、その手腕のほどはまだ拝見していないが。

気がつくと、志摩ユリエは手帳ではなく小さなスケッチブックを手にしていて、せっせと何かを描いていた。たまたま目が合ったところで、描いていたものを秦一に見せる。

「大宅さんがご覧になったお姉さんは、こういう感じなんですね？」

横になったまま水平に宙に浮いた姉の想像図だった。わずかにこちらを向いた顔は、さっき見せた写真を参考にしたのだろうが、彼女自身にも似ているから自画像のようでもある。細部に違いがあるのは当然のこととして、全体としては秦一が見たものがうまく表現されていた。

「お上手ですね」

「プロになれるほどではありませんが、絵が特技なもので」

なるほど、写真には撮れない幽霊も彼女ならばスケッチできるわけか、と秦一は合点する。そして、どうでもいいことだが、この濱地と志摩は単にボスと部下という間柄なのだろうか、と詮索したくなった。

「両手は体にくっついているように描きましたけれど、これでいいですか？」

「はい。だらんと垂れたりはしていません」

濱地からは別の質問がくる。

「お姉さんの体が坂道の手前で方向を転じる時、どんな動きをしますか？」

そこでボールペンを取り出し、「たとえば」と動かして見せる。

「こんなふうにすーっと弧を描いてカーブしていったのか、頭あるいは足首あたりを支点にして回転していったのか？」

「弧を描く感じでした」

探偵はボールペンを胸のポケットに戻す。

「状況はよく判りました。現地に案内していただきましょう。お姉さんの姿が見られる九時五十八分までだいぶ間がありますが、それまでに色々と調べられるでしょう」

日帰りの調査にはならないので、探偵と助手は姉の家に泊まってもらうことになっていた。


車を走らせること一時間。

まずは家に二人を連れて行き、荷物を置いて身軽になってもらう。濱地の部屋と襖一枚隔てただけの六畳間に通された志摩の反応が気になったが、別の部屋はないんですか、と言われることはなく、ほっとした。他に空いているのは姉の仕事部屋しかないので。

人見知りするゴンが、いつになく客に愛嬌を振りまいて、志摩に「可愛い！」と叫ばせた。後ろ脚で立って彼女の膝にじゃれつこうとするので、まさか姉と間違っているのでは、などと思ってしまう。

ひと息ついてから、濱地に請われて例の空き家に向かうことになった。姉の姿が浮かび上がるまで五時間近くもあったが、下見をしておきたいらしい。

「志摩君、その眼鏡は?」

ファッショナブルな赤いフレームの眼鏡を見て濱地が訊いた。助手は「これですか?」とフレームを指してから答える。

「私が大宅友梨さんとよく似ているようなので、伊達眼鏡で少し印象を変えてみました。ご近所の皆さんが戸惑うといけないので。――いけませんか?」

「かまわないけれど、きみがそんな派手な伊達眼鏡を持ち歩いているとは知らなかった」

「簡易の変装用に。初めて使います」

秦一は、彼女に訊いてみたくなる。

「志摩さんも、霊的なものを視ることができるんですか?」

「先生よりずっと能力は劣りますが、視ます。今回、それがお役に立てればいいんですけれど」

その〈能力〉とやらが自分にも少しはあるのかもしれないと思うと、妙な気がした。

空き家に案内すると、探偵は庭を歩き回って周囲の気配を窺った。表情に変化はなく、澄まし顔のままである。それから、姉の姿がどのあたりで出現してどう消えていくのかを尋ねてくるので、秦一は記憶にあるとおり答えた。

「ここで向きを変えて……こうか」

濱地は坂道の上を見やってから、空き家の庭に戻ってきたかと思えば、またそのあたりをうろつく。やがて、高さ五十センチばかりの庭石にその視線を留めた。秦一が見たところでは、特に変わった点はない。

「これが、どうかしましたか？」

「立派な立石で下の方に生えた苔にいい味わいがありますけれど、その苔の一部が剝がれています。まだ新しい痕跡だ。誰かが磨いているうちに剝がしたかのようだ」

「言われてみれば、そのようにも見えますね。十年来の空き家で、今の持ち主は遠くにいて寄りつかないんですが」

「寄ることがあったとしても、この石だけ手入れするのも妙な話です。わたしは庭石に精通しているわけではありませんが、ありふれた安山岩で値打ちがあるものでもなさそうだ」

石が立っているのは空き家の軒下で、庭のやや奥まったあたり。その位置にとりたてて意味があるようにも思えない。気にするほどのものだろうか、と秦一が眺めていると、濱地と志摩は離れたところで何やら小声で話していた。調査上の打ち合わせなのか、助手は頷きながら聞いている。

「では、堀田さんのところに行ってみましょうか」濱地がこちらに言ってから、「そういうことで、志摩君はここにいてくれ」

「判りました」と助手が答えて残り、秦一は濱地と二人で坂道を上り、左に折れて堀田の家を目指す。聞き込みで情報を集めてから堀田と対面すると思っていたので、濱地のやり方は予想外だった。秦一には心の準備ができていない。

黒い瓦を葺いた小さな家に着いてみると、どこからか猫の声がした。そんなものにかまわず濱地がドアのチャイムを鳴らし、大柄な堀田がぬっと顔を出す。

「いきなり失礼します。わたしは、大宅友梨さんの行方を捜すお手伝いをしている私立探偵で、濱地と申します」

「それはどうも」

堀田は、濱地と秦一に軽く頭を下げた。今日もほんのりと酒気を帯びているようだ。

「友梨さんは、先月十五日の夜にこの近くに猫を捜しにきて、そのまま家に帰らなかった可能性があります。当夜、何かお気づきになったことはありませんか？」

「と言われても、思い出せません。いつもどおりの夜だったから何も覚えていないんでしょう。こんな答えしかできなくて、すみませんね」

堀田は、探偵ではなく秦一に詫びる。

「夜は、いつも家にいらっしゃるんですね？」

「飲み屋もない地区だから、日が暮れたら出歩きませんよ」

「家で飲むのが経済的です。――友梨さんが猫を捜すのを手伝っていらしたそうですが、彼女と話していて何か気になったことなどは？」

「別に。ゴンちゃんのこと以外では、テレビで話題になっているニュースなんかについて少し話したぐらいです」

玄関先で立ち話をしていると、堀田の背後で猫が鳴いた。秦一が反射的に「あれは？」と訊く。

「下の空き家のあたりをうろうろしていた猫に餌をやったら懐いたもんで、家に上げてやったんですよ。飼い主になりかかっています」

「ああ、堀田さんも猫がお好きなんですね。それで友梨さんのお手伝いを」

「まぁ、そんなところです。――ゴンちゃん、元気にしていますか？」

「おかげさまで」と答える秦一の胸中では、もやもやとした感情が渦巻いていた。堀田を積極的に疑う理由は相変わらず見出せないのだが、捨て猫に救いの手を差し伸べる猫好きな男を装い、〈優しくて善良な人〉をアピールしてくるのが逆に怪しくもある。

濱地がどう揺さぶるのかと思ったら、それ以上は大した質問もせず、礼を述べて引き下がる。秦一にすれば物足りなかったが、これは偵察のようなものなのだろう、と理解した。

きた道を戻って、次に無愛想な父娘が椎茸栽培をしている家を訪ねる。応対に出たのは顔のふっくらとした娘で、ここでも玄関先でのやりとりとなった。

「お姉さん、まだ見つからないんですか。心配ですね」

ぶかぶかのニット姿で出てきた彼女はそんな言葉を口にするが、自分にとってはどうでもいいこと、という本心が透けていた。人はそれぞれの生活で忙しいから仕方がないにせよ、いかにも形式的で無造作な口調に秦一は苦笑したくなる。

「この人は？」と濱地を指差して訊くので、探偵は自己紹介をした。相手の反応は「ふぅん」と鈍い。

「九月十五日のことなんですが――」

濱地の質問は巧みだった。あくまでも友梨の行動をたどっているふうを装って、自然な流れで当夜の堀田に不審な動きがなかったかを確かめようとする。だが、彼の尻尾を摑むのは難しく、娘は首筋を搔きながら言う。

「さぁね。独りでお酒でも飲んでたんでしょう。家が離れてるんで、よく知りませんけれどね」

堀田の家では猫が鳴いていたが、この家では小柄な父親が横手からのそりと現われた。カーポートで洗車をしていたのだ。眩しそうな顔をしているのは日差しのせいではなく、夜でも変わらない。娘は明らかに父親似で、身長もほとんど同じだから、二人が並ぶと男女ペアの人形のようになる。

「何かの勧誘？――ああ、また大宅さんか」

「すみません、何度も」と秦一は低頭した。

面倒臭がりながらもわざわざ出てきてくれたが、この父親からも有益な情報は引き出せない。濱地は「そうですか」と言ったところで、にわかに表情を引き締めた。

「ところで」

父親が「は？」と目を細める。

「不躾なことを伺いますが、こちらのお宅で妖しいことが起きてお困りということはありませんか？」

父娘で「は？」と顔をしかめた。

濱地は威厳のある態度を保ちながら付近に妖気が漂っていることを伝え、ここで初めて名刺を出した。心霊探偵の肩書に、二人は目を見開く。父親は、名刺を振りながら質してきた。

「あなた、これ、本当？　幽霊やお化けを調べる専門家？」

「はい。心霊現象の原因の調査から除霊まで執り行っております。お心当たりがないのでしたら幸いですが、もしも気になることが起きましたら、その節は手書きで記した携帯電話の番号までご連絡ください。適切な価格にて迅速に解決いたします。——ちょっとよろしいですか？」

彼は、稲岡親子が了解するよりも早く、椎茸の原木が並んだ敷地内に踏み込むと、きょろきょろと視線を動かした。親子は制止するのも忘れたか、不安げにその様子を見守る。探偵は右手を頭上に翳して、妖気が漂ってくる方向を探っているようだった。やがて振り向いて——。

「何かあったら、急いで報せてください。芽のうちに摘み取れば大丈夫ですが、対応が遅れると非常に恐ろしいことになります。事と次第によっては、夜中でも馳せ参じます」

父親は、不機嫌になって吐き捨てる。

「いきなり訪ねてきて脅すか。とっとと帰ってもらおう」

「非礼は重々承知しています。どうしてもお伝えせずにはいられなかったもので」

濱地は、親子の目を真正面から見据えて丁重に言い、相手を沈黙させた。

稲岡宅を辞してから、秦一は訊かずにいられない。

「先生、あそこで妖気を感じたというのは、どういうことですか？　姉と関係があるんでしょうか？」

探偵は、その返事をはぐらかす。

「確実になったらご説明しますので、それまでお待ちを。わたしの霊的な能力を過大に評価されては失望のもとだからお断わりしておきますが、残念なことに友梨さんの霊がわたしには感じられません。ですから、そのかわりに推理しています」

期待に反することを言いだした。

「感じられないって……先生は、まだ九時五十八分に現われる姉を視ていないじゃないですか。それを視る自信がないんですか？」

「多分、視ることはできるでしょう。しかし、こちらの問い掛けに応えてもらえなければ何も進展しません」

「だから推理ですか。それで姉の居場所は判りそうなんですか？」

「うまくいけば」

空き家まで引き返してみると、志摩はスケッチの最中だった。ちらりと見たところでは、あたりの様子を描いていたらしい。わざわざ絵に描く必要があるのか、と秦一は不可解に感じたが、しばらくは黙って彼らに任せることにした。

九時五十五分。

問題の時間が近づき、秦一は緊張で身を硬くしていた。傍らの濱地は落ち着いたものので、腕時計に目をやろうともしない。さっきまでは口の中で喉飴（のどあめ）を転がしていた。

無言のうちに三分が経ち、姉の姿が虚空から現われた。場所もこれまでどおりだった。

濱地にも視えているのは明らかで、素早くそちらに歩み寄ったかと思うと、「友梨さん」と呼び掛ける。霊能力者の彼でも、やはり会話は成立しないようだ。視えないレールに乗っているかのごとく、姉は所定の軌道をゆっくりと飛ぶ。

出現の二十五秒後、坂道まで出たところで頭がゆっくりと向きを変え始めると、濱地は胸の前で手を合わせた。探偵に倣って、秦一も合掌する。

——ああ、姉さんはこの世にいないんだ。

覚悟していたこととはいえ、消えていく姉を見送りながら胸が潰れる想いがした。もうこの幻にも会えないのではないか、という漠然とした予感も。

「これから何をするんですか？」

問うと、濱地は小さく深呼吸をしてから答える。

「種を蒔きましたから、芽吹きを待つことになります。あまり時間がかからなければよいのですがね」

「先生。姉は、もう生きてはいないんですね。さっき強く感じました」

濱地は、やはり否定してくれなかった。

「残念ながら、わたしもそのように思います。せめて、一刻も早くご遺体の在り処を突き止めてあげたい」

「何が原因だとお考えですか？」

「人為的な死ですが、事故に近かったのかもしれません」

くわしい説明は、まだ聞かせてもらえない。不確定なことを口にできない、と探偵は言う。

「人為的ということは、誰かが関与しているわけですね。先生は、それが堀田さんではなく稲岡さんたちだと？　さっき、あの親子を揺さぶっていらっしゃいました。そうでしょう？　でなければ、いきなり心霊探偵のＰＲを始めるわけがない」

探偵は静かに頷く。

「さっき視たものは、死んだ姉の霊ということですね？　先生は『事故に近かったのかもしれません』とおっしゃいますが、それならそれで自分の身に何があったのかを話してくれてもよさそうなものです。どうして問い掛けても応えてくれないんですか？」

「お姉さんは、事切れる直前に三十秒ばかり意識を取り戻したようだ。その時に残留した思念が、同じ時間に同じ場所に現われるのです。あなたは、時にそういうものを視てしまう人なのかもしれませんね。バスに乗っていて心臓発作で亡くなったお婆さんを視た件もその一例のようです」

「残留した思念にすぎないのだとしたら、体の向きが変わったのは犯人を指し示すメッセージでも何でもない？」

「ええ。しかし、そこから推理を巡らせることはできます」

秦一は、推理の道筋をスキップして結論を知りたがる。

「その結果、姉の遺体は稲岡さんの家の敷地内にあると気づかれたようにお見受けします。先生は、妖気が漂っているとか言ってあたりを見回していました。場所の見当がついたんですね？」

「申し訳ありませんが、わたしは神通自在ではなく、それが探知できるほど特殊な能力を持ち合わせていません。あくまでも推理でしかなく、それが合っているかどうか検証しなくてはならない」

「今それをやっているから、結果が出るのを待つしかないんですね？」

暗い坂道を誰かが下ってくる。一時間ほど前に、秦一が貸した姉の服をまとった志摩だ。月明かりの下、姉その人が歩いてきたのかと思う。

「どうだった？」

ボスが問う。

「うまくやったつもりです」

答える声は上ずっていた。強い緊張からまだ解放されていないようだ。月光に照らされた顔が蒼（あお）い。

濱地は、彼女の両肩に手を置いて、軽く揺する。

「もう済んだから自分に戻るんだ。ここを離れよう」

「あ……はい」

志摩を真ん中にして三人で姉の家に帰りながら、秦一は姉を連れ戻したような錯覚に襲われた。そうであれば、どれだけよかったか。

事態が動いたのは、翌日になってからだった。

濱地探偵事務所の午後三時。

「そっちで飲もう」

コーヒーを淹（い）れて出すと、濱地はカップを手にして応接用のソファに移った。ユリエは自分の分を手に向かい側に腰を下ろして言う。

「大宅さん、お気の毒でしたね。お姉さんはどこかで生きているかもしれない、その居場所を突き止めたい、と祈るような気持ちで先生に依頼をしたと思うんです。それがあんな結末になって……」

口に出してしまってから、慌てて言い直す。

「だけど、先生のおかげでお姉さんのご遺体を見つけることができました。しかも、調査に着手した翌日に解決。さすがです」

　これは追従ではなく本心だ。

「今回は、志摩君の貢献が大きかった。きみがいなければ、どんな手を打つか悩んだだろうね」

「貢献って……胸を張るほどのことはしていません。わたしが友梨さんと似ていたのは偶然にすぎませんから」

「その偶然を最大限に活かして、あの親子の心を動かしたじゃないか。簡単なことではなかった」

　土曜と日曜を挟んであれから五日が経ったが、おかしな気分は完全には抜けていなかった。自分だけで考えたくて、まだ濱地に話していないこともある。

　ボスに命じられたのは、大宅友梨の服を秦一に借り、それを着て彼女の幽霊に扮して、稲岡親子の目に触れること。彼女の死に深く関わっていると思しき親子に衝撃を与え、自白に誘導しようという計略は、ものの見事に成功した。親子は、翌日のうちに警察に出頭してすべてを自供し、埋められた友梨の遺体は日が暮れる前に掘り出され——そこまで確かめてから、濱地と志摩は帰路に就いたのである。友梨の遺体は、古い行李に詰めて稲岡宅の敷地の端に埋められていた。

自供によると、友梨を死に至らしめたのは娘の千浪だった。周囲に知られてはいなかったが、彼女は隣人の堀田に好意を寄せて、日常的に世話を焼いていたという。しかし、堀田はいっかな靡かず、それどころか友梨に懸想をしているのが察せられたから、千浪は大いに不満を託つ。友梨の飼い猫がいなくなると、二人が一緒に捜して回るのを見るにつけ、苦々しくてならなかった。

そんな折に、一方的に恋敵とみなした女が夜分に近くの空き家に猫捜しにやってきたから、わざわざ出向いて行って「堀田さんのこと、あんたはどういうつもりなの？」と詰め寄った。友梨にしてみれば、咄嗟には意味が判らなかったであろう。とぼけた態度に出られたと誤解した千浪は逆上し、さらに激しい言葉を浴びせた上、相手を思い切り突き飛ばす。友梨が転倒したところに庭石があり、後頭部を強打したことが死につながった。

千浪は慌てて家に駆け戻り、父親に相談をする。この時、友梨にはまだ息があったのだから救急車を呼ぶべきだったのに、親子は死んだものと思い込み、起きてしまったことの隠蔽を図った。血痕が付着した庭石をごしごしと洗い、遺体――車に搬入する寸前に友梨は絶命――を車に載せて自宅に帰り、敷地内に埋めたのである。

父も娘も、愚かな上にも愚かだ。ユリエは尋常ではない愚かさへの強い怒りを覚えたが、それを宥めるかのようにボスは、「人間の愚かさの底を、わたしはまだ見ていない」と言った。

秦一は、この急展開に舌を巻いて、濱地に尋ねた。

「先生は、どの時点で真相を見破ったんですか？」

「見破ったのではなく、見当をつけただけですが——」

そう断わってから、探偵は「稲岡親子と対面した瞬間」と答え、依頼人を重ねて驚かせていた。

「あれはカッコよかったですね。『わたしをいつから疑っていたんです？』『あなたと会った瞬間からですよ』って、推理ドラマに出てくるみたいな台詞じゃないですか。いつものことですけれど、先生のなさったことを警察に話せないのが残念なぐらいでした」

褒められた濱地は、カップを手にしたまま、さらにユリエを喜ばせる。

「実のところ、会う前から疑っていたよ」

「えっ、そうなんですか？」

「きみは友梨さんの残留思念を視ていないから実感できないだろうけれど、秦一さんの話で重要なことはすべて聞いている。ほら、彼女の姿は、地面から四十センチほどの高さで水平に浮かんでいたと話していただろう」

「それが何か？」

「瀕死の友梨さんの意識が、三十秒ほど恢復したのであれば、その時の彼女がそういう状態にあったのは何を意味している？　担架か戸板のようなものに乗せられて、二人掛かりでどこかに運ばれていくところと考えるのが妥当だ」

「あ、はい」

「弧を描くようにして体の向きが変わったのは、その二人によって坂道に停めた車に運ばれたから。後部の荷台に積まれる寸前に、彼女の命は失われたわけだ。では、運んでいたのは何者か？」

ボスは、コーヒーを啜ってから続ける。

「二人掛かりなのだから、周囲から孤立した独り者の堀田は当て嵌まらない。いい体格をしていたから、彼ならば遺体を肩に担いで運ぶこともできただろうしね」

「坂道の上には、堀田さん以外に稲岡親子もいた。だから先生は、対面する前からそちらを疑ったんですね？」

「そう。会ってみて、自分の憶測が的を射ているらしいことが判った。父親の背が低く、娘とほとんど変わらなかったからだ。ある程度以上の身長差がある二人組が担架や戸板を担いだら傾きが生じる。あの二人なら水平になる。そして、地面からの高さが四十センチというのも、彼らの背丈からするとぴったりだった」

稲岡親子が自首したことで、濱地の推理が正しかったことは実証されているが、突っ込みどころはある。

「でも、犯人が遺体を坂道の上に運んだとは限らないんじゃないですか？　遺体は、坂道の手前からバックでやってきた車に積まれ、運び去られたとも考えられます」

「そんなふうに推理を検証する態度はいいね。——だが、わたしはその可能性はないと見た。道幅が狭いから、坂道の手前からあの空き家のあたりまで車をバックで入れるのは面倒だ。空き家の前でカーブしているしね。もしも、きみがその車のハンドルを握っていたとしたら、どうする？　なるべくバックで上る距離を短くしたいと思い、空き家の敷地に差しかかったところで車を停めるだろう」

ユリエは車の運転をしないが、想像を巡らすことはできる。

「ええ。楽ですね、その方が」

「ところが、宙に浮かんだ友梨さんの体は敷地を出て、二メートル坂道を上ったところで消えた。遺体を運搬するための車が坂道の手前からやってきたのなら、そんな場所に停めないよ。——わたしの推理に納得してもらえたかな？」

「はい。先生、まるで探偵です」

濱地は、白い歯を見せて苦笑いした。

「稲岡親子と会う前から犯人の目星がついていただけではなく、事件を解決する方法も思いつかれた。だから、わたしをあの親子に会わせないようにしたんですね。疑わしい堀田さんの家に乗り込もうという時に、『志摩君はここにいてくれ』と言われたのが不服でしたけれど、あれも先を見越してのこと」

「もちろん。友梨さんによく似たきみを容疑者の目から隠しておきたかった。後刻、ひと芝居演じてもらうために。あの場では、くわしく説明する余裕がなくて悪かったね」

待機を命じられたユリエは、退屈しのぎに空き家のスケッチをしていた。ずいぶん長く待たされたように感じたものだ。

「今回は無茶なことをきみに頼んでしまった。秦一さんから失踪当時のものに似た服を借りて死んだ友梨さんのふりをしてもらい、あの親子を脅すだなんて、探偵としては邪道だな」

「邪道だなんて。二人とも顫え上がって、その夜のうちに自首を決めたんだから、先生の思惑どおりです。この犯人は恐怖で揺さぶれば落ちる、というのも鋭い洞察でした」

秦一に聞いたところによると、濱地は稲岡宅を訪ねた際、かなりはったりめいた言動で親子にプレッシャーを掛けたらしい。ボスのことだから、眼力も駆使したのだろう。

「成功したからオーケーです」

ユリエが言っても、探偵は難しい顔になる。

「わたしは反省しているんだ。親子がパニックに陥ってきみに危険が及ぶことはない、とは思ったが……」

「だったら、どうして先生が反省するんですか？」

「きみに精神的な負荷をかけてしまったことだよ。現に、坂道を下ってきた時は様子がいつもと違った」

「あれは……わたしが馬鹿だから、役に入り込みすぎただけです。その件は、もうおしまい」

ボスがまだ何か言いたそうにしていたので、ユリエは話を変える。

「解決はしましたけれど、秦一さんのことが心配です。たった一人の肉親だったお姉さんを亡くして、さぞつらいでしょうから」

同意してから、濱地は小さな希望を手繰り寄せる。

「友梨さんの遺体が発見されたという連絡を受けて、わたしたちが帰る前に、秦一さんと会社を経営しているパートナーの女性が駆けつけてきただろう。彼と痛みを共有しているようだった。彼女は、親身になって慰めたり励ましたりしてくれる以上の存在なのかもしれない。秦一さんは、まったくの独りぼっちではないよ」

「だといいですね」

事件のことを振り返っているのか、濱地は黙り込む。友梨に扮した時のことを話し掛けたユリエだったが、やはり伏せておくことにした。

彼は、霊的なものへの対応能力が充分ではない助手を過度の危険に晒したがらない。これ以上心配させて、現場に同行できなくなるのは嫌だった。

——がんばってお化けを演じよう。先生の期待に応えて名女優にならなくっちゃ。

初めての任務に意気込んでいたユリエだが、友梨の服を身に着けると高揚感は失せ、どこか厳粛な気分になった。自分に務まるだろうか、と弱気になりかけたので、稲岡親子の家へと向かいながら気合を入れ直した。

——ガラス窓に砂粒でも投げて、外を見るように仕向けるんだ。きみは、彼らの視界に立つ。見られることだけが目的だから、よけいなことはしなくていい。

不法侵入の罪に問われるようなことはするな、というのがボスの指示だったが、いざとなるとユリエは自分を止められず、敷地内に臆さず踏み込んだ。砂粒を窓に投げるぐらいでは生温すぎるように感じられて。

——これは学芸会でも余興でもない。友梨さんの無念を晴らすための真剣勝負。わたしにしかできないこと。

月が雲に隠れてしまうと里山の夜闇はどこまでも深く、風がそよ吹けば木々のざわめきは蕭然として、自分を鼓舞しなくては幽霊を演じる当人が恐ろしくなるほどだった。

ユリエは爪先でざくざくと土を嚙むように、わざと足音を立てて家の周囲を歩き回った。これだけ静かなのだから、その音は中の二人の耳に必ず届く。行ったり来たりを何度か繰り返していると、窓の一つに父親が近づいてきたので、反射的に屈んで隠れた。あっさりと姿を見せず、まずは目いっぱい不安を煽る。

「何なの？」

「出て行ってみるか」

そんな声が洩れ聞こえたタイミングでユリエが両手を窓ガラスに押しつけると、娘が悲鳴を上げた。その次の瞬間、努めて表情を消した顔を窓にぬっと近づけると、父親が娘に劣らぬ声で叫んだ。

――怖がりなさい。怖がるといい。

彼らが無辜であったとしても慄く場面だろうが、濱地が勘違いをしていたらどうしよう、とは思わなかった。ボスは間違ったことがない。

――怖がれ、もっと。

彼らに良心の呵責を感じさせねば、という使命感がさらに強まり、友梨になり切ろうとした。

ガラスに鼻がくっつきそうになった時。

ユリエは、背後に人の気配を感じた。自分と重なるようにして誰かが立っている。それまでガラスには自分の顔がぶれて二重に映っているのかと思っていたが、違った。そこに何者がいるのか、振り向いて確かめる勇気はない。気のせいにしてしまいたかったが、無理だ。

ぼんやりと浮かんだ後ろの顔は、自分に似て自分ではなかった。

饒舌な依頼人

まず、寝過ごした。

アラームはちゃんと鳴ったのに二度寝をしてしまい、はっとしてベッドの上で飛び起きたら、朝食を摂(と)る時間がないどころか、ただちに家を出なくてはならない時刻が迫っていた。志摩ユリエは「うわ、うわぁ」と大騒ぎをしながら自分でも信じられないスピードで身支度を調え、玄関を出た。

遅刻が確定したらかえって気持ちは楽なのだけれど、がんばればまだ間に合う、という時が一番つらい。マンションの外へ出たところで、いつものヒールの靴を履いていることを後悔するも、履き替えている時間が惜しいので駆けだしたら、タイトスカートもきつい。

線路沿いの道を走り、三軒茶屋(さんげんぢゃや)駅へ。ホームに着くなり電車が入ってきたので、これなら遅刻は免れたな、と喜んだのも束の間。渋谷(しぶや)行きの電車は池尻大橋(いけじりおおはし)駅の手前で停まってしまった。ただの赤信号ではなく、申し訳なさそうなアナウンスが流れる。

どこだかで踏切事故が発生した影響で停車した、というのだ。車掌の言葉には、残念ながらすぐには発車しませんよ、というニュアンスが込められていた。ユリエは、

「あー」とことさら大きな溜め息をついてしまう。寝坊しなければ二本前の電車に乗れたのに。

まわりの乗客らがスマートフォンを取り出して、勤め先や待ち合わせの相手に連絡を送りだすのを見て、ユリエもボスに電話をしようとしたところで別のしくじりに気づく。出掛けに慌てたあまり、充電していたスマホを持たずに出てきたのだ。

大学の漫画研究会の後輩だった進藤叡二と勤め帰りに会い、食事をすることになっている。待ち合わせの場所は決めていたが、スマホがなければどちらかに不測の事態が起きた時に連絡が取り合えない。昭和の恋人状態になってしまったわけだ。

自分の迂闊さに腹が立つ。今日は厄日かもしれない。

電車が十五分後に動き始めた時は、意外と早かったな、と安堵しかけたものの、油断しないように自らを戒めた。朝からトラブル連続のこんな日は、思わぬ事故や事件に巻き込まれないよう注意しなければならない。渋谷駅でJR山手線に乗り換える際も、新宿駅に着いた際も、転ばないようにしっかり手摺を摑みながら階段を上り下りした。

南口から出たところで遅刻は確定しており、さすがに走る気にはなれなかった。濱

地探偵事務所の営業時間は九時からだが、今日は来客のアポイントが一件も入っていない。朝一番で依頼人が飛び込んでくるとも思えず、十五分程度の遅刻で業務に支障が生じることはなさそうで、ボスにありのままを説明して詫(わ)びれば済むだろう。

それでも時間が気になって腕時計を見ながら信号を渡っていたら、向こうからやってくるコートにマフラーの男と肩がぶつかりそうになった。

「あっ、すみません」

とっさに礼儀として謝ったのに、相手は無言のまま通り過ぎて行く。むっとした。しっかり前を見ていなかったのはユリエだけではない。相手の男だって首を折るように俯(うつむ)いたまま歩いていたのだから、不注意はお互いさまなのに。

やはり今日はバッドラックな一日になりそうだ。忌々(いまいま)しいことの波状攻撃。ユリエは誰のせいでもない寝坊への反省を忘れ、自分に意地悪をしてくる〈何か〉への抵抗を決意した。

――さぁ、この次は何かしらね。バナナの皮が落ちているの？　それを警戒して路上を見ながら歩いていたらまた誰かとぶつかりそうになる？　頭の上から鳩(はと)のフン？

何も起きなかった。

ビルの脇の階段を上り、二階の事務所に入るなりボスと目が合う。濱地健三郎は窓際の席に着いていて、お気に入りのランプスタンドの埃(ほこり)を布で払っていた。三十代に見えることもある年齢不詳の彼は、今朝は五十間近の渋い紳士っぽい。霊能力や探偵としての推理力を具えているだけでなく、まったく風変わりな人だ。彼はこの事務所が入ったビルの四階で暮らしているのだが、私生活の一端も見せることがなく、ミステリアスでもある。そばで働いているうちに、ユリエも霊的なものを視る力が少し覚醒してしまった。

「遅刻してしまい、すみません。電話もできなくて」

事情を説明したら、「気にしなくていいよ」と言ってくれる。何をしたらこのボスに怒鳴られるのだろうか、と考えた。もし致命的なしくじりを犯したら、黙って戸口を指差すだけかもしれない。

「先生、朝のコーヒーはまだですね？　お淹れします」

「うん。志摩君も飲んで一服するといい。駅からここまで競歩のペースできたようだから」

言われてみれば、なるべく早く着こうと速足になり、十一月の半ばだというのに額にうっすら汗をかいていた。さすがに探偵はよく観察している。

「今月になってから調査の依頼が少ないですね」

助手が不要になったらどうしよう、とユリエは心配しかけていたのだが、濱地はまったく気にしていなかった。窓辺の席で出されたコーヒーをうまそうに味わう。

「こんなものだよ。心霊現象が関係した事案のみ扱うなどという極端に専門性の高い探偵事務所に、そんなに次々と依頼が舞い込むはずもない」

「それはそうでしょうけれど、お仕事がないと……」

「わが社の経営について案じてくれているのだとしたら無用だ。これまでの貯えがあるし、こうしている間にもスペシャルな案件を抱えた裕福な依頼人が向かってきているかもしれない」

「先生は楽天的ですね。あ、すみません。失礼な言い方を」

　安心しました、と素直に言うべきだった。しかし、常に冷静沈着なこのボスは、いよいよ経営が破綻するのが確定したところで初めて「うまくはいかないものだね」と言いそうにも思う。

「裕福な依頼人がいらっしゃるまで、昨日の資料整理の続きをします。その前に窓ガラスをきれいにしましょう。内側が汚れているみたいです」

　窓拭き用のウェットシートで、ガラス磨きにとりかかった。濱地はゆっくりとコーヒーを飲んでいる。いかにも長閑な職場風景だが、とんでもない依頼がいつやってくるか知れない。探偵事務所とは、ことに心霊探偵事務所とはそういうものだ。その依頼人が裕福である保証はないが。

　通りを見下ろすと、電柱の陰に誰かが身を寄せていた。あのコートの男性は、ここを訪ねてきた人間がビルの前まできて逡巡しているのではないか。濱地探偵事務所の場合、そういう人がよくいるのだが、下りて行って「どうぞ、ご遠慮なく」と手を引くわけにもいかず、様子をみるしかない。

――もしかすると、あの人……。

つい先ほど駅の近くでぶつかりそうになった男もあんな感じのグレーのコートを着て、黒いマフラーを首に巻いていた。顔は見ていないが、背恰好も似ている。

――因縁をつけるために私のあとをつけてきたの？

まさか、それはないだろう。肩が当たりかけただけで、実際は接触してもいない。気にしないことにした。

窓がぴかぴかになると、ユリエは自分の席に着いてデスクワークに取りかかり、濱地はキャビネットの資料を何冊か出して外国語の文献を読む。ボスにとって、心霊現象に関する研究は大事なことなのだ。一度、濱地の卓上の電話が鳴ったが、ボスは「いいえ、どちらにおかけでしょうか？……あいにく違いますね」と言ってすぐに切る。間違い電話の応対もいたって丁寧である。

ますますのんびりした雰囲気が事務所に広がり、午前中だというのに眠たくなってきそうだな、とユリエが思ったところで、「志摩君」と呼ばれた。

「買い置きの喉飴、どこにあったかな？」

昨日、頼まれたのを忘れていた。ボスが自分で買いに行こうとするのを止める。こちらのミスだし、眠気覚ましに外の空気を吸いたかった。

「じゃあ、お願いしよう」

コートを着て「行ってきます」とドアを開けたら、人が立っていたので「うわぁ！」と叫んでしまった。すぐ前に小柄な男の顔があった。

「失礼しました！」

腰を折って頭を下げ、そっと顔を上げてみたら、立っていたのは電柱の陰にいた男だ。決心がついてやっと階段を上がってきたようだ。

「ああ、いえ。ちょっと驚きましたけれど。こちらが……」

〈濱地探偵事務所〉のプレートを指差すので、そうだと答えた。

「調査のご依頼でしたら、どうぞお入りください」

「事前に予約をしていないんですけれど、かまいませんか？」

「予約なしでも結構です。さ、どうぞ」

逃がしてなるものか、と思いながら中へ通し、コートとマフラーをドア脇のハンガーに掛けさせた。男は、机二つと壁際のキャビネットと応接セットがあるだけで何の変哲もない室内を珍しそうに見回している。

三十歳を大きく超えてはいないだろう。深刻な表情をしているが、もともとは人懐っこい顔のようだ。動物にたとえると海獺や獺の系統。目は黒目がち。太ってはいないのに、ふくよかな丸顔で愛嬌がある。

ボスが椅子から立ち、「当事務所の所長で、探偵の濱地健三郎です」と挨拶した。

男は「どうも」とだけ応える。

「そちらにお掛けください。お話を聴きましょう」

濱地は読みかけの本を閉じ、机の上をごそごそと整理してから自分も応接セットに移動する。ユリエは、いつものようにノートとスケッチブックの用意をした。

「聴いていただけますか？　いやぁ、うれしい」

まだ何も話さないうちに、男はうれしそうだった。発音が明瞭で、はきはきとした口調になっている。

「お名前を伺いましょうか」

探偵に訊かれた男は、何故かそこでためらいを見せてから「乃木優です」と答えた。その短い時間に偽名を考えたのではないだろうな、とユリエは少し怪しむ。濱地を信頼しきれないうちは、本名を言い渋る依頼人もいるのだ。

「あなたのお話を伺いながら、必要があればタブレット端末で調べものをしてもかまいませんか？　効率よくいきたいので」

いつものボスはこういうことを言わないのだが、合理的ではある。

「はい。別にかまいません」

言われる前に腰を上げ、ユリエは自分の机にあったタブレットを濱地に手渡した。ボスは右のポケットに入れていた手を出して受け取り、いつもは自分で扱わない機械を膝の上に置く。

「準備ができました。さて、どういったことでお困りですか？」

探偵に促された乃木優は、その質問は困る、と言いたげに頭を掻いた。

「とにかく聴いてもらえますか。そうとしか言えないんです」

常識では説明がつかないような事象と遭遇して、何をどう相談したらいいのか判らないほど混乱しているのかもしれない。さっきまで漂っていた牧草地のごとき長閑さが去り、よそでは聞けない刺激的な話が始まりそうで、ユリエは期待に胸をふくらませる。これだから濱地の助手はやめられない。

「スケッチブックは要らないと思いますが」

乃木が気にするので、ユリエが説明する。

「お話に出てきた場所の様子だとか、似顔絵を描いた方がいい場合があるので」

「あなたが描くんですか？　絵心がおありなんだ」

「はい。大学時代は漫画研究会に所属していたんです」

「へえ、漫研に。入ろうかどうしようか迷ったこともありますよ。結局、あたしが選んだのはオチ研でした」

腑に落ちた。話し方もそれらしいし、〈あたし〉という一人称からして落語的だ。卒業して十年ほども経つだろうに、まだ癖が抜けていないようだ。

「それじゃ、聴いてやってください」

依頼人は両膝に手をやり、テーブルを挟んだ濱地とユリエにとっては大きすぎるほどの声で話しだした。

「五年ぶりにかかってきた友人からの電話。『久しぶりだな、田中。どうした？』と訊くと、『会いたい。とにかく顔を出してくれ』と言うので、向こうが指定した居酒屋の個室に行ってみますと、まだ約束の時間に間があったのに、もうきている。掘り炬燵にちょこーんと座って、早くから待っていたらしい。筋肉質なのにすらりとした体形は学生時代のままでしたが、光線の加減でもないのに顔色がよくないのが気になって、まず『よお、田中。元気だったか？』と声をかけました。すると、『ああ、きてくれた。すまないな、佐藤』と力ない返事が――」

濱地がストップをかけた。

「あなたではなく、佐藤さんが経験したお話なのですか？　その佐藤さんと乃木さんの間柄は？」

話の腰を折られた乃木は、露骨に不愉快そうだった。

「すみませんが、質問を挟むのは控えていただけますか。そのへんのことは、最後まで聴けば判りますんで」

ずいぶん神経質な態度だ。

「失礼しました」

「お尋ねになりたいことがあれば、終わってからまとめてお答えしますので。そこのところ、頼みますよ」

ボスは詫びたが、失礼なのは乃木の方である。見た目に反して常識を欠いているようだ。

――この人、やっぱり信号でわたしと衝突しかけた人？

ユリエはそんな気がしてきていた。

以降、依頼人は感情をたっぷり込め、身振り手振りもまじえてひたすら語る。恐ろしく饒舌（じょうぜつ）だった。

「まあ、飲め」

ビールを注いでくれるので返杯しようとすると、首を振る。

「ぼくは、いい」

「車できてるのか？　だったらソフトドリンクでも頼め」

「飲みものは要らない」

「ん？……好きにしろ。じゃあ、うんと食べるか。どれにする？」

メニューを開き、いくつか注文いたします。それが順に運ばれてきても、何故か田中は手をつけようとしない。

「どうした。食べないのか？」

「欲しくないんだ」

「居酒屋に呼び出しておいて、どうしたんだよ。おかしな奴だな」

ここで田中は神妙な顔になった。

「おまえには借りがあっただろ。卒業前に居酒屋でたらふく飲み食いした時、財布を忘れたぼくの分まで支払ってくれて、それっきりになってる。ずっと気になっていたんだ」

「あったかね、そんなこと。覚えてねぇよ。で、何かい、その借りを返すためだけにおれを呼んで、一席設けてくれているのか？　おいおい、マジかよ」

奢（おご）り返すために昔の友だちを居酒屋に呼んだが、懐に余裕がなくて一人分の払いしかできない。だから自分は何も食べないのかな、と佐藤は思います。

「ま、何でもいいから食べろ。ほら、お前の好きな土手焼きだ。うまそうなサーモンのカルパッチョもきた」

（語り手が料理を食べる身振りが、やけに丁寧だ）

「それだけじゃない」

「あん？」

「借りを返すためだけにきてもらったんじゃないんだ。聴いてもらいたい話がある」

「金の無心じゃないよな？　人間っていうのは借金を頼む時、しおらしい態度になって、よくそんな顔をするもんだ」

　警戒する佐藤。

「ああ、いや。金の話じゃないから安心してくれ」

「おっと、金より深刻な相談か？」

　答えにくそうに「それが……」

「判った。さては女のことだな。お前は学生時代から女癖がよくなかったからなぁ。切るに切れない女に手を焼いているんだろう？　でなかったら、おっかないヒモ付きのと関係を持って……。ほぉら、バツが悪そうにしてやがる」

「いいや、お前が想像しているようなことでもない。最近あったことを、ただ聴いてもらいたいだけだよ。これがまた簡単には信じてもらえないような話で……」

　口ごもるので、いっかな話が進みません。佐藤がいちいち口を挟むせいもありますが。

「愚痴でもないんだな？　言っとくが、おれは村上春樹の小説と愚痴の相手だけは苦手なんだ。そうでないなら、よく判らねぇけどせっかくきたんだから聴いてやるよ。話してる前でおれだけ飲んだり食ったりして申し訳ねぇけどな」

「聴いてくれるか。ありがたい」

田中はうれしそうに、しかし弱々しく笑ってから話し始めます。

（乃木の話の中に佐藤と田中という男が登場して、田中の方が何か話を始めるの？　ややこしいな、とユリエは思ったが、とりあえずは耳を傾ける。これより田中が佐藤に語った内容）


先週の金曜日に……。

ああ、その前に、ぼくの今の仕事、言ってなかったな。不動産会社で鑑定士をしているんだ。都内や隣の県だけじゃなくて、遠方まで物件を見に出向くこともある。

その日は、泊まりがけの出張で、信州まで行ったんだよ。Nという街の郊外で、四方を山に囲まれたいいところだ。空気もきれいで、行きはバスに揺られながらほとんど旅行気分だったよ。

ある会社が温泉付き保養所を閉鎖して売りに出すというので、どれぐらいで売却できるかを調べたんだけど、チェックするところがたくさんあったせいで思ったより時間がかかってしまった。日が暮れてからも館内をあれこれ調べ、ようやく仕事をすませたのは八時前。同伴者や立会人はなし。ぼく一人だけでね。

国道沿いの中華料理店でラーメン定食の夕食をすませてからバス停に行ったところで、失敗に気がついた。帰りのバスの時刻を見間違えていたんだ。こんなところにしては遅い時間までバスが走っているもんだな、と意外に思ったくせに、時刻表をよく見ていなかったんだな。あそこらで九時台にバスが走っているわけがない。携帯電話というものがない時代だったら、顔面蒼白になっていただろう。

だけど今の時代、田舎で最終バスを逃したぐらいで慌てることはない。スマホで地元のタクシー会社に配車を頼めばいいだけさ。山奥でもないから、十五分も待てばNから拾いにきてくれるだろう。

そう思ってスマホをいじっていたら、空車のタクシーが街とは反対側からやってきたので、顔がほころんだよ。突っ立っているだけじゃタクシーなんか捉まるわけがないようなところだったから。手を挙げると、黄色い車がすーっと近寄ってきてくれる。ありがたくて拝みそうになったね。

運転手は高齢らしく、制帽の下から白髪がはみ出していた。「どちらまで？」と訊かれて、Nの駅前にあるビジネスホテルを告げると、ちゃんと復唱してから発車させる。シートがくたびれた感じの古い車で、カーナビも付いていなかったけれど、車内は清掃が行き届いて清潔だった。

「あんなところでタクシーを待っていらしたんですか？」

と訊かれて、わけを話した。

「左様ですか。お客様は運がよろしかったですねぇ。普通でしたら、空のタクシーなんか明日の夜まで待っても通りかからなかったでしょう」

イントネーションに土地の訛りがあったけど、接客用の標準語だった。

（乃木は、その口調を再現している。いや、彼はそのタクシー運転手と直接は会話をしていないのだが、忠実に再現しているようにユリエには思えた。もしかしたら、田中というのは乃木自身のことではないのか、と疑ってしまう）

Nに行くには、丘陵地帯を越えなくちゃならない。両側から雑木林が迫ったり、切通しがあったりして、車窓が真っ暗になることもある。まだ九時半ぐらいだったのにすれ違う車は一台もなくて、真夜中の道を走っているみたいだった。

運転手はラジオや音楽を流していなかったので、黙っていたら聞こえるのは車の走行音だけだ。なんかそれがもの哀しくて、ぼくから雑談に誘おうとしたら——。

「このへんは初めてですか？」

と訊かれる。

「ええ。くる時はそうも感じなかったんですけど、夜になると淋しいですね。人家の明かりが途切れると真っ暗だ。ほんと、何も見えない」

「東京からいらしたらそう思うでしょうが、田舎ではこれが当たり前ですよ。日本中のほとんどは、こうです」

東京出身じゃないから、ぼくだって知っている。それにしても暗いんだ。もしかしたら道を間違えているんじゃないか、と思いかけたぐらい。向かっている方角が正しいのは判っていたんだけれどね。

「なんか怖いな。こういうところを一人で走るのを想像したら」

ぽろりと本音を漏らした。

「慣れていないと怖いかもしれませんね」

「運転手さんはまるで平気なんですね。そりゃ、まぁ地元の方だしプロだから慣れているでしょうけど、たまに恐ろしくなったりしませんか？」

「うーん」

即答せずに唸（うな）る。

「恐ろしいこともある？」

「はい。こういう稼業をしていると、怖い目に遭うこともなくはない」

「それは、非常識なお客のことですか？」

事件になって報道されるまでには至らないケースのことを、ぼくは想像していたんだけれど——。

「ではなくて……もっと怖いものですよ。その……」

言い淀むので、ははぁ、と見当がついた。

「もしかして、お化けや幽霊の類？」

「そっち方面です」

ぼくは、そっち方面の話を聴くのが嫌いじゃない。お前も知っているだろ？　だから、つい水を向けてしまったんだ。興味があるから聴かせてくれ、と。タクシーにまつわる怪談はだいたいパターンが決まっているから、どうせよくある話だろう、と思いながらね。もし平凡なネタだとしても、夜の暗い道を走るタクシーの中で聴くとなると、舞台効果が満点じゃないか。

「お話ししてもいいんですが……ありふれた怪談で、がっかりなさるかもしれません」

「かまいませんよ。運転手さんが実際に経験したことなんですよね？」

「はい」

「いつ頃のことです？」

「半年ほど前でした」

という調子で、怪談が始まった。

(今度はその運転手の語りになるらしい。まるでマトリョーシカ人形のように、中から中からお話が出てくる。すべてデザインの異なる人形だ。いったい乃木の「話」は何層あるのか、とユリエは戸惑う。このまま「話」の地下深くへと下り続け、元に戻れなくなるような不安すら覚えた)

「お客様がお乗りになったのより二キロほど手前で、夜更けに女の人を乗せたんです。あそこよりさらに淋しい場所で、まわりに店も人家もまったくありません。雑木林が続いて、開けたところが点々とあり、春には蓮華(れんげ)がピンク色の絨毯(じゅうたん)を敷いたように咲き誇るあたりですが——。雨が降っていた。しとしと……しとしと……。細かい雨が、しとしと……」

雨が降っていたことを強調したいのか、運転手の「しとしと」がくどい。

「どんな人でした？」

「若い女性です。齢(とし)の頃は二十代前半でしょうか。清楚(せいそ)な白いワンピースを着ていて、ぞろりと長い髪を背中の中ほどまで垂らしていました」

ほら、きた。

その女を乗せて走っていたら、どこかで煙のように消えてしまうのだ。やっぱりあのパターンか、と見当がついたけれど、予想していたからがっかりはしない。どこか一カ所でも目新しいところがあれば面白いな、と思っただけだ。

「美人でしたか？」

「伏し目がちで、雨で湿った髪の毛が肌に張りついてお顔のほとんどを覆っていましたから、よく見えなかったんですけれど……。ワンピースに負けないほど色が白かった。立ち姿とタクシーを停める時に挙げた手が細くて美しかったので、顔もきれいなのだろうな、と思わせるものがありました」

運転手の話のテンポが遅いので、ぼくがインタビュアーのようになる。

「その人はどこに行こうとしたんですか？」

「Nです。番地までおっしゃいました」

「で、運転手さんはNに向かったわけだ」

「はい」

「今走っているこの道を？」

「まさにこの道です。ここを通るしかありません」

「夜更けって言いましたね。何時頃？」

「十時半ぐらいでした。東京じゃ宵の口なのかもしれませんけれど、このあたりではみんな床に入る時間です」

そんな時間に、若い女がそんなところでタクシーを待つのは尋常じゃない。男だってやらない。

『あんなところで何をしていらしたんですか？』と尋ねたりはしなかったんですか？」

「お乗せしてすぐにお訊きしました。プライバシーに関わるので失礼なんですけれど、つい弾みで」

「訊かずにいられませんよね」

「はい」

「それで？」

どんどん先を促した。

「その人は、乗ってから黙りこくったままでした。考え事をしているのかな、眠ってしまったのかな、と思いながら、わたしは無言でハンドルを握っていたんです。そうしたら、そのお客様の方から声を掛けてくる。――『運転手さん』」

(ご丁寧なことに、ここで女性の声色になる)

「そういう細い声で？」

「はい。『運転手さん』と。『何でしょう？』って訊くと、『遠くまでお客さんを乗せて走ることはありますか？』。わたしがお客様をお運びする範囲なんて、たかが知れています。『Nの隣町のSやCまで行くぐらいですね』とお答えしたら、『東京の近くへは？』と言う。『一度もありませんし、これからもないでしょう』と言ったら、『そうですか』と残念そうな声を出す」

「何が残念だったんでしょうね」

「おかしな感じだな、とわたしも思いました。そうしたら、どこかから何かを取り出す気配がする。ルームミラーを覗いたら、まっすぐこちらを見ていたので初めて目が合いました。目がぱっちりとしていて、鼻筋がきれいに通った美人でしたよ。でも、ぞっとしました。ものすごく思いつめたような目が只事ではなかったからです。でもね、普通にしていればきれいな娘さんだったに違いありません。髪をアッシュブラウンに染めて、長さが肩のあたりまでだったら、――そこのあなた！　みたいな美人だったでしょうね」

（「あなた！」と声を張り上げたところで指差されたものだから、ユリエは飛び上がりかけた。依頼人の話を聞いていて、こんなに驚いたことはない。それにしても――乃木の話の中の登場人物である田中の話の中の登場人物である運転手が、いきなりユリエを引き合いに出すのは横紙破りもいいところだ。髪の色を正確にアッシュブラウンと言うのもキャラクターに合わない）

運転手は続ける。

「その人は……」

「その人は？」

「ミラーに映るように、一枚の写真を翳(かざ)していました。それをわたしに見せようとしているんです」

「何が映っていました？」

「三十歳前後に見える男性の写真です。縁が青っぽい眼鏡を掛けていて、目尻(めじり)がちょっと垂れ気味で、優しそうな顔で微笑んでいましたよ」

縁が青っぽい眼鏡に垂れ気味の目。それだけ聞いたら、ぼくみたいだろう？　運転手にそのまま言ったよ。

「ぼくみたいですね」

「あれ、そうですか？　ここからだとお顔がよく見えませんが……」

本当にそうなのやら、お客をからかっているのやら。

「写真を見せて、どうしました？」

「『この人を乗せたことはありませんか？』と訊くので、『いいえ』とお答えしました。すると、また残念そうに『そうですか』と黙り込む。車内の空気がどよーんと重くなったままになりそうだったので、こっちから話を継ぎましたよ。『その男性をお捜しなんですか？』と」

「なんて答えました？」

「『わたしは、この人に棄(す)てられたんです。新しい仕事を始めるためにお金が要る、という作り話を信じて、こつこつと貯めてきたお金を全部差し出したのに。最初からお金だけが目当てだったみたいです』と。『それはお気の毒でした。まったくひどい男ですね』と怒ったら、『騙されたわたしの馬鹿さを責めずに、相手の不誠実に腹を立ててくださって、ありがとうございます。傷ついた心が慰められました』と感謝される。なんだか大袈裟ですけど、ほんの少しでもお慰めできたのならよかったかな、と思いました」

さて。

佐藤よ。ここまで聴いたら、この後の展開が読めてくるだろう。この白いワンピースの女は、男に騙されたことに絶望して、自殺したんだ。それが幽霊になってさまよい、自殺現場の近くを通りかかったタクシーを捉まえては、運転手に「この人を乗せたことはないか？」と訊いているわけだ。

この女、消えるよな。目的地に着いて、運転手が後部座席を振り返ったら誰もいなくて、シートがじっとり濡れている。そこがポイントだから、運転手は伏線として雨を強調したのさ。着いたところが女の墓がある霊園だった、というオチもある。ぼくもそう思っていたよ。

ビール、もっといけよ。料理もどんどん食べてくれ。ぼくに遠慮はしなくていいって言ってるだろ。

運転手の話の続きはこうだ。

「Nの街の明かりが見えてきた時は、正直なところ、ほっとしました。そのお客様は、写真をしまった後は黙っていらしたんですけれど、やっぱり沈黙が重たかったもので。お聞きした住所が近づいたところで口を開いて、『この次の角を曲がって二軒目の家です』とのこと。その家の前で車を停め、『ここですね？　お疲れさまでした』とルームミラーを見たら、お客様の姿がない。どういうことかと振り返っても、どこにもいない。一分も経たない前にお声を聞いたのに、ドアはまだ開けていないのに。そこで初めて気がつきました。あの女性は男に騙された悲しみから自殺してしまい、幽霊になっていたんでしょう。世間ではよく聞く怪談話でも、自分の身に降りかかってくるとたまりませんね。歯がカチカチ鳴るほど顫えてしまいました。そうしていたら――

――」

まだ続きがあるらしい。

「家の前で車が停まる音が気になったのか、玄関のドアが開いて中年の女性が出てきました。小雨の中、傘も差さずに。床に就こうとしていたのか、パジャマの上にガウンを羽織っています。『どうしました？』と訊かれて、実はこれこれで、とわたしが説明したら、別に驚くでもない。しみじみとした声で『そうですか』と言って、向こうも『実は』と話してくれました。『それは失恋自殺したうちの娘です。運転手さんがあの子を拾ったあたりの雑木林で首を吊って……。子供の頃、家族でピクニックに行ったことがある想い出の場所なんですよ。死んでからもよほど家が恋しいのか、時折そんなふうにしてタクシーを呼び止めてしまうんです。それなのに、うちが近づくと親に合わせる顔がないと思うのか、ふっと消えてしまうということを繰り返しています。お騒がせして申し訳ありません』とおっしゃり、タクシー代を払おうとなさるので固辞しました。そんなものを受け取るわけにはいきません。お母様には、『また会ったら、お乗せしますよ』と言って、その場を去りました」

ぼくが何の反応もしないでいると、

「……という話など、どこかで聞いたようなことで、お客様にはご退屈だったでしょうね」

運転手は、なんだか粘っこい調子で言ったよ。ありきたりの話は想定内だから、こっちには何の不満もありゃしない。

「いえいえ、経験者から聞くと迫力がありました。恐ろしかったでしょうね」

なんて適当なことを言いながら、ちっとも怖がってはいなかったんだけど……。

妙なんだ。運転手の話じゃない。

それこそ、もうNの街の明かりが見えてきてもいいはずなのに、窓の外はいよいよ暗い。一本道だと判っていながら、どこかで枝道に紛れ込んだんじゃないのか、と思ってしまうほど。

「ところで運転手さん、遠いですね。Nはまだでしょうか？」

「この丘を越えたら、まもなくです」

「それらしい丘をさっき越えたけれどな」

「あれは、その一つ手前の丘」

　このへんから運転手の態度がおかしくなる。馬鹿丁寧なほどだったのに、少しずつ邪険になっていくんだ。

「早くNに着きたい？」

「ええ……そりゃ、まあ。早くホテルで寛ぎたいですよ」

「ふぅん。寛ぎたい、か」

　メッキが剝げて、地金が露わになっていくみたいだった。何故そうなるのか、さっぱり判らないけれど。

「その女から見せられた写真の男、あなたに似ていたな。今しがた気がついた」

　藪から棒にそんなことを言うので、リアクションに困ったよ。

「そうですか。よくある顔だから――」

「そっくりなんだよ。あなたでしょ、その女性を騙してポイしたの？」

「身に覚えがありませんね。決めつけないでください」

「いや、あんただ。違うと言い張るのなら、これからお母さんのところへ面通しに行こう。場所はちゃんと覚えているんだ。お母さんは一度だけ相手の男と会ったそうだから、確かめてもらえる」

何を言いだすんだ、と呆れた。

「ちょっと寄り道するだけだよ。十分もかからない」

「冗談じゃない。まっすぐホテルに行ってくれ」

「合わせる顔がないか？　母一人子一人の家庭で、お母さんは娘さんを心から愛していたそうだ」

あまりの理不尽さに、ぼくは激怒した。

「おい、あんた。名前は何ていうんだ？」掲示されている名札を見た。「……岡本孝男か。会社にクレームを入れてやるからな」

と言っても動じず、口調はさらに荒くなる。

「会社にクレームだと？　どこまでも性根の腐った男だな。よし、連れて行く」

「おっさん、頭がおかしいな。気色が悪いから降ろせ。こんなの拉致監禁だ。犯罪だぞ」

ぼくはスマホを取り出し、警察に通報するふりをしたら……車が急停止した。法令を遵守してシートベルトを締めていたから、前のシートに顔を打ちつけずにすんだよ。

「な、何だよ、危ないだろ」

抗議したら、ふん、と鼻で嗤いやがる。

「降ろせと言ったから停まったんだ。何の文句がある」

ルームミラーには運転手の目元しか映っていなかった。濁った……嫌ぁな光のある目だ。気味悪さで鳥肌が立った。ぼくは、後先も考えずに車から出た。どこで停まったのかなんて、まるでかまわず。

降りた途端にドアが閉まり、タクシーは発車した。ぼくを暗い路傍に置き去りにして。

ここはどこだ、と見渡しても何も見えない。闇がぼくを包んでいた。いたるところから鈴虫の声だけが聞こえている。リンリンリンと、やかましいほどに。聞いていると呪われそうだった。

(ここでタクシー怪談のパターンからはずれるようだ。乃木の熱っぽい語り口の力もあり、ユリエはすっかり話に引き込まれていた。それにしても、こんなによくしゃべる依頼人は初めてだ)

とんでもないところで降りてしまった、と後悔しても遅い。茫然としていても仕方がないから、タクシーが行ってしまった方へと歩こうとした。距離の感覚がおかしくなってはいるけれど、一時間もしないうちにNにたどり着けるはずだ。まだ十時前だったから、チェックインの予定時刻が多少狂ったぐらいのものさ、と自分を宥めながら。

と、車が走ってくる音がした。後ろから一台やってくる。轢かれないよう道の端に寄りながら振り向くと、近づいてくるのは赤いタクシーで、これが空車なんだ。地獄に仏、とばかりに手を振った。

やれやれ助かった、と乗り込み、目的地のホテルを言うと、「畏まりました」と応える声に聞き覚えがある。

ぎょっとして顔を上げ、運転手の名札を見たら岡本孝男！　ルームミラーの中では、あの目が笑っているじゃないか。しまった、と思ったけれど、もう遅い。

ドアを開けて飛び出る間は与えられなかった。車は急発進して、ぼくは連れ去られてしまう。連れ去られるって……どこへ？　判らないけれど、行き先が予約してあるホテルでないことだけは確かだ。

それにしても解せない。黄色いタクシーが行ってしまった後、後方からやってきた赤いタクシーにどうしてさっきと同じ運転手が乗っているんだ？　あり得ないだろう。わけが判らず眩暈がしそうだ。

「ホテルに行ってくれますよね？」

訊いても応えないので、生きた心地がしなくなってきた。

（この事態を濱地はどう捉えているのだろう、と思ったユリエが隣の様子を窺ってみたら、ボスはこっそりタブレットを操作している。何を検索しているのか知りたかったが、画面が反射してさっぱり見えなかった）

相変わらず、いくら走っても車窓は真っ暗だ。まるでトンネルの中を行くかのように。ああ、どこまで行ってもNには着かないのだな、と思うしかなかった。

「畜生。どこへでも連れて行け」

やけくそになって毒づいたら、車がスピードを落とす。夜の道端に放り出されるのなら、それもいい。今度はどんな車がやってきても止めたりしない。

降ろしてくれるのか、とは訊けなかった。下手にそんなことを言ったら、「降りたいのか？　駄目だ」と言われてしまいそうで。

前方で道が右に向かってカーブしている地点にきた。曲がりきったところに誰か立っている。

女だ。白いワンピースを着ていて、長い髪を垂らしている。

「覚えがないと言うんなら、本人に会って思い出してもらおう」

「あ、あれは……」

歯がカチカチと鳴りだした。

「顔をよく拝め。あんたが金をむしり取って棄てた女だよ」

ミラーに映った運転手の目の中で、憎悪の炎が燃えている。

「どうして……」

「おれの娘も、不真面目な男にいいようにされて自ら命を絶った。タクシーに乗せた娘さんと同じだよ。相手の男は逃げてしまって、今はどこで何をしているのか判らない」

「そいつは、ぼくには関係ない」

「判っているよ！　だけど、おれの車に乗ったのも何かの縁。復讐の神様の思し召しなんだろう。『こいつも似たような奴だ。ほら、眼鏡や顔立ちもそっくりだろう。逃げた男の代わりに好きにしろ』ってな。娘は……手塩にかけて育てたあの子は、おれと女房の生きがいだった。目の中に入れても痛くない、世界でたった一つの宝物だった。それを、お前みたいな男が……よくも……」

車は徐行して今にも停まりそうだ。女の顔がはっきりと判るようになる。

「ほぉらほら、見えてきた。懐かしい顔だろう？」

「いや、あれは……」

「N出身の女を棄てたことがあるんだろ、あんた？」

心当たりの女がいたけれど、どこの出身だったかは聞いていない。そうだと知っていたら、Nに泊まる気にはならなかっただろう。

「赦してください。みんな誤解している。ぼくは彼女を騙したわけじゃないんです。何の悪意もなかった」

「この期に及んで何をぬかすか」

「このまま行って。ここで停めないでくれ！」

言い訳は拒絶され、懇願は通じず、車は女の傍らでぴたりと停まった。ドアの把手を両手で押さえようとしたけれど、摑むより早くタクシーのドアを開閉する権利を持つ運転手が開けてしまう。

生暖かい風とともに、女が乗り込んできた。冷たい手でぼくの体を奥に押し込みながら。薬品で漂白したように白い顔が、ぬっと近づく。

懐かしくもないが、よく知った顔だった。表情はない。

「行こうか」

運転手の声に、女が「はい」と応える。

行くって……どこへ？

恐怖のあまり、ぼくは尋ねる気も失せていた。

（しばしの間。――ここで不動産鑑定士・田中の話が一段落したらしく、居酒屋での彼と佐藤の会話に戻る）

「はぁぁぁぁ。何なんだよ、それ。怪談か？　そんなものを聴かせるためにおれを呼んだわけ？」

田中は、真面目な顔で答えます。

「これは怪談じゃないよ」

「体験談めかしているけど、頭から尻尾までまるっきり怪談話じゃねぇか。それもかなり古典的なやつのバリエーションにすぎねぇ。あのな、今何月だと思ってるんだ？　ハロウィンとかいう西洋式のお盆みたいなのもとっくに終わって、そこいらでクリスマスソングが流れだしてるっていうのに、季節はずれなもんを聞かせやがって。人間の営みにおいて季節感ってのは大事なんだぞ」

「怪談は夏場のものと相場が決まったわけじゃない」

「決まってんだよ。少なくとも日本では。かき氷といっしょで、ぶるっと顫えて涼しくなれる話は夏場限定なの」

「狭量な見方だな。まぁ、それはよしとしよう」

「なんだ、そりゃ？　偉そうに」

「佐藤。お前は怪談のことを、お化けや幽霊が出てくる怖い話ぐらいに捉えてるだろ。それは違うぞ」

「どこがどう違うってんだ？　解説したいのなら手短に要点だけ言え」

「怪談は、ただの怖い話じゃない。非現実的で妖(あや)しく恐ろしい体験をした者が、それを語り継いで初めて怪談になる」

「知らないね、そんな定義。だけど、それってお前が今までしていた話にぴたりと当て嵌(は)まるじゃねぇか」

「いいや」

「ちっ。まどろっこしいな。もったいぶらずに結論を言え」


乃木の話を聴きながら、ずっと違和感があった。おかしい、どこか変だ、と。

その源泉が何なのかに気づいて、ユリエはごくりと生唾(なまつば)を呑む。

――この人は、まったく瞬(まばた)きをしていない。

つまり。

――生きた人間じゃない。

そういう目で観察すると、乃木優の正体は明らかだった。生者を装った死者の霊体なのだ。自分ごときのか弱い霊能力では、察知するのにこれだけ時間を要した。

しかし、濱地なら彼が事務所に入ってきた瞬間に見抜いていてもおかしくない。

――先生、とっくにお気づきですよね。どうするおつもりですか？

ボスは、なるべく視線を落とさないようにしながらタブレットに何か入力していた。

一方の乃木は、眼前に濱地とユリエがいるのを忘れてしまったかのごとく、なおも熱く語り続ける。

「『佐藤よ。さっきお前は言ったな。ぼくの話のことを体験談めかした怪談だ、と』

『そんなような意味のことは言ったさ。違うのか？』

『推察のとおり、あれはぼくの身に実際にあったことだよ』

『図星か』

『女がタクシーに乗り込んできた後、どうなったと思う？』

『そこがクライマックスで、いわば結末だろ。どうなったかなんて考えるのが野暮だ。怪談ってのは、尻切れトンボでも成立する』

『本当にあったことだから、あの後も事態はずっとずっと続くんだ。現実と虚構とでは、そこが違う』

そういう話は佐藤の不得手とするところでしたから、ますますカーッとなって、

『おい、こら。おれをからかって遊んでるのか？　判るように言えって』

田中は、がばりと頭を下げて、

『すまない。このとおりだ』

『な、何だよ？』

『ここの支払いは持つと言ったけれど、それはできない』

『そっちの話か。おいおい、それも変だろ。急に奢るつもりがなくなったのか？』

『支払いたい気持ちはあるんだけれど、できないことに気づいた』

『やってられない。おれはもう、帰りたくなったよ。このビールを飲んだら行くからな。勘定は有無を言わせずお前持ちだ』

『できない』

『理由は？』

『ぼくが話したのは怪談じゃない』

『まだ言うか。それと金がないこととと、どうつながってんだ？』」

濱地がすっとタブレットを手渡してくる。受け取って画面を見ると、ユリエ宛てのメッセージが入力されていた。

〈もうすぐ依頼人のハナシが終わる。そこで盛大な拍手をすること〉

——えっ？

意図が不明だが、声に出して尋ねることはできない。

「『ぼくはタクシーに連れ去られて……』」

もごもごと口ごもるので、もう佐藤の堪忍袋の緒が切れます。

『はっきり言えよ！』

と叫んで、掘り炬燵の中で相手の脚を蹴りつけました。蹴りつけたつもり……の脚が空を切る。おやっ。こいつの脚はどこにあるんだ、と探ってもない。

『……待てよ。助かって日常の世界に帰れた者が語り継ぐのが怪談だって言ったな。で、自分が語ったのは怪談じゃないって……。つまり……』

『うん。もうこの世にいないんだ』

佐藤は、のけ反って畳に両手を突きます。

『だ、だから、お前……脚が……』

『借りを返せなくて、すまん。化けて出てきているので、お金がない』

言い終えた瞬間に、濱地がパチパチと手を打った。ユリエも負けじと拍手する。

「いやぁ、お見事！　聴き入りました」

探偵におだてられて、乃木はうれしそうに微笑む。熱演のあまりか、頬がわずかに紅潮していた。

「いやぁ、そうですか？」

照れながらも、もっと褒めてもらいたそうだ。

「タクシーでのやりとりはスリリングで興奮しましたよ。女の幽霊が乗り込んでくるクライマックスまで息を殺して聴いていました」

ユリエも濱地に倣っておべんちゃらを並べる。

「足元から怖さがじわじわと這い上がってきて、たまりませんでした。これが怪談の醍醐味なんですね。最後にはちゃんとサゲもあって、最高です」

それでいい、と濱地の目が言っている。ここにきて、ユリエにも状況がぼんやりと見えてきていた。

「ありがとうございます。ありがとうございます」

乃木は起立して、二人の〈お客〉に感謝を捧げる。何度も何度も頭を下げながら。

「これで思い残すことはなくなりましたか？」

探偵に問われて、「はい」と即答する。

「最後の最後に、こんなに素晴らしいお客様に噺を聴いていただけて、あたしは幸せ者です。心残りがなくなりました」

「こちらこそ、ありがとうございます。一世一代の名演を拝見できて光栄です」

「恐縮です。……ただ、まことに申し訳ない。あたしはお察しのとおりの身の上だもので、そのぉ……」

「ええ、承知していますよ。お金がないことは。探偵の調査費は木戸銭と相殺ということにしましょう」

「こりゃまた、濱地先生」ぴしゃりと額を叩いて「畏れ入りやす」

「さぁ、どうぞ発ってください。ご立派な師匠や先輩方がおられるところへ」

「はいっ。では、ごめんなすって」

コートを右手に掛け、ドアの前でまた一礼して、乃木は出て行った。

二杯目のコーヒーを飲みながら、ボスはタブレットをユリエによこす。今度はあるサイトが画面に呼び出されていた。

「花鳥亭風福（かちょうていふうふく）。本名・乃木優。怪談を取り込んだ新作落語を得意としている。――こんな噺家さん、全然知りませんでした」

和装と洋装で印象は違っているが、プロフィールに副（そ）えられた顔写真は今しがたまでいた男に相違ない。濱地に名前を訊かれて返事が遅れたのは、芸名にしようか本名にしようか迷ったのだろう。

「わたしだって知らなかった。寄席に通ってはいないし、彼はテレビに出るほどの売れっ子でもなかったらしいからね」

「だけど、先生はあの人が入ってくるなり判ったって――」

「生きていないのが判っただけだよ。これは何か話を聴いてもらいたくてきたんだな、と。だから、まず彼のために邪魔が入らないようにしてあげた」

言われるまで気づかなかったが、濱地は机の上を片づけるふりをしながら電話のモジュラージャックをはずし、ソファに座ってからポケットの中のスマートフォンの電源を切っていた。

「志摩君に『スマホをオフにしなさい』と耳打ちする手間は省けた。きみが忘れてきたおかげで」

　ボスの有能さをあらためて思い知らされる。

「乃木優と聞いただけでは誰だか判らない。何かの事故や事件で命を落とした人だろうか、と名前で検索してみたら、ああいうのが出てきた」

　先ほど見せてもらった。花鳥亭風福は、一週間前に急死していた。心臓に持病があったため、突然の発作に襲われて路上で倒れたのだ。新宿区内の小さなホールで落語会があり、そこに向かう途上だったという。ネットニュースには、「新ネタをご披露すると意気込んでいたのに、残念です」という兄弟子のコメントもあった。

「新ネタを高座にかけられなかったことが、よほど無念だったのだろうね。それで死んでも死にきれず、ふらふらと街をさまよっていたんだろう」

「そうしたら、わたしが……」

　今朝のことを思い出す。

「信号を渡っている時に、きみが彼をよけて『すみません』と謝った。おや、この人には自分が視えているのか？　どこの誰だろう？　もしかして、この人なら落語を聴いてくれるんじゃないのか、と一縷の希望を見出して、ここまで尾行してきたというわけだ。きみの話によると、事務所を訪ねてくるまでにだいぶ迷ったようだけれどね」

「なるほどぉ。そんなふうにつながっていたわけですか。先生のお話を聞いて、目の前の霧がぱーっと晴れたみたいです」

彼は自分がここまで連れてきたようなものなのだ。まさか依頼人が生者でないこともあるとは考えず、何の役にも立てなかったことに落胆していたユリエだが、乃木とぶつかりそうになってよけたことで彼を救えたのなら喜ぶべきか。電柱の陰に佇(たたず)んでいた姿も、意味が判って思い返すと健気(けなげ)で可愛い。

「彼の落語、本当のところはどうだった？」

濱地には言いたいことがあるのだろう。

「さすがにプロの噺家さんだけあってお上手でしたね。とても臨場感があって、映画を観ている気になることもありましたけれど……。揚げ足を取るみたいですが、幽霊になっている田中さんが居酒屋の予約ができたのなら、お金だって払えそう」

「幽霊の法則がはっきりしないね」

「もう少し言わせてもらうと、中盤から終盤にかけてはオーケーだとして、サゲが弱いかな」

「確かに。月並みだし、もっとうまく持っていけただろうな。あれでは唐突だ」

「ですよね。あと、これは噺の中身ではないんですけれど、『お金(オアシ)がない』と言いながら、幽霊になった本人にはちゃんと脚があったのが引っ掛かります」

これには濱地も苦笑する。

「落語の中の幽霊には脚がないことになっているから、それは仕方がないよ」

「調子に乗って突っ込みすぎました。……だけど先生、こんな批評をしても大丈夫なんですか？　どこかで風福さんが聞いているかもしれません」

「心優しい志摩君らしいね。彼はもうわたしたちの世界にはいないよ」

せっかく上機嫌で帰って行ったのだから――最後はまるで幇間だった――、下手なことを耳に入れて傷つけたくなかったのだ。

「わたしを指差して『そこのあなた！』とやったところ、高座では前列の女性のお客さんにやるつもりだったんでしょうね。受けそう」

フォローしておいた。

「噺の弱い箇所については風福さん自身が一番よく判っていたはずだ。新作のネタ下ろしすらできずに逝ってしまい、ここでわれわれ二人だけを相手にようやく語れたんだ。生きていたら、これから練って磨いて完成させていくものだったんだよ」

「だんだん完成に近づいていく。落語というのは、そういうものですか」

「わたしは創作者でも演者でもないから、想像にすぎないけれどね。――さて、お昼はどこで何を食べようかな」

もう正午になろうとしていた。飛び込みの依頼人はあったものの、報酬はゼロだったからただ働きだ。

——いや、働いてもいないか。先生が言ったとおり木戸銭なしで落語が聴けたと思えばいいんだ。

このことを今日のデートで進藤叡二に会ったら話してあげよう。漫画家は諦め、漫画原作者を目標にしている彼なら、きっと面白がってくれるだろう。さらに伝聞の層が一枚加わって、よりややこしくなるが。

今日はまんざら悪い日でもないらしい、とユリエは思った。

浴槽の花婿

深夜に電話が鳴る。

目を通していた新聞の折込チラシを置いて、古東美真は受話器を取った。ナンバーディスプレイを見ずとも、あの男なのは判っていた。

やはりそうだ。要介の棘々しい声が、名乗りもせずにいきなり言う。

「なぁ、あんた。潔く自首したらどうだ？」

死んだ夫の法之より一つ年下で、美真より十五年上の六十四歳。定年退職した後、家でぶらぶらしている貧相な男は、通夜の席で顔を合わせるなり猜疑と敵意に満ちた目で自分をねめつけてきた。気の弱い女だったら怯えてしまいそうな、あの険しい目つき。火葬を終えた後には斎場で絡まれて、うんざりした。

壁の時計に目をやると、十一時五十分だ。こんな時間にかけてくるだけでも非常識である。これまで五回の電話は、昼間か宵の口だったのに。

「しつこいですね。わたしは何も悪いことをしていないのに、どうして自首するんですか？」

突き放すように答えてやった。

「いつまでもとぼけていられると思うなよ。高いところから神様は見ている」

「神様が見ていてくれるのなら安心です。わたしが潔白なのをよーくご存じのはずですから」

受話器の向こうで彼が苛立っている気配が伝わってくる。

「ひと欠片でも良心があるなら、洗いざらい吐けよ。あんたがしたのは、人間のすることじゃない」

美真は涼しい声で返す。

「だから何もしていない、と言ってるでしょう。おかしな言い掛かりはやめてください。わたしは傷ついています。謝罪してもらうだけではなく、慰藉料を請求したいぐらいです」

「へっ、慰藉料ときた。これはまた盗人猛々しい。いや、人殺し猛々しい、だな。どこまで図太い女なんだ」

「我慢強い人間のつもりですけれど、あなたの侮辱に耐えるのにも限度があります。今後は着信拒否にさせてもらいますので、ご了承願います」

「電話が通じないようにしたら訪ねて行くぞ」

「固くお断わりします。警察沙汰になりますよ」

「おう、望むところだ」

――馬鹿らしい。

こんな電話に付き合う義理はなく、時間の無駄だ。ものも言わずに切ってやりたかったが、かろうじて美真は自重した。

「切らせてもらいます。もう二度とかけてこないで。いい加減にしないと後悔する羽目になりますよ」

相手が何か言いかけるのにかまわず受話器を置き、ふんと鼻を鳴らした。

要介の人となりについては、生前に夫から聞いている。ギャンブルが好きで家庭を顧みなかったために妻子に逃げられ、四十代半ばから独り暮らしを続けており、退職金は瞬く間に借金の返済に消えてしまった。再就職をしても長続きせず、経済的に逼迫しかけているらしい。金を貸してくれ、と頼んできたりしないかと案じたら、「おれは貸さないから大丈夫だ」のひと言。今やたった一人の肉親ではあるが、子供の頃から反りの合わない弟なのだ、とか。

「タカろうったって、そうはいかない。あんな奴には一円も渡さない」

聞く者は誰もいないのに、美真は声に出して宣言した。要介の憎たらしい物言いを思い出すにつけ腹が立つ。

「なめるなよ、クソ親爺」

きみの手助けが要るような仕事ではないから、と言って濱地健三郎は独りで九州へと旅立った。大分県のはずれの村から、怪異の原因調査と解決を求める依頼があったのだ。

助手の志摩ユリエとしては、いささかの不満を禁じ得なかった。築二百年になる古民家に出没する怪しいものの正体に興味をそそられたし、未踏の地である九州に出張してみたかったのに、と。しかし、ボスに「助手は無用。経費節約のためにもわたしだけで」と言われては諦めるよりない。どうやら濱地は、依頼の電話を聞いただけで怪異の真相もその対処法も見当がつき、ユリエの出番はないと判断したらしい。

三泊四日の予定で木曜日に飛行機で東京を発った彼は、一両日中にことを片づけたら別府温泉で骨休めをして日曜日の夜に戻るという。温泉でのホリデーを仕事にくっつけるあたり、ボスも抜け目がない。

羨ましくもあったが、プランを聞いたら同行をせがむ気も失せた。濱地は誰に気兼ねすることもなく名湯に浸かって寛ぎたいのだろうし、進藤叡二という彼氏持ちのユリエとしてもボスと二人の温泉旅行はためらわれた。

という次第で、ユリエは木曜、金曜とデスクワークしたり電話を受けたりするために出勤したが、濱地心霊探偵事務所は事実上の休業になった。「至急、濱地先生にきてもらいたい」という依頼が入ることもなく、彼女は何とものんびりとした時間を過ごす。金曜日の午後には、濱地から「こっちは無事に済んだよ」という電話があった。すべて順調に進み、これから別府に移動するという。いつもクールなボスの声が心なしか弾んでいた。

淡々と、黙々と仕事をこなすだけで、およそ趣味や道楽を楽しむこともない——私生活は秘密のベールに覆われていて、陰で何をしているかは窺い知れないが——濱地にとって、めったにない安息の時間なのだ。せいぜい羽を伸ばしてくるのがいい、とユリエは広い心で思う。

「お疲れさまです。温泉でゆっくりしてきてください」

「うん。そっちはどうかな？」

「何も。昨日から一人の依頼人もいらっしゃらないし、一本の電話もかかってきません。おかげで事務仕事がすごく捗ります」

「それはよかった」

零細な探偵事務所としては、よかった、と喜んでいいものか。

「あんまり暇なのも困りものだと思いますけれど」

「今度の出張でしっかり稼いだから心配には及ばないよ。今日は早く帰りなさい。わたしは、もう電話しないから」

電話を切った後で、緊急を要する厄介な依頼が飛び込んでくるのでは、という気がしたが、実際はそんなことも起きず、五時を過ぎた頃からユリエは帰り支度を始める。ボスの優しい言葉に甘えて、早めに退社させてもらうことにした。

スマートフォンで進藤叡二に電話をして、食事に誘ってみると、二つ返事で乗ってくる。ライター稼業をしている彼は、時間を自由に使えるようでいて思うままにならないことも多いのだが、今日は完全にフリーだった。

「六時に待ち合わせて、こないだ話したイタリア風居酒屋に連れて行ってよ」

「志摩さん、すぐ出られるんですか？　じゃあ、いつもの場所で。プロット作りで悩んでいることがあるので、飯を食べながら相談に乗ってください」

大学の漫画研究会の一年後輩だった彼は、漫画原作者の端くれだった。役に立てるかどうかは別にして、そういう相談は面白そうだから歓迎だ。

化粧を直して事務所を出た彼女は、ゆっくりと新宿駅南口に向かった。時間ちょうどにやってきた細身で童顔の後輩は、「晩飯には少し早いですね」と言う。どこかでお茶を飲みながら、彼が抱えている創作上の悩みについて語らうことにした。

十一月の半ばとなると宵の風がひんやりと冷たく、叡二は青いダウンジャケットを羽織っている。大学時代にもいつも冬場はこれだった。

目的のイタリア風居酒屋がある東口方面へと向かう途中で見掛けたカフェの席に着いたら、ユリエは見知った顔を見つけた。警視庁捜査一課の刑事、赤波江聡一、四十歳が奥まった席で誰かと話し込んでいるではないか。

「どうかしました？」

街角でばったりと出会い、交際するようになって半年以上になるというのに、後輩の叡二はいまだに丁寧語でユリエに接する。不器用ゆえ、口調を改めるタイミングを摑みかねているのだ。正直なところ、ちょっと可愛いから放置している。

「顔馴染みの刑事さんがいるの。あっちの席のいかつい人。事件の関係者から聞き込みをしているところかな。それにしては相棒がいないけれど」

捜査中の刑事はコンビで行動するのが基本だが、赤波江は性分から単独で動き回りたがる。今回もそれかな、と思ってさりげなく様子を窺っていたら、まともに目が合った。さすがに刑事は表情一つ変えず、ユリエを平然と無視する。

彼の気が散ってはいけないな、とユリエも視線を逸らそうとしたのだが、できなくなった。赤波江が向き合っている相手――皺の入ったスーツを着た短髪の男――の肩のあたりに、もやもやと〈何か〉が漂っているのに気がついたのだ。

「志摩さん？」

叡二に呼びかけられ、申し訳ないと思いつつ、手で制する。少しの間、黙ったままでいてほしい。

煙のごとく形を変えながら浮遊する〈何か〉は見つめるほどに輪郭を明らかにしていき、溶けるように消えたかと思うと再び出現して人間の顔となり、また崩れるということを繰り返す。

濱地健三郎の下で働いているうちに開花したユリエの霊視能力は、ボスには比べるべくもないほど未熟だ。場合にもよるが、解像度が格段に劣るのだ。〈何か〉が顔であることは判っても、性別すら見極めるのが難しい。それでも目を凝らしているうちに、ぴたりと焦点が合う瞬間があった。

ぞっとして、顔を伏せた。

「変なものを視ましたね？」

叡二に訊かれて頷いた。霊的なものを視る能力について、彼には打ち明けている。

「憎々しげな顔が宙に浮かんでいるの。——刑事さんが話している相手は、きっと犯人だわ。どんな事件を調べているのか知らないけれど」

捜査一課の強面刑事が乗り出しているのだから、もとよりケチな窃盗事件ではない。殺しだ、とユリエは微塵の疑いもなく確信した。男を虚空からにらみつける〈顔〉は、それほど凄まじい形相をしていたのだ。よくも、よくもおまえは……という呪詛の声が聞こえてきそうなほど。

「おでこに冷汗が浮かんでいますよ。無理をしないで」

気遣いに感謝しながらも、彼女は好奇心がわずかに恐怖心に勝り、顔を上げてみると、〈顔〉が年配の男性であることが視て取れた。頭髪は長めで、真ん中から分けている。鼻が高くて顎が張り、眉間に寄った皺は彫刻刀で彫られたように深い。歪んだまま動く口は何事かを叫んでいるらしいが、何も聞こえない。店内の音に掻き消されているのではなく、声を発することができないようだ。それでも、相手を口汚く罵っているのであろう、と容易に想像がついた。憎悪と怨嗟が迸り、十メートル近く離れた席にいるのにユリエは圧倒されそうになる。

――この男の人、いったい何をしたの？　どうしたらこんなに激しく恨まれるの？

手掛かりを探そうとしたが、表情だけでは〈顔〉が何を訴えているのか判りかねる。

やがて赤波江たちは同時に頭を下げ、会見は終わりを迎えた。

「わたしはここに残りますので、どうぞ」

「そうですか。――では、くれぐれもよろしくお願いいたします」

短いやりとりがあって、短髪の男が腰を上げる。振り返ると年の頃は六十過ぎで、世にも気難し気な顔をしていた。顎には無精髭が目立ち、どうにも風采は上がらないが、シャーロック・ホームズならぬユリエにはその素性を推理することはできなかった。

短髪の男が店を出て行き、引き返してこないことを確かめてから、赤波江がコーヒーカップを片手にこちらのテーブルに移ってくる。刑事は、ユリエのただならぬ様子に気づいていた。

「ちょっとお邪魔しますよ。——どうもきみの素振りが普通じゃなかった。志摩さん、何か視たね？」

さすが、と感服した。

「はい」

「何が視えたのか、無能な刑事に話してくれるかな。——おっと、失礼。その前にこちらにご挨拶（あいさつ）をしないと」

初対面同士が自己紹介を交わす。叡二は「大学時代の後輩です」と言っただけだが、ボーイフレンドというよりは少し恋人に近い関係であることを勘の鋭い刑事は見抜いたかもしれない。

ユリエが視たままを話すと、叡二は驚きを露（あら）わにし、その隣に座った赤波江はカップを手にしたまま戸惑いの表情を見せた。やっぱりあいつが犯人か、と喜ぶと思っていたのに意外だ。彼女は問わずにいられない。

「さっきの人は、事件の容疑者じゃないんですか？」

「違うよ。被害者の遺族だ」

「未解決の事件について、ご遺族からお話を聞いていたということですね。それって、殺人ですか？」

「うっかり『被害者』なんて言ってしまったけれど、現時点では事故か他殺か確定していないんだ」

「どんな事件なのか、差し支えなければ聞かせてもらえますか？」

捜査上の秘密だ、と言われるかと思ったら、赤波江は正反対の反応をする。

「聞いてもらわずにはいられないよ。デート中にまことに申し訳ないんだが」

「ぼくはかまいません」と叡二が言ったので、赤波江は手にしたままでいたカップを置いて話しだした。

「さっきの人は古東要介といって、自分の兄の死について徹底的な捜査を求めている。捻じ込んできた、という感じかな。ここで彼と会ったのは事情聴取なんかじゃなく、わたしは捜査一課を代表してその訴えを拝聴していたわけだ」

古東要介と会見中の赤波江はほとんど口を開かず、もっぱら聞き役になっていたのは、そういうことだったのか。

「彼の兄の名前は法之といって、死んだ時点の年齢は六十五歳。還暦まで不動産の仲介業をしていた。リタイアしてからは悠々と隠居生活を送っていたんだけれど、二カ月前に急死してしまった。当初、警察は事故と判断しかけたんだが、最終的な結論はまだ出せないでいる」

「不審なところがあったんですね？」

「ああ。古東法之は自宅の風呂で溺死したんだけど、その死には事故か他殺か決めかねるところがあってね」

法之は無類の酒好きで、ビールでもワインでも日本酒でも真っ昼間から飲んでいたという。隠居暮らしだから気ままなものだ。常日頃からそうであったので、酔ったまま風呂に入って寝入り、湯に沈んで溺れたかに思えたのだが、事故死のようだという警察の見立てに弟の要介が猛然と異を唱えたのだ。

「あれは他殺だ、兄は女房に殺されたのだ、と大変な剣幕でね」

「奥さんが殺しただなんて……根拠はあるんですか？」

尋ねながら、ユリエは手帳とボールペンを取り出す。

「現役時代にやり手の土地ブローカーとして鳴らした法之は、たっぷりと金を貯めていた。その遺産が目当ての殺人だ、と言うんだ。故人は酔って風呂で溺れるような不注意な人間ではなかった、とも」

「うーん」と唸ってから、叡二が遠慮がちに言う。「大した根拠ではありませんね。急死した旦那さんがお金持ちだったからといって奥さんが疑われるのは理不尽だし、どんな人でも不注意をやらかすことがあるでしょう。弟さんは感情でものを言っているだけのように思えます。――すみません、素人がよけいなことを」

磊落な刑事は、そんなことは意に介さない。

「進藤さんのおっしゃるとおり、それだけでは事故が他殺に覆ったりしません。あらゆる状況をよく見て総合的に判断する必要がある」

ユリエに倣ったのか、進藤も創作ノートの白紙ページを開いてメモの用意をする。刑事の話を聞くのは初めてだろうから、取材のチャンスと捉えたのだろう。ライターとしてではなく、漫画原作者として。

「検討すべき状況を挙げていきましょう。古東法之が溺死した時、妻の美真は家にいませんでした。銀座に買い物に出掛け、午後七時に学生時代の友人と会って夕食をとり、十時に帰宅。そこで夫が風呂で死亡しているのを発見した、というのが本人の証言です」

「法之さんが亡くなった時間は？」

ユリエは遠慮なく質問を挟む。

「死亡推定時刻は、午後三時から五時」

「亡くなった法之さんは、日が暮れないうちに酔ってお風呂に入ったんですか？」

「真っ昼間から飲むって言っただろ。妻によると風呂で温まるのも好きで、二十四時間いつでも入れる循環式浴槽に気が向くと浸かっていたそうだ」

「奥さんが家を出たのは、何時ですか？」

「二時というのが当人の弁で、本当かどうかは定かでない。彼女が家を出る前に、法之はほろ酔いの状態だったとか」

古東宅は杉並区内の住宅街にあり、近隣で聞き込みをかけても美真が外出するところを目撃した人間は見つかっていない。

要介が抱いた疑惑がどういうものか、ユリエには見えてきた。

「つまり、こういうことですか。奥さんの話だと、自分が出掛けた後で酔ったまま法之さんがお風呂に入り、寝込んでしまって溺れたということになるけれど、奥さんが酔った旦那さんを浴槽で溺死させた後で外出した、と要介さんは疑っている。犯行の動機は、多額の遺産」

「ご名答。冴えているね」

赤波江は根がせっかちだから、満足げだ。これしきは誰でも推察できるだろうが。

「遺産の総額までは把握できていないが、銀行口座にあるだけで六千万円超。見たところ所有している土地家屋にも七千万円を下らない資産価値がありそうだ。それに加えて、事故であることが確定した暁には、五千万円の生命保険金が彼女に渡ることになっている」

五千万円という金額に「えっ？」と反応してしまう。たっぷり貯えがあるのだから、そんな高額の保険に入らなくてもよいのでは、と思ったのだ。もちろん、保険に対する考え方は人によって様々ではあるが。

「事故か他殺かは、検視や解剖では判明しなかったんでしょうか？」

「本件の場合、とても難しい。法之が死ぬ間際にアルコールを摂取していたことは解剖によって確かだ。どの程度かまでは判らないが、酔ってはいたんだろう。そんな彼を風呂で溺死させるのは女の力でも可能だ。酔った被害者が為す術もなく殺されたのだとしたら、暴力をふるわれた痕も激しく抵抗した痕も体に遺らない」

だからといって、遺産と保険金が目当ての妻の犯行だと決めつけるのは、叡二が言ったとおり理不尽だ。

「弟さんがそんなことを言うのは、夫婦仲が悪かったからですか？」

「仲睦まじかった、と美真は言っている。嘘ではないらしいよ。近所でも二人で楽しそうに歩いている姿がよく見掛けられたそうだし、法之と親しくしていた呑み友だちも『夫婦の間で問題があったとは思えない』と話している。ちなみに女房と旦那とは齢が十六も離れていた」

引き算をすると、美真は四十九歳か。

「結婚してどれぐらいになるんですか？」

「まだ七カ月しか経っていない。馴れ初めは中高年向けのお見合いパーティ」

「あーあ、そこがポイントですか」

遺産と保険金を狙って金満家と結婚し、計画的に殺害するというのはひどい話だが、古今東西に事例がある。

要介が語ったところによると、法之は不調法でこれといった趣味もなく、女性とほぼ無縁のまま年齢を重ねた。還暦を過ぎてリタイアした頃に「このままでは淋しい。連れ合いが欲しい」とこぼすようになり、結婚相談所に登録をする。

「法之という人は、ばりばりと仕事をこなす半面、プライベートは孤独なまま生きてきた。これも呑み友だちが語ったところによると、若い頃に惚れた女に裏切られたのがもとで、女性不信と軽い恐怖症に罹っていたらしい。結婚相談所に足を運ぶにも一大決心が要ったようだね。相手が見つかったと聞いた時、呑み友だちは祝福したが、要介は違った。『兄は女性を観る目を養っていないので、変なのに引っ掛からなければよいが、と心配していたら、妙な女に釣り上げられてしまった』と、さんざんな言い様だ」

ようやく兄に春が訪れたことを喜んでやってもよさそうなものなのに、冷たい態度に思える。

「結婚後に紹介された時から、油断のならない感じがしたそうだ。性格がきつそうなのはいいとして、肚に一物のある信用できない感じがしたんだとさ」

「美真さんの印象を悪くしたいために言っているだけかもしれません。赤波江さんはご本人に会っているんですよね」

「もちろん、会って話を聞いている。てきぱきと話す勝ち気そうな人だったけれど、とりたてて悪い印象はない。労働条件の厳しい派遣の仕事を転々としてきた苦労人らしい。葬儀が済むか済まないかのうちに、義弟に言い掛かりをつけられた、とご立腹だったね。『遺産目当てに結婚して、さっそくやったのか。この人でなし』という具合に食ってかかられたんだそうだ」

「結婚してから七ヵ月というのは、ちょっと引っ掛かるかな。事故だったとしたら、旦那さんを亡くして悲しみの底にいる時にそんなことを言われて、お気の毒というしかありませんけれど」

努々(ゆめゆめ)、軽はずみなコメントは控えなくてはならない。ユリエは、美真の嫌疑を晴らす可能性も探りたくなった。

「アルコールが入っていたとしても、法之さんは泥酔まではしていなかったはずです。だとしたら、女性が男性をお風呂で溺死させるのは簡単ではないと思うんです。もしかして法之さんは、よほど華奢(きゃしゃ)で非力な人だったんですか？」

「いいや。性格的にはおとなしい人だったらしいけれど、体格はよかった。スポーツで鍛えたわけでもないのに、遺体は筋肉質でがっちりとしていたな」

ここで叡二が口を開く。

「それに関連した質問をしてもいいですか？　法之さんは浴槽の中で、どんな姿勢で亡くなっていたのか伺いたいんですが」

「仰向けで、髪の生え際まで沈んでいました。一見したところは、いかにも事故死。だから悩ましいんです」

「やっぱり仰向けですか。だとしたら、湯に浸かった法之さんの両膝を抱え込んで、勢いよく持ち上げたんじゃないですか？　浴槽の花嫁方式です。現場を見ていないので、都合のいい立ち位置があったかどうかが判りませんけれど」

ユリエにとって意味不明の表現が交じっていた。

「浴槽の花嫁方式って、どういうこと？」

「百年ほど前にイギリスで凶悪な連続殺人があったんです。犯人はとても平凡な名前で……ジョージなんとかスミスだったかな。偽名を使って何人もの女性と次々に結婚して、新婚のうちに金目当てに殺したんだけど、そのうち三人は風呂で溺死させています。今言ったような手口でやったんです。浴槽が個人宅へ普及しかけた時代の事件だそうですね。牧逸馬が『浴槽の花嫁』という題名で紹介したせいで、日本でも戦前から有名ですよ」

「マキイツマって誰か知らない。きみ、グロいのが苦手の爽やか系のくせに、犯罪実話のファンだったの？」

「ファンってことはないけれど、漫画のネタ探しに色んな本を幅広く読みますよ。志摩さんは牧逸馬を知らないのかぁ。ペンネームを三つ使い分けていて、谷譲次の小説は岩波文庫にもなっているし、林不忘の別名では『丹下左膳』を書いています」

「丹下左膳は古い映画で観たことがある。とかいう話はどうでもよくて——」

ユリエが向き直ると、赤波江は唇を結んで表情を引き締めていた。ここからが本題だ。

「美真さんの犯行だ、と要介さんは言い張っているんでしたね。でも、その彼に怪しいものがまとわりついているのを視ました。法之さんの霊かもしれません」

「古東法之の写真を見てもらえたら話が早いんだけれど、あいにく今持っていない。すまないが、志摩さんが視たものを絵に描いてもらえないかな」

「やってみます」

こういう時のために事務所にはスケッチブックを常備しているが、持ち歩いてはいないので手帳の白紙ページにボールペンを走らせる。ぼんやりとした像だったし、写生ではなく記憶をもとにしての再現だったが、それなりの絵が完成した。

「ラフですけれど特徴は出せたと思います。どうですか？」

赤波江は、とくと吟味してから答える。

「ヘアスタイルがそっくりだ。面立ちもよく似ている。法之だろうね」

「おお！」と叡二が声を上げた。心霊探偵の助手としてユリエが特技を活かしていることは聞いていたが、その現場を目の当たりにしての感嘆だ。

「すると……」刑事はごつい顎をごつい手で撫でる。「どういうことになるんだ？」

探求心ならぬ探偵心のスイッチが入ったのか、叡二が熱くなる。もともとは人見知りをするタイプだったのに、ライター稼業で揉まれているうちにそれも解消したようで、ぐいぐいと初対面の刑事に迫るのだ。

「要介さんについて色々と知りたくなります。どういう人なんですか？」

捜査に関して得た情報をむやみに外部に洩らせないのが赤波江の立場だが、彼と濱地健三郎は信頼関係で結ばれているから、助手のユリエも信用してくれていた。それが〈ユリエの後輩と紹介されたが彼氏のようにも思える叡二〉にまで拡張する。

「仕事の面ではタフで冒険的なこともした兄と違って、弟は金属加工メーカーで地道に定年まで勤め上げています。ただ、ギャンブルにだらしないのが原因で妻子が愛想を尽かして出て行った、と本人から聞きました。まだ身辺をよく洗っていませんが、いつも不景気な顔をしているところからすると借金を抱えているのかもしれません。現在は無職。渋谷区内のマンションに居住」

「兄弟の仲はどうだったんですか？　よくなかったとしても、要介さん自身は正直に言わないでしょうけれど」

「悪かった、という証言をした人物が二人います。一人は美真。もう一人は、さっきからよく登場している法之の呑み友だちです。何か理由があって喧嘩(けんか)をしていたというのではなく、子供の頃から兄弟は反りが合わなかったそうですよ」

「状況を総合的に判断すると」叡二は、赤波江の言葉を引用する。「弟の要介さん、怪しくないですか？　刑事さんに笑われそうですけれど、要介さんが真犯人だとしても筋の通ったドラマが作れそうです」

ユリエも同感だ。

「遺産と保険金を狙った美真さんが、浴槽の花嫁方式で法之さんをお風呂で溺死させた、と見せかけて要介さんがやった、と言いたいわけね？　殺されたのは新婚の花嫁じゃないから浴槽の花婿か。ギャンブルでこしらえた借金を清算するため、お兄さんの遺産を相続するのが目的。奥さんに殺人の罪を着せるのに成功したら、彼女は遺産を相続する権利を失うから、遺された財産はそっくりそのままただ一人の肉親である弟に行く。——法律的にそうですね？」

赤波江は頷く。

「財産がそっくりそのままってことは……」叡二はメモした金額を確かめる。「預金と土地家屋で合わせて一億三千万円以上か。それに目が眩(くら)んだのかもしれません。もしそうだとしたら、邪悪な計画殺人ですよ」

　まるで念願かなって捜査一課に配属された若手刑事だ。赤波江は、人差し指で鼻の頭を掻いた。

「われわれはドラマのシナリオを書こうとしているのではないので、発想の飛躍だの転換だのを楽しむのは禁物です。徹頭徹尾、事実に基づいて真相を突き止めなくてはならない」

「はい」と叡二が畏まったので、赤波江は気分をよくする。

「判ってもらえたら結構。要介が真犯人、ですか。進藤さんがそんな仮説を唱えたくなった気持ちも判りますよ。その方がドラマとしては捻りが利いているし、無念の死を遂げた法之さんの霊が要介にまとわりついている説明もつく。要介が兄を溺死させた可能性を調べていなかったことは、警察の手落ちに思われたかもしれませんね。——しかし」

　刑事はタメを作って、二人の顔を交互に見る。本物の捜査会議に出席しているみたいだ。

「要介による犯行という見方を通すには障害があります。事件当日の午後三時から五時の間、彼は現場にいなかったんです。つまり、アリバイがある」

　ユリエには解せなかった。

「要介さんが犯人だと疑ってこなかったのに、アリバイは調べていたんですか?」

「彼への事情聴取の中で当日の行動が自然と判ったんだ。三時から五時までは、行きつけの店でパチンコをしていた。調書に書くために裏を取ったら、言葉を交わした店員や常連客の証言が得られたよ。……どうかした?」

赤波江は、メモを見返す彼女の顔を覗き込むようにして訊く。

「三時から五時っていうのは、法之さんの死亡推定時刻と一致していますね。ただの偶然なんでしょうけれど、作為があるようにも思えてしまいます」

「偶然だろう。なんにしてもアリバイは成立している」

「何かトリックがあるのかも」

ユリエが言った途端に、叡二が勢いを取り戻す。

「志摩さん、このところミステリーに凝っているからトリックなんて言い出したんですか? でも面白い。アリバイについて検討してみましょう。犯人自身が現場にいなくても犯行が可能だったとか、工作の余地があったんじゃないですか? どんな浴室・浴槽だったのかが知りたいんですね。部外者がそこまでお願いするのは無理ですか?」

イエスともノーとも答えず、赤波江は黙って手帳を開く。今度は、彼が絵を描く番だった。

一週間ぶりのスーパー銭湯からの帰り。

ふだんはシャワーで充分なのだが、やはり週に一度ぐらいは湯に浸かりたくなる。心行くまで入浴を満喫し、背中と腰のこわばりをマッサージでほぐしてもらい、冷たいドリンクを味わいながら休憩スペースでファッション誌を読み、生き返ったようだ。

自宅の前でタクシーを停めたくないので、一つ手前の角で降ろしてもらった。まだ九時半だが、通行人は絶えて町はひっそりと静まり返っている。淋しい道だが、自宅まではほんの二十メートルしかない。何事もなくわが家にたどり着けると思っていたのだが、そうならなかった。

電柱の陰から、ゆらりと男が現われる。要介だ。晩秋の路上でいつから待ち伏せしていたのだろう、と呆(あき)れる。

「話すことはありませんよ」

ぴしゃりと言うと、薄ら笑いが返ってくる。

「どこで遊んできたのか知らないけど、いい気なもんだな。亭主を始末して、のびのびと元気そうだ。まともじゃない」

「通してください。立ちふさがらないで」

「あんたの様子を見にきたんだよ。ちっとも変わっていないみたいだな。がっかりだ」

声を落として、凄みを利かせているつもりか。取るに足りない人間で、ギャンブルの誘惑に負け続けてきた駄目男ではあるが、度胸がないので人間を相手にして後先を考えない無茶な行動には出ない。そう読み切っているから、美真はまったく恐れを感じなかった。

「どいてもらえますか」

「新宿で刑事に会って話してきた。熱心に耳を傾けてくれたよ。本格的な捜査はこれから始まる」

――あれから二カ月も経っているのに？　そんなわけないじゃない。無下にできず相手をした刑事は、うんざりしたに決まってる。あんたの陳情なんか本気で聞くもんですか。

胸の裡で嘲りながら要介を見返すと、間抜け面が憐れですらある。

「本格的な捜査が始まるのなら、よかったですね。わくわくしながら結果を待ってばいい」

「余裕たっぷりだな。ああ、楽しみにしているよ。おれは親切心から忠告にきただけさ。証拠を摑まれてから『わたしがやりました』と白状するより、今のうちに出頭した方がいくらか罪が軽くなるぞ」

「もう充分。家に入るので邪魔しないで。わたしに指一本でも触れたら警察に通報します」

スマートフォンを翳しながら踏み出そうとしたところで、要介の右肩の上に白い煙のようなものが浮かんでいるのに気づいた。風に流されることもなく、いや、それに逆らって彼の耳の方へと漂う。

――またか。

祖母からおかしな能力を受け継いでいる。視たくもないのに視えてしまうアレかと、忌まわしく思いながらも、正体が知りたくて目を凝らすと、ソレは一瞬だけ人間の顔の形を取った。

「おい、どうした？」

要介は、美真の異変に気づいたようだ。答えようがなくて窮しかけたところへ、折よく二台の自転車が近づいてきた。警邏中の巡査を認めた要介は、顔を顰めて身を翻す。彼らに美真が助けを求めると早とちりしたのだろう。撤退しながら、ひと言だけ投げつけてきた。

「おれは何もしていない。忠告しにきただけだからな」

小走りに遠ざかる男の後ろ姿を見送る彼女の胸中には、安堵と不安が三対七ぐらいの比率で交錯した。

――今の、あれは……。

時間がなくて、見極められなかったが——煙のようなものが法之の顔に見える瞬間があった。

出張にくっつけた温泉旅行から帰るなり、濱地健三郎は忙しくなった。月曜日の朝、いつもより早めに出勤してきたユリエから〈浴槽の花婿事件〉について聞かされたかと思うと、十時前には赤波江がやってきた。ユリエと示し合わせ、彼女が事件の概要を話し終えたタイミングを見計らっての登場である。

もちろん、赤波江からの相談は報酬を伴う仕事の依頼ではないが、貸しを作ったり借りを作ったり、この二人にとってはお馴染みのギブ・アンド・テイクだ。

「温泉に浸かってさっぱりした顔でお帰りになった早々に、申し訳ないですね」

刑事が恐縮すれば探偵は微笑し、助手が言い添える。

「先生、別府の湯でリフレッシュできたんですね。血色がいいですよ。お肌に艶（つや）が」

濱地はオールバックの髪を掻き上げて「そうかな」と応じる。もとより年齢不詳だから、肌のコンディションが素晴らしくよくなったのかあるべき状態に恢復（かいふく）したのか、ユリエには判らないが。

「ひととおりの話を志摩君から聞いたところです。古東要介さんにまとわりついているものの正体が亡くなった法之さんの霊であること、その霊が自分を殺（あや）めた者を糾弾したがっていることを確かめれば心霊探偵が赤波江さんのお役に立てるわけですね？」

「話が早くて助かります。肌艶だけじゃなくて、頭の回転もますますよろしいようで」

「揃っておべんちゃらを並べてくれなくても結構です。赤波江さんのリクエストだから協力しますけれど、志摩君の話によると問題の霊はどうも弱々しくて、わたしが乗り出しても意思の疎通ができるとは限りません。その場合、捜査を無用に掻き回すことになるかもしれないな」

「かまわないので、やってみてください。要介のアリバイを崩したり、証拠を集めたりといったことは警察の仕事です。できるなら要介がどんなアリバイ工作をしたのかまで霊に教えてもらいたいんですが、それは虫がよすぎるでしょうね。『おれに訊かれても知るか』と怒られかねない」

ユリエは、アリバイの謎が気になってならなかった。金曜日の夜は、イタリア風居酒屋で侃々諤々（かんかんがくがく）と二人で検証して、あまりに熱が入ったために終電を逃すところだった。

「わたし、進藤君と一緒にどういうトリックが使われたのか考えてみたんです。要介さんがいたというパチンコ店と犯行現場を移動するには、どんな手段を使っても四十分近くかかります。巨大なドローンにぶら下がって飛んだはずもないから、この時間は短縮できない。だとすると、法之さんを溺死させるのに時限装置を使ったんだろう、ということで見解は一致したんですけれど……。具体的にどういうものかまでは推理できていません」

叡二とのディスカッションを思い出す。

——ぼくは機械に弱いからうまく言えないけれど、何らかのメカニックを使えばできたと思います。酔って半睡の被害者を浴槽に入れ、何かで体を支えておいて、タイマーでセットした時間がきたら支えがはずれるような仕掛け。

——うん、わたしもそんなイメージなんだけど、仕掛けの痕跡が遺るとまずいのよね。自分は第一発見者になれないから、証拠を撤去できないもの。

——被害者の酔いが醒めて、「何だ、これは？」と動いたら装置はうまく作動しないだろうしなぁ。

——赤波江さんによると、被害者が拘束されていたような痕は皆無だったらしいよ。

——よそで溺死させておいて、五時以降に現場の浴槽に運んだのでもないでしょう。

——無理無理、運ぶのが大変。それに、死体が動かされていたら警察が見抜く。

——ですよね。やっぱり時限装置だな。……そうだ！　仕掛けは融けてなくなったんじゃないかな。

——融けてなくなるって……氷とか？

——はい。大きな氷を浴槽の底に沈めて台を作り、その上に被害者をのせて現場を立ち去ったんでしょう。タイマーをセットしたように精密ではないけれど、これなら痕はまったく遺らない。二十四時間いつでも入れる循環式浴槽がお湯を足してくれるから、発見された時に氷のせいで湯が冷たくなっている、ということもありません。

――小学生でも考えつきそうな素朴な仕掛けね。あ、ごめん。馬鹿にして言ったわけじゃない。

――気にしていませんよ。

――細工の痕が遺らないのは好都合なんだけれど……。犯人にとっては、一世一代の賭けだったわけよね。そんな仕掛けで勝負するかな。お尻の冷たさで被害者の酔いが醒めたらアウトよ。失敗した場合、やり直しがきくとも思えない。『あいつ、おれを風呂で溺れさせようとしやがったな』と殺意がバレちゃうもの。

結局、どちらも名探偵になれずじまいではあったが、不謹慎さも含めて刺激的なデートだった。

ボスは「トリック、時限装置」と復唱する。

「きみは相変わらずミステリーに凝っているみたいだね。進藤さんも巻き込んでのアリバイ崩しか。だけど、要介さんが主張しているのは嘘偽りのない本物のアリバイかもしれないよ。もしそうなら崩そうとしても徒労だ」

「死亡推定時刻は当日の三時から五時。ぴったりその時間帯に合わせたように要介さんにアリバイがあるのが怪しい。進藤君はそう言っていました」

「そして、きみの疑念でもあるらしい。だが、その死亡推定時刻は事後に出されたものので、要介さんが犯人だとしても予想するのは困難だ。時間帯の合致は、偶然の産物と見ていいのではないかな？」

――先生は、恨めしげな顔をしたあの霊を視ていないからそんなふうに言うんだ。わたしが視たものを疑っているのかも。

濱地の言は論理的ではあったが、ユリエは簡単に引き下がらない。

「できすぎています」

「同語反復のきらいがある。できすぎているように感じる現象を人は偶然と呼ぶんだよ」

「先生はスマートに言い返しますね」

探偵と助手の掛け合いに区切りがついたところで、赤波江が今後の段取りを提案する。

「午前中に古東美真と会います。捜査の状況を聞きたがっているんですよ。要介が中傷をやめないので止めてほしい、という要望もあるようです。買い物に新宿まで出てくるそうで、南口近くの喫茶店を指定しています。時間は十一時。可能であれば、濱地さんにご同行願って、彼女の様子を観察していただけないでしょうか。要介どころではない変なものを彼女が背負って……いないとは思いますが」

「承知しました。要介さんとは午後にどこで？」

「ますます話が早い。感激で涙が出そうですよ。捜査がどこまで進捗しているか探りたいのか、彼は盛んに面談を求めてきます。今から電話を入れてアポを取るつもりです。午後早くに渋谷界隈で、となるでしょう。濱地さんに奴をじっくり観察してもらえるよう口実を設けます」

ユリエは我慢できず、自分の鼻のあたりを指差しながらアピールする。

「あの、先生、わたしもお供させてください。事務所が留守になりますけれど、ぜひ。似顔絵のご用命があるかもしれないし」

希望はかなわない、三人は揃って事務所を出た。

美真は、十一時きっかりに指定の喫茶店に現われた。くすんだ灰色のコートを脱ぐと、黒に近い濃紺のアンサンブル。喪中にふさわしいと考えて選んだ服だろう。中肉中背で、これといった特徴はない。すべてが年相応で身だしなみに隙がないな、というぐらいがユリエの印象だった。

赤波江は立ち上がって一礼し、相手がコートを畳むのを待って着席する。「さっそくですが」と美真が切り出す声が、小さいながら明瞭に聞こえた。

昭和の雰囲気を残すその店には大きな吹き抜けがあり、濱地とユリエは中二階のテーブルに着いていた。赤波江が待っていたのは、その斜め下の席だ。うまく考えたもので、そこから中二階を見上げると観葉植物の陰に濱地たちが隠れるのだ。それでいて距離があまりないから会話を聴き取ることもできる。

「刑事さんには申し上げにくいんですが、捜査に時間がかかりすぎているんじゃないでしょうか。何もかもが宙ぶらりんで、困っています。保険会社に掛け合っても埒が明かないし」

「ご心配とご迷惑をおかけして、心苦しく思っています。しかし、ここは慎重でなくてはなりません。われわれとしては、一片の疑問もないほどクリアなものとして結論を出したいんですよ。奥さんのためにも」

「わたしのためにも？　ああ、お気遣いいただいているんですね。要介さんみたいに『遺産と保険金を目当てに亭主を殺したんだろう』なんて馬鹿なことを言いだす人が現われたら困りますから」

「無責任なことを書く週刊誌もありますしねぇ」

「嫌なことを言わないでください」

「これは失礼しました」

「土曜日の夜、要介さんがきたんです。わたしが外出先から帰るのを待ち伏せしていて、どきっとしました。警察からきつく注意してください」

「何か言われましたか？」

「不愉快なことを」

「『遺産と保険金を目当てに』云々ですか。われわれとしても責任を感じます。――保険金のことを気にされるのは当然ですが、急いでお金が入り用ということは？」

「いいえ、そういうわけではありません。早くすっきりさせたいだけです。人生を前に進めるために」

「ごもっとも」

ユリエはベンジャミンの葉陰から懸命に目を凝らしたが、美真の周辺に霊的なものは視えないし、特別な気配を感知することもなかった。無表情を保っている濱地に「どうですか？」と訊いてみる。

「異状なし」

「ですよね」

トートバッグに入れてきたスケッチブックの出番がないまま、刑事と美真の三十分にわたる対話が終わる。二人が店を出た三分後に濱地たちも席を立ち、決めておいた場所で落ち合った。探偵の報告に、刑事は失望するでもない。

「『異状なし』ですか。じゃあ、午後を楽しみにしていてください」

要介とは午後一時に渋谷駅近くのカフェで会うことになったので、その前に新宿でランチをとる。赤波江が勘定を持とうとするのを濱地が止めるひと幕があり、「この前も濱地さんに出していただいたし、志摩さんにもお世話になっているから」と刑事が探偵と助手の分も払ってくれた。

渋谷のカフェでは、まず赤波江が要介と相対し、濱地とユリエは少し離れた席で待機する。そこから様子を窺っただけで、探偵は〈異状〉を視て取った。

「強い怒りを放っているけれど、不安定な状態だ。あれでよく似顔絵が描けたね。きみの能力は向上しているらしい」

ボスのコメントがうれしい。

「口をぱくぱくさせているだけで、何を言いたいのかまでは伝わってきませんよね。いつまでも、あんなふうに意味もなく弟につきまとうつもりかしら」

などと話していると、赤波江がこちらを向いて右手を挙げた。濱地だけが立ち上がって彼らのテーブルへと歩いて行き、刑事の隣に座った。会話は聞こえてこないが、どんなやりとりが為されているのかユリエは承知している。

赤波江は、「くわしい事情は話せませんが」と要介に断わった上で、濱地と引き合わせて「最近、この男性にどこかで会ったり見掛けたりしませんでしたか？」と尋ねることになっていた。これだと要介に顔を凝視されるという形をとりながら、濱地は至近距離から相手の肩のあたりにさりげなく視線をやることができるわけだ。

計画どおりにことが進んでいるようで、要介が首を振ったのは「見覚えがありません」という返答だろう。濱地はこちらに背を向けているので、どんな顔をしているのか見えなかった。

虚空のぼやけた〈法之〉の顔を、ユリエは見つめる。刻々と変容して形が定まらず、敵意を込めて要介を見下ろしているのはこの前と同じだ。離れていても邪気がじわじわと伝わってくる。

要介に〈法之〉の顔が視えないのは幸いと言うべきだ。もし視えてしまったら、強烈な憎悪を浴びせられていることに慄然(りつぜん)とし、悲鳴を上げかねない。知らぬが仏、視えぬが天国。一方、〈法之〉にとっては、要介に視てもらえないことは奥歯が鳴るほど忌々しく、苦痛ですらあるだろう。それなのに、よほどやむにやまれぬ理由があるのか、呪いをかけたり祟(たた)りを為したりする力もなさそうなのに性懲りもなく出現する。

――言いたいことがあれば先生に訴えればいいのに。何がしたいの？

ユリエは、もどかしい気さえしてきた。しかし、〈法之〉は濱地に目をやらず、要介の肩口から頭上にふわふわ上ったかと思うと、不意にもがくように揺らぎ、どうしたのだろうと目を凝らしているうちに消えてしまった。

――力尽きた、という感じ？

拍子抜けしてしまったが、いや待て、と思い直す。もしかしたら、〈法之〉は目的を達したから去ったのかもしれない。短い時間だったし、濱地と視線を絡めてもいないように見えたが、しっかりと意思を通わせることができたのではないか？　濱地と視線を絡めてもいな

　要介が腰を上げ、何か言う。「よろしくお願いしますよ」といったことだろう。店を出た彼が道玄坂方面に去るのをウィンドウ越しに確かめてから、ユリエは濱地と赤波江のテーブルに移った。

「アレは何か言いましたか？　先生を無視しているみたいでしたけれど」

　要介がいた席に着くなり、湯気が立つコーヒーを口に運んでいるボスに勢い込んで尋ねる。

「無視されたよ」

「ということは……」

　収穫はなかった、ということか。

「わたしを完全に黙殺して、要介氏には盛んに毒づいていたね。弟のことが赦せないらしい」

「毒づくって……生きていた時の恨み言ですか？」

「違う。今、要介さんがしていることに対する抗議だ。――店の作りから味は期待していなかったのに、ここのコーヒーはおいしい」

「よかったですね。――抗議していたなんて判るんですか？　口がぱくぱく動いていい

ただけなのに」

「それで充分じゃないか」

助手に先んじて、「どういうことですか？」と刑事が訊いた。

「志摩さんの目には法之の霊が映っていたんでしょうけれど、こっちは何も視えていない。さっぱりわけが判りませんよ」

「ごもっとも」濱地は真正面のユリエを要介になぞらえて、「このあたりに法之さんの〈顔〉があり、声を出さずにわめいていたんです。赤波江さんとわたしのことは眼中になかった。いったい何を罵っているのか知るため唇の動きに注目したら、読み取れました。造作もなく」

「ほお。……えっ？」

ことの重大さに気づいて、刑事は前のめりになる。ボスに読唇術の心得があるとは、ユリエも知らなかった。

「再現してみましょう。――『警察にかまうのをやめろ』『よけいなことをするな、馬鹿』『おれは美真を赦しているんだ』」

濱地は言葉を切り、自分が言ったことが刑事と助手の脳に到達するのを待った。赤波江が反応する。

「『美真を赦しているんだ』ということは、つまり、法之は女房に殺されたという意味ですね？　そうと知りつつ赦している」

「ええ、そう解釈するしかありません。殺された本人が赦しを与えているのに、第三者でしかないおまえが妻の罪を暴こうとするのはよけいなことだ。事件性を警察に訴えるのはやめろ、と言っているんです」

「……要介さんが犯人だから付きまとっていたわけじゃないんだ」

　ユリエは呆気に取られてしまった。てっきりそうだと信じて疑っていなかったのだ。

「殺された者の霊は、必ずしも自分を死に追いやった人物のところに現われるのではない。志摩君はわたしの助手を務めていて、そういう事例に何度かぶつかった経験があるはずだけれどね」

　不覚にも、あるのに忘れていた。

「固定観念に囚われていました。いえ、というよりも、あの形相に騙されました。殺された恨みだとばかり――」

「きみは騙されたのではなく、惑わされたんだ。彼の怒りは死後に生じた。自分を殺害した妻に遺産と保険金が渡ることを要介さんが邪魔しようとしていることへの怒りだね。それを阻止しようと現われたものの、肝心の相手には自分が視えない。切歯扼腕しながら、しつこくつきまとっているのだから憐れだ」

「悲しいですね」

永らく孤独だった自分に寄り添ってくれたのは、殺して金を手に入れるため。そうだと知っても、なお法之は彼女に幸せな時間をもらったことを感謝しているとしたら、ユリエには不憫でならない。法之は、そんな憐れみなど欲していないのだろうが。

赤波江は捜査の方針が絞れることを喜んだが、その心境は複雑なようだ。

「刑事として、やるべきことは一つ。事件当日の美真の行動を再度洗い、嘘を見つけて突きます。剖検の結果も再検証。こんな悪辣な計画殺人は絶対に赦せない。――ですが、それは被害者の気持ちに沿うものではないというのがつらい。濱地さんの協力を仰ぐようになって大助かりの半面、よけいな悩みが増えました」

「何事にもプラスとマイナスの両面があるものです。〈彼〉は、わたしに視られていることを察知して、逃げるように消えました。あなたの捜査が進み、犯人が逮捕されることになったら、こちらに恨みの矛先が向くかもしれません」

「ご迷惑がかかることになったら申し訳ない」

恐縮する刑事に、探偵は応える。

「どうにかしますよ。赤波江さんとわたしは、それぞれ別の課題を持ったことになる。お互いに抜かりなくやりましょう」

〈法之〉は、実はユリエの視線も感知したかもしれない。そうであれば、逆恨みをされるのは濱地だけとは限らない。まさか叡二にまで危害は及ぶまいが。

「顔で凄むだけの霊ですから、あれぐらいのだったら、わたしでも撃退できますよね」

気休めを求めて訊くと、ボスに油断を戒められる。

「あれは切れっ端で、本体は別のところにいるかもしれない。ことの推移を見ながら、警戒は怠らないようにしよう。そんなことにはならないと思うけれど、〈彼〉がきみの身辺に現われるようなことがあれば、ただちに報告してくれ」

「はい、すぐに」

本体という表現が、少し恐ろしかった。


夜になって雨が降りだした。

体が冷え気味なので大浴場の湯で温まりたかったが、傘を差してタクシーを拾い、スーパー銭湯まで行くのは大儀だ。

──仕方がない。シャワーで済ませようかな。

いつになったら夫の遺産や保険金が手に入るのか判らず、自分の預金を取り崩している状態だから、タクシーでの銭湯通いを少し控えた方がよさそうでもある。

美真は、着替えのパジャマとバスタオルを手にして浴室に向かう。途中、リビングの片隅の電話が視野に入ったが、要介の番号は着信拒否にしたので、もう夜更けの電話に煩わされることはない。

——あいつも、そのうち諦める。警察だって迷惑がっているはずだもの。赤波江とかいう刑事はわたしのことを勘繰っているみたいだったけれど、鋭い質問をするでもなかったし、あの人たちは忙しいから延々といつまでもこの件に関わってはいられない。事故で処理して、おしまいよ。

脱衣所の鏡に映る自分を見た。

——ほら、わたしはいい顔をしている。勝負に勝った人間の顔よ。

浴室の引き戸をそっと開ける。もしや、とは思ったが、期待に反して〈法之〉は相変わらず居座っていた。空の浴槽にだらしなく寝そべって、虚ろな目でこちらを見ている。もちろん、みっともない全裸のままだ。気取って伸ばしていた髪はべったりと額や頬に張りつき、鼻孔や半開きの口からは今もまだ水が細く流れ出している。止まらないのだ。

「こんばんは」

やけくそで挨拶をしてやった。そろそろ退散してもらいたいのだが、未練を断ち切るのにまだ時間がかかるようだ。

——あっちもこっちも根競べね。でも平気。持久戦には自信があるわ。負けてたまるもんですか。これまで碌なことがなかったんだから、いい思いをさせてもらわないと、わたしの人生は釣り合わないのよ。

かといって夫を殺める権利があるはずもなく、自分に甲斐甲斐(かいがい)しく接してくれたことを想い返すと、憐憫(れんびん)を覚えなくもない。

いつまでもこの家にいるつもりはなく、金が入ったらタワーマンションに引っ越すつもりだ。値ごろの物件を新聞の折込チラシで見つけてある。それまでの辛抱だ。

「あんまり外へ出歩かないでね。ここでじっとしていなさい。ほら、わたしが引っ越すまでのお楽しみ。ご覧なさいよ。あなたが大好きだった女の裸」

浴槽の〈夫〉は、口元に微笑を浮かべているようだった。

お家がだんだん遠くなる

部屋の片隅で蹲（うずくま）っている老人の影。

それに向けて、濱地健三郎は粘り強く語り続けた。ここがどれほど快適なあなたの城だったとしても、それは過ぎた日々のこと。あなたはもうこの世の存在ではないのだから、新しい場所に向けて旅立たなくてはならないのです、と。

壁に掛かった風景画が小刻みに揺れ、額縁がカタカタと鳴っているのが耳障りだが、濱地はまるで意に介していないように見受けられる。

「これは引っ越しです。生前のあなたは転居を四回なさっていますね。現代人としてまずは平均的な回数でしょう。期待と不安とともに移った先がどんなところであっても、たいていの人はいずれ馴染（なじ）み、住めば都という古い言葉を実感します。最後の引っ越しは、この世との別れ。その時がきたんです」

黒っぽく煤（すす）けた影は黙ったまま、じっと聴き入っているようだった。先ほどまで部屋中に充満していた邪気が薄らいでいるみたいだ、と志摩ユリエは感じる。説得が効いているのだ。壁の絵も、やがて動きを止めた。

「この家とは存分に名残りを惜しんだでしょう。あなたが未練を断ち切って旅立つのを、われわれがお見送りします」

濱地が説くこと、さらに十五分。影の形が崩れて煙のように広がり、虚空に溶けていく。ユリエは、ボスの肩越しにそれを見つめていた。

老人の影が行ってしまうと、様々な怪異の発生源だった部屋は平穏を取り戻し、空気も清浄なものに変わる。濱地がこちらに向き直った。

「〈現象〉は消滅したよ。お疲れさま、志摩君」

心霊探偵の助手は、ほっと溜め息をつく。今回の案件では大した務めを果たしていないが、いつどんな展開があるかもしれないため、最後はかなり緊張した。

「先生こそ、お疲れさまでした。こんな言い方は生意気ですけれど、お見事な弁舌だったと思います」

年齢不詳のボスは、オールバックの髪を撫で上げて、「それはどうも」と微笑む。侮れない力を有した影と一時間近くも対峙し、精神に相当な負荷が掛かったはずなのに、余裕たっぷりで涼しげな顔をしているのが心憎い。

「もう大丈夫です、と依頼者に報告できるよ。前の所有者が居座って嫌がらせをしていたが、誠意を込めて言い聞かせ、立ち去ってもらったので以後は何も起きない」

「前の所有者だったあのお爺さんは、よっぽどこのお屋敷が気に入っていたんですね。素敵なところだから無理もありません」

「とは言え、わが家をあの世まで持って行けるはずがない。家に限らず何も持っては行けないんだが」

やきもきしながら待っているであろう依頼人に、濱地は携帯電話で報告を入れる。その間にユリエは、昨日から留守にしている事務所に連絡が入っていないかを確認した。

心霊現象に関わる事案を専門とする特殊な探偵事務所のこと。一日に何件も調査の依頼がくることはないのだが、一つ気になっていることがあった。留守番電話の録音を再生してみたら、やはり――。

依頼人を安心させる電話を終えた濱地は、「何か入っていた？」とユリエに尋ねてきた。

「はい。今日の午前に高遠瑛美（たかとおえいみ）さんから。『先生が手掛けておられるお仕事は、まだ済みませんか？　急（せ）かして申し訳ありません。早くわたしの相談に乗っていただきたいんですが』と」

高遠瑛美から最初の電話があったのは五日前のことで、濱地が別の案件で手が離せないことをユリエが伝えると、「そうですか……」と心細い声を出し、「そちらが片づいたら、すぐにご連絡をいただけますか？」と頼まれていた。返事を待ちかねて、向こうからかけてきたのだ。

「高遠さんというと、奇妙な夢を見る人だろう？」

「夢というか……幽体離脱をしてしまうということでした」

「切迫した事情はなさそうに思ったんだが、事態が動いたのかな」

「どうでしょう。留守電では詳しいことをおっしゃっていません。変な夢が続いて怖がっているだけで、先生が乗り出すような案件ではないかも」

「だとしても、せっかくうちに連絡してきた人だから無下にはできない」

ひと仕事終えたばかりの濱地は、その場でただちに高遠瑛美に電話を入れることを厭わなかった。

翌日、さっそくやってきた依頼人は顔色が優れない。

もともと色白なのだろうが、蒼ざめて見えた。事務所に入ってきた時から目の動きには落ち着きがなく、挙措もぎこちない。私立探偵のもとにやってくる人間にはありがちで、特に濱地健三郎のような心霊探偵を訪ねてくる人間には珍しくないことではあるが。脱いだコートを掛けようとした時は、うっかりハンガーを取り落とした。

「今日までお待ちいただいて申し訳ありませんでした。前の仕事で遠方に出向いていていたもので」

応接コーナーのソファで向かい合って座るなり、濱地はまず詫びた。この事務所には彼の他には助手の志摩ユリエがいるだけなので、二つの事案を同時に扱えないのだ。

「濱地先生のところには、日本中から調査依頼が舞い込むんでしょうね。わたしも先生に頼らせてください」

「まずはお話を伺いましょう」

依頼人は、簡単な自己紹介から始めた。高遠瑛美は二十八歳。浦和の生家で両親・兄と暮らしており、家業である料亭の経理を手伝っている。家庭内は円満、商売は順調で、身辺にトラブルはない。両親が早く結婚させたがっていることだけが少し煩わしい程度だと言う。

「今日は、東京で友だちと遊んでくることにして出てきました。心霊探偵の事務所に行くと言ったら両親がびっくりして、兄にからかわれますから」

コーヒーを出した後、手帳とタブレットを手にボスの隣に座ったユリエは、依頼人が口にした料亭をこっそり検索してみる。四代続く名店だそうで、写真を見たらいかめしいほど立派な店構えだった。

――お嬢様なんだ。カシミアの高級コートが似合うはずね。あの腕時計や靴だって、わたしには手が出ない値段のものだろうな。

身に着けているものだけでなく、事務所に入ってきた時の戸惑いが消えると、細かな所作に年齢以上の洗練を感じる。手入れが行き届いた髪や爪のきれいなこと。親しくなっても砕けすぎた言葉は遣わないのだろうな、と思わせるものがあった。

洗練。ボスからも、ユリエがしょっちゅう感じているものだ。自らのことをまるで語らない濱地は、裕福な家で育ったおぼっちゃまなのではないか、と想像を巡らせかけて、意識を仕事に戻す。

「眠ると幽体離脱してしまう、ということでしたね」

探偵から水を向けた。

「はい。たかが夢のことで悩んでいるのか、と嗤わないでください。本人にとっては切実なんです」

「嗤うどころか重く受け止めていますよ。人間は嫌でも毎日眠らなくてはなりません。その眠りが安楽の時間ではなく苦痛になったら、たまったものではない」

依頼人の顔に安堵の色が浮かんだが、喜ぶのは早いことに気づいたらしく、すぐに表情を硬くして濱地に尋ねる。

「幽体離脱というのは、心霊現象と考えてよいのでしょうか？」

「意識が肉体を離れて存在する状態を幽体離脱と称します。霊魂の実在を前提としますから、心霊現象だと言えますね」

「科学的に説明がつくんでしょうか？」

「研究対象にしている科学者はいますが、霊魂が実在することを証明できた人はいません。ある状態において脳が見せる錯覚という見方が優勢です。それだけでは説明がつかない事例もあるのですが」

臨死状態に陥った患者の意識が肉体を離れ、病床の自分のそばにいた医師や家族らの細かな動きを観察して、覚醒後にそれをつぶさに語る例を濱地は紹介する。

「わたしを悩ませているのは、それです。眠っている間に、霊魂だか何だかが体を抜け出してしまうんです。毎日、毎晩」

ユリエも聞いたことがある。高校時代のクラスメイトがそういう体験をしたそうで、「死んだのかと思ったよ！」と興奮しながら話してくれたことがある。当時は半信半疑だったが、濱地のもとで働くうちに霊的なものを視る能力が覚醒した今となっては、そういうこともあるだろうと自然に認められる。

「毎日、毎晩ですか。あなたを悩ませる幽体離脱は、いつから始まったんでしょう？」

「二週間前。十一月十日からです。それ以前には、一度も経験していません」

「具体的にどんなものなのか聞かせてください」

話す内容をよく整理してきたようで、依頼人は淀みなく陳じる。

「わたしは寝つきがよく、ベッドに就いて三分もしないうちに睡眠に入ります。零時ぐらいが就寝時間で、翌朝七時に起床するのが常です。途中で目が覚めることはめったにありません。その日も零時頃に眠ったんですが、珍しく夜中に目が覚めた……ような気がしました。カーテンの隙間から陽が射していなくて、部屋が真っ暗。まだ真夜中みたいだな、と思っているうちに、全身がふわりと浮き上がるのを感じて、びっくりしていたら、天井がじわじわと近づいてくるんです。下から何かに持ち上げられているようでもなく、上から吊り上げられているようでもない。あれ、どうなってるの？　寝惚けているのかな、と思っている間にも上昇は続きます。下りなくっちゃ、と空中でもがいたら体の向きが変わって、ベッドを見下ろすことができました。そうしたら、また驚かずにはいられませんでした。わたし自身がすやすや眠っていたんです。宙に浮かんだ自分には体がないことも判って、その時点で幽体離脱という言葉を思い出しました」

真剣だが穏やかな目を向けるだけで、探偵は質問を挟まない。

「何故こんなことになったの、と狼狽しながら、わたしはしばらく天井の近くを漂っていました。時間の感覚がなくなっていたので、どれぐらいそうしていたのかは判りません。そのうち肉体に戻れるだろうと思っていたんですけれど、やがて体が——いや、体から抜け出しているから魂と言った方がいいんでしょうか。意識？　魂という言い方が恐ろしいので、意識にしておきます。それが窓に吸い寄せられていって、ガラスをすり抜け、外に出てしまいました。肉体から離れない方がいい、と抵抗しても駄目。困ったなぁ、と思っていたら――」

　真夜中の庭に出た彼女の意識は、急上昇を始めた。みるみる地面が遠ざかり、自宅でもある料亭をはるか眼下に見る高さに達したかと思うと、夜空で独楽（こま）のように回転してから、ある方角へと引っ張られていく。

「スーパーマンが颯爽（さっそう）と空を飛ぶような具合ではなく、体勢が定まらないままの飛行です。星空が視野いっぱいに広がったり、下界の明かりが見えたり、目まぐるしく風景が変わって、まるで洗濯機で洗われているシャツみたいな有り様なんです。このままでは大変なことになる、絶対に肉体に戻らなくては、と必死で念じたらだんだんと姿勢が安定して、ゆっくりと下降できるようになりました。意志の力で意識をコントロールして、自分の部屋にたどり着き、ベッドで寝入っている肉体に戻れた時は、心底ほっとしました。ああ、助かった、と思った途端に意識がなくなって、目が覚めたら朝でした」

　さぞや不思議な気分に襲われたのだろうが、それだけなら心霊探偵に相談を持ち込むほどのことに思えない。高遠瑛美の本当の恐怖は、その翌日から始まった。眠るたびに意識が肉体を抜け出すようになったのだ。

「空に浮かんで、くるくる回転するだけでも気味が悪かったんですけれど、その時間が少しずつ長くなっていきました。それだけではなく、どこかに引き寄せられていくみたいなんです」

「どこか、とは？」

初めて濱地が質問した。

「答えようがありません。ある方角としか」

「北か南か、西か東か判りますか？」

「自信を持って答えられません。飛行中の姿勢が不安定だし、夜中のことで地上の景色がよく見えないからです。それに……自慢ではありませんが、わたしは昔から方向音痴で地理に疎いんです。行動範囲が狭くて隣の街のこともよく知らず、道路や鉄道がどんなふうに走っているのかも判りません。ただ言えるのは、いつもある方角に引き寄せられている、ということだけです」

「幽体離脱している時間が長くなっていった、とおっしゃいましたね。ということは、飛行している距離も——」

「はい。長くなっています。自分の意識がどれぐらいの速度で飛んでいるのか見当がつかないし、猛烈に加速したり急に減速したりするので、どれぐらい家から離れてしまったのかは不明ですが、もう県外に出てしまっているように感じます」

怖いし、嫌だな、とユリエは思った。

意識がわが肉体を離れるというだけで不安な状態なのに、その肉体からどんどん遠ざかるというのは、いずれそこに戻れなくなることを暗示しているかのようだ。

子供の頃に、母親が口ずさんでいた歌を思い出した。

お家がだんだん遠くなる
遠くなる
今来たこの道　帰りゃんせ
帰りゃんせ

何という題名だったかは忘れた。日が暮れるから暗くならないうちに帰りましょう、と子供たちに促す童謡だろうが、うちにいながら聞いていて心細い気分になった。

「お家がだんだん遠くなる——ですね」

濱地がその歌詞を引用したので、どきりとなった。ユリエと同時にボスも同じ連想をしたのだ。

「そのとおりです。わたしの意識は、どうして自分の肉体を離れようとするんでしょうか？　このまま放っておいたら、最後にはどうなってしまうんでしょうか？　考えただけでも身顫いがして、夜になるのが怖いんです。先生、どうにかしてください」

ユリエが予想していたよりもずっと深刻な事態に思えた。所詮は夢ですからご安心を、で済むものではない。

「行く先は、きっとよくない場所です。地獄みたいなところかもしれません。悪いことをした覚えはないんですけれど……。馬鹿らしいですか？」

「馬鹿にするどころか憂慮します。あなたの飛行は、まだまだ続きそうなんですか？」

「問題はそこです。行き着く先はそんなに遠くない、もうすぐ到着する、という気がしてなりません。だから、早く先生にご相談したかったんです」

依頼人の目が救いを求めている。

「ここへくる前に、どなたかに相談なさいましたか？」

「いいえ。父や兄に話したら『忙しいのに夢のことなんかで悩むな』と言うのに決まっているし、母はわたしの精神状態がおかしくなったと思って、心療内科に連れて行きそうですから。わたしは、そういうところでカウンセリングを受ける気になれません。どうせストレスか何かが原因だと診断されておしまいなのが予想できるからです。当人の恐怖は、理解してもらえないでしょう」

「よくわたしのことをご存じでしたね。電話帳に〈心霊探偵〉と書いてあるわけでもないのに」

「人手が足りなくて店に出ていた時、お客様が話しているのを小耳に挟みました。幽霊を退散させることもできる心霊現象専門の探偵がいる、と。語呂合わせになった電話番号が洩れ聞こえたので、何となく暗記しておいたんです。そのお客様は、どこかの大学の先生でした」

またか、とユリエは不思議の感に囚われる。濱地のもとへやってくる依頼人たちは、悩みを打ち明けた知人に濱地のことを教えてもらったとか、たまたま連絡先を耳にした、などとよく言う。精妙なる天の配剤によってこの事務所は成り立っているかのようだ。

「十一月十日が起点だと伺いましたが、その日、あるいはその頃に何かきっかけになるようなことは？」

探偵の問いに、依頼人は首を振る。

「考えてみましたけれど、思い当たることはありません」

「寝惚ける癖はありますか？」

「いいえ」

依頼人は、いささか不満そうである。そんなレベルの話ではない、と言いたいのだろう。

「金縛りに遭ったことは？」

「一度もないので、どういうものか知りません。――幽体離脱というのは金縛りの一種なんですか？」

「別物です。——夢はよく見る方ですか？」

「はい。よく見ると言うよりも、必ず見ます。電車の中でも美容院でも、十秒ほどうつらうつらしただけでも何か見るんです。おかしいですか？」

これはまた極端な体質だ。幽体離脱と関係があるのかと思ったら、ボスはあっさり否定した。

「そういう人も稀にいます。おかしいなんてことはない。——よくご覧になるのはどんな夢ですか？」

「特に傾向があるわけでは……。山歩きをしていて変な村に迷い込んだり、学生時代に戻って学園祭の準備をしたり、鷗と一緒に海の上を飛んだり。月に何度か、お化けが出てくる怖い夢を見てしまうこともあります。ホラー映画を観た後などに。うたた寝をしていて見るのは、大きなお寺の瓦屋根を這っていたとか、買い物に行ったら店が閉まっていたとか、それでおしまいです」

聞いていると、夢を見る頻度が高いだけで、その内容に変わった点はなさそうだ。

「同じ人物や場所、あるいはシチュエーションが何度も出てくることは？」

「ありません。毎回毎回、よく色々な動画が作れるものだな、と自分の脳に感心します」

「面白い表現です」と探偵が微笑んだので、釣られて依頼人の顔も綻(ほころ)んだ。

濱地の〈問診〉はさらに続き、霊的な体験の有無についても質(ただ)したが、高遠の答えは「ありません」だった。友人グループとの旅先で怖い話を披露するような時は、持ちネタがなくて困るほどだ、と。

「二週間前からあなたが幽体離脱を繰り返すようになった理由がよく判りませんね」

探偵の率直なコメントに、依頼人はわずかに肩を落とす。ユリエもがっかりしたが、まだ調査は始まったばかりだ。濱地は悠然としている。

「どこに向かって引き寄せられるのか、まるで判らないんですか？」

「はい。でも、どこか目的地というか……わたしを呼んでいる場所があるのは確かです」

「どの方角に飛んでいるのか判らないのに、そこだけは確信できるんですね。何故？」

「一つは直感。もう一つも曖昧(あいまい)なんですけれど、景色を見ていて思うんです。地上の様子がよく見えないといっても、ちらちらと目に入りますし、地理に疎くても『昨日の夜も、あの川が見えた。今夜はその先まで行くみたいだ』とかには気づけます」

「どこへ向かっているのかを探るヒントはあるようだな。覚えていることをすべて話してください。データが出揃ったら地図と突き合わせてみましょう」

「できるでしょうか？　一直線に飛んでいるわけではないんです。わたしが『家に帰りたい』と逆らうからなのか、行ったり戻ったり、不規則な動きをするんですけれど」

しかも、毎晩同じコースを取るのではなく、彼女が抵抗するためなのか日によって飛ぶ方向が微妙に違っているという。

「最初から諦めずにやってみましょう。根気よく記憶をたどれば、あなたが気づいていなかったことが見えてくるかもしれません」

濱地に導かれながら高遠がぽつりぽつりと話す断片的な情報を、ユリエがノートに書き留めていく。

「ジグザグに飛んだり、少し反転したりもするんですが、おおよそ西か南に向かっているように感じます。うちから西にある最寄り駅を見ましたから、いったんは西へ向かっています。下界を向いた時、左手がぼんやりと明るいんです。他よりも光量が多いから東京なのかもしれません。広い道路がまっすぐ延びていましたが、それが何かは判りません。しばらく進むと黒い帯みたいな川がありました」

「浦和から南西に飛んだとしたら荒川ですか、多摩川でしょうか？」

「すみません。判らないんです」

方向音痴で地理に疎いことに加え、広々とした関東平野の只中がスタート地点というのが禍して、高遠は自分の飛行ルートをイメージできていないようだ。濱地は粘り強く聴き取りを続ける。

「海は見えませんか？」

「左手に、べったりと闇が広がっているのを見たことがあります。海かもしれません」

「浦和から南西に飛んでいるとすると、それは東京湾だろうな。あなたは神奈川方面に向かっていると仮定してよさそうです。武蔵小杉（むさしこすぎ）の超高層マンション群や横浜（よこはま）の明かりらしきものが目に入ったのでは？」

「いいえ。川の上空を過ぎてから軌道がふらふらして、淋（さび）しそうなところへ」

「ん？　神奈川方面じゃないのかな。――順不同でかまいませんから、覚えているものをすべて挙げてみてください」

依頼人は何も答えられず、詫びる必要もないのに「すみません」と頭を下げる。濱地は髪を撫で上げて、小さく息を吐いた。

「現時点では材料が足りない。今夜も幽体離脱をしたら、おつらいでしょうけれど下界の様子をよく観察して、わたしに報告していただけますか。引き寄せる力にいくらか身を任せて。どうしても我慢できなくなったら、その時は抵抗してもかまいません」

「……はい」という返事に、隠しようもなく不安が滲（にじ）んでいた。

高遠瑛美が帰った後、ユリエはボスの所望に応じてコーヒーのお代わりを淹（い）れた。

自分の机でどっかと椅子に掛けた濱地は、難しい顔をしている。

「半月ほども怖い想いをなさっているようですから、早く助けてあげたいですね」

カップを置きながらユリエが言うと、「そうだね」と低い声で応えた。

「どうやら高遠さんは、よからぬものにロックオンされてしまったらしいが、悪さをしているのが何なのかさっぱり判らない。彼女自身にも思い当たるところがないとしたら、できるだけ目的地に接近してもらって、そこから手掛かりを得るしかない」

「大丈夫なんでしょうか？」

「相手は高遠さんをどこかに招き寄せようとしているけれど、半月かかっても成功していない。あと何日かは猶予があるだろう」

「目的地に近づいたら、ぐーっと一気に引き寄せられたりしませんか？」

「危険は承知している。だから、手掛かりを摑んでからは時間との闘いだ。彼女を呼ぶ現場に急行して、即座に原因を断たなくてはならない」

ユリエが黙ると、彼がコーヒーを啜る音がやけに大きく聞こえた。

「お家がだんだん遠くなる」

ワンフレーズだけ小声で歌ってみると、顔を上げた濱地と目が合う。

「『あの町この町』という童謡だね。作詞は野口雨情。作曲したのは中山晋平。今きみが口ずさんだのはあの歌の二番だ」

題名を聞いて、一番の歌詞を母の声で思い出した。

あの町この町　日が暮れる
日が暮れる
今来たこの道　帰りゃんせ
帰りゃんせ

「高遠さんのお話を聞きながら、わたしも同じフレーズを思い出していました。子供にはちょっと怖い歌詞でした。お家に向かっているのに、だんだん遠くなるのが不思議な感じで、いいですよね」

「それは違うだろう」濱地は異を唱える。「どんどん家が遠くなってしまうから、Uターンして今来た道をさっさと帰りなさい、ということだから矛盾はしていない」

「先生のおっしゃることは論理的です。でも、無理やり筋を通そうとしているみたい」

ユリエの見方は違った。描かれているのはそういう情景ではない、と思う。

「歌の中の子供は——子供という言葉は出てきませんけれど——、夕陽が沈んだからお家に帰ろうとしているんです。でも、思っていたよりも暮れていくのが早くて、あたりが暗くなってきた。だから、自分のお家を目指して歩いているのに相対的に遠く感じられる、近づいているのにだんだん遠くなる、という意味かと。やるべきことをしているのに不安が膨らんでいくんですから、かなり怖い状況です」

濱地がパチンと手を打った。

「きみの読み解き方に賛同するよ。なるほどね」

感心された。こんなふうに反応が素直なところも好もしいボスである。

「調子に乗って、高遠さんの幽体離脱に対するわたしの意見を述べてもいいですか？」

「何でもどうぞ」

「彼女を強引に引き寄せようとしているのは、男性だと思うんです。一方的な愛情がそうさせているんじゃないでしょうか。根拠はなくて、想像にすぎませんけれど」

「自然な発想だ」

これも認められた。

「彼女は、睡眠に入るたびに夢を見るそうですが、それも関係しているということはありませんか？　霊にとって、付け入る隙なのかも」

「あり得る。――霊と言ったね。相手の男は死んでいるわけだ」

「生きていたら、生身の彼女を付け回すはずです」

「またまた同意するが、彼女に心当たりはなさそうだったが」

「外出先でひと目惚れされたから、本人に自覚がないのかもしれませんよ。で、彼女に話しかける間もなく事故か病気で死んでしまった」

などと言ってから、正体が判っていない男の霊を陰湿なストーカー扱いするのも気が引けてきた。

「霊は、高遠さんに害意を抱いているわけではなくて、真夜中にデートしたいという一心で招いている、とも考えられませんか？　寝ている女性をベッドから引きずり出してデートを強要するのは問題ですけれど、ひと目会いたいだけなら、彼女は恐ろしい目に遭わなくて済みそうです」

「いや」ここで濱地は硬い声を出した。「真夜中のデートなんてロマンティックなものではない」

「どうしてそう思うんですか？」

「感じたんだよ。過度の不安を植えつけるとまずいから、依頼人の前では言わなかったけれどね」

よからぬものの気配が高遠にまとわりついていたのだ、と言う。臭いに近いものらしく、微弱なのでユリエにはまったく感知できなかったのだが。

「だったら手を打たないと！　幽体離脱して目的地に接近する、というさっきのやり方でいいんですか、先生？」

高遠が案じられて、ボスの方針に嘴（くちばし）を挟んでしまった。

「重々承知しているよ。しかしね、志摩君。わたしも万能ではないから、現時点ではそれが最善の策なんだ。彼女は、きっと手掛かりを摑んで報告してくれる。話しぶりや物腰から、それだけの強さを持っている、とわたしは信じているんだ」

「……歯痒くても、高遠さんからの連絡を待つしかないわけですね」

「われわれも耐えなくてはならない。その間に文献を当たり、彼女に起きたのと似た事例を研究してみるよ。きみも手を動かしながら待てばいい」

昨日まで濱地と出張に出ていたので、ユリエには事務仕事が溜まっていた。

夜ごとにそれは起きるのだ。高遠瑛美は、濱地探偵事務所を訪ねた日も、当然のように幽体離脱をして、高く遠く飛翔した。そして、翌日の午前中に電話をかけてきたので、ユリエは受けるなりボスに替わる。

濱地がスピーカー機能をオンにしたのは、助手にも依頼人とのやりとりを聞かせて、必要あらばすぐに調べものができるように、ということだろう。察して、すかさずタブレットに手を伸ばした。電話に出た時の依頼人の声が、昨日よりも弱々しかったのが気になる。

「濱地先生ですか？　わたし、できるだけ我慢してみました」

これが第一声。探偵に褒めてもらいたい、と言いたげである。濱地は力強く返した。

「がんばったんですね。それに報いられるようにします」

「ぜひ、お願いします。もう残された時間はわずかかもしれません」

言われずとも、その認識は濱地も昨日から持っている。

「いつもどおり床に就いたんですが、先生とお話しした時のことが思い出されて、なかなか寝つけませんでした。一時近くまで起きていたでしょう。そのうちに眠気がやってきて——」

彼女の意識は肉体を離れ、舞い上がる。勇気を出して、探偵に言われたとおりのことをした。可能な限り逆らわず、引き寄せようとする力に身を委ね、どこを飛んでいるのかヒントを掻き集めようと努めた。

「すると、ぐんぐんとすごい勢いで飛び始めたので、慌ててブレーキをかけました。自由自在にならないまでも、いくらかは制動が利くんです。でも、先生のご指示に背いてはいけないし、できる範囲で自分の動きをコントロールしながら、〈目的地〉を目指すようにしました。方角は、やはり西。それから南。また西。南、南という具合です」

「大まかに言って南西ですね」

「はい。川は多摩川でした。寝る前に地図を見ていたので、今は確信しています。ですが、その先で迷走してしまったので、神奈川県に入ったのやら入らなかったのやら。

もしかしたら、方向転換して山梨県に向かった可能性もあります」

「海は見ていないんですか？」

「黒い布を敷き詰めたような、明かりのない広い空間がありましたけれど……」

「そんな空間は首都圏の地上にはありませんから、海だと考えて間違いないでしょう。どちらの方向に見えたんですか？」

「左側でした」

「あなたは、いつも海らしきものを左手に見ている。やはり、それが東京湾だな」

ユリエは、とりあえず神奈川県の地図を画面に呼び出した。

——高遠さん、もっとヒントを。何でもいいから。

祈るような気持ちになる。

「どこだったか考えるとかえって混乱するかもしれませんから、情報はこちらで咀嚼します。あなたは見たものを見たままレポートしてください」

「はい。このあたりから家に引き返したくて、とても怖かったんですけれど——」

引っぱる力と戻ろうとする力がせめぎ合ったせいか、天高くにあった彼女の意識は大きく揺れ、急降下を開始した。獲物に突撃する隼になった気がした、と言う。

「ものすごいスピードで地上が近づいてきました」

「どれぐらい高度が下がったんですか？」

「東京タワーの特別展望台から二十階建てのビルの屋上ぐらいまで、でしょうか」

その表現が正しければ、二百メートルほどの落差がある。

「ならば、地上の様子がよく判るようになったのではありませんか？」

「住宅が立て込んでいるのが見えましたけれど、すぐに今度は急上昇してしまいましたから……」

その後は、上下左右に揺れる不安定な飛行となった。常に下界が見えていたわけではなく、夜空を眺める時間も長かったらしい。このままでは求める情報が得られない、とユリエは失望しかけた。

「急降下した時、一つだけ印象的なものが目に入りました。何なのか判らないんですけれど」

「どういったものですか？」

「口ではご説明しにくいので絵に描いたら、ひどい出来にしかならなくて。ご参考になるとは思えません」

幽霊の似顔絵ならユリエの得意分野だが、夢の中で見たに等しいものだから高遠本人が描いた絵に如くはない。濱地は、名刺にあるメールアドレスにそれを送信するように頼んだ。待つこと一分少々。

「きました！」

ユリエは、タブレットに飛び込んできた画像をボスに示す。いたってラフな絵なので、描いた本人に〈解説〉してもらわなくては意味不明だ。

「右上から左下に向かって、カーブしながら続いているのは川のようですね。その右隣に併行しているものは鉄道でしょうか？」

「多分」

「線路が何本もあって構内が広い。どこかの駅か車両基地に見えます」

「記憶にあるまま描いただけで、何なのかは判りません」

駅らしきものの右側に家が立て込んでいるのに対して、線路や川の左側はがらんとしていて、〈森？〉という書き込みがある。大きな駅のすぐそばだから、自然林ではなく公園か寺社の木立と思われた。その中に描かれた楕円形が何なのか気になる。

「そんな感じのものが見えたんです。森の中で、ぼんやり浮かんだ感じで。絵心がないので伝わりにくいと思いますが、表面に凸凹がありました」

「かなりの大きさですね。何かのモニュメントにも見える」

顎を撫でながら思案する濱地と顔を並べ、ユリエも画像に見入るが、この絵をどう解釈したらよいものか戸惑うばかりだ。

「これが何なのかは後で考えるとして、それからどうなりました？」

「ある時点で引き寄せる力が一段と強くなって、その前ほどではありませんがまた急降下して……丘の中ほどに建つ家が見えました。わたし、直感したんです。あの家が自分を呼んでいるんだ、と」

〈目的地〉が見えるところまで、彼女はがんばったのだ。どれほどの忍耐を必要としたことか。

「その家に見覚えは？」

「ありません」

「ぽつんと建つ一軒家なんですか？」

「というほどでもなく、まわりにも疎ら(まばら)に住宅があったんですけれど、そのうちの一軒に意識が集中したんです。二階建ての、かなり大きな家です。三角屋根。夜なのではっきりとしたことは言えませんが、外壁は緑色っぽかったように思えます」

「夜中なのに、緑色に見えたんですか？」

「二階の窓の一つに明かりが灯(とも)っていて、そのまわりだけぼんやり色が判ったんです。外壁はモルタルやコンクリートではなく、板張りのようでした」

「実に素晴らしい。大きな手掛かりになります。——それから？」

「逃げました」

無理もない。〈目的地〉を目視するまでよくがんばった、よくぞ逃げた、とユリエは思うばかりである。

「下見板を張った壁に緑色っぽい塗装を施した丘の中腹の家、ということですね。そこに行けばあなたの悩みを解決できるでしょう」

「だけど、どこにその家があるのかはっきりしません」

「ええ。頭と足をフルに使って何とかします。何とかするのが仕事ですから」

どんな依頼にも応えてきた濱地をもってしても、今回は至難の業だろう。おまけに危機は高遠に肉薄していて時間がないときている。ユリエは、われ知らず唸(うな)っていた。

緑色の家についても絵に描くように探偵がリクエストすると、ものの三分ほどで画像が届く。三角屋根がどれぐらいの勾配(こうばい)を持っているかが明瞭(めいりょう)になったが、それ以外は幼児が描いた〈お家の絵〉に等しかった。周辺の様子もぼんやりとしていて、はたして調査に役立つかどうか怪しい。

「つかぬことを伺いますが、あなたの周囲で最近亡くなった男性はいますか?」

依頼人は「えっ?」と高い声を出す。

「……いいえ。いません」

「では、男性に好意を示されて拒んだことは?」

「わたしが、ですか? いいえ。——先生、どういうことでしょう? ご質問の意図が判りません」

思いつきで尋ねただけなので気にしないように、と探偵は言葉を濁した。状況が判らないまま、無用の心配をさせたくないのだろう。

「万事、濱地先生にお任せするしかありません。どうか急いでください。わたしに残された時間はわずかだと思います。あと一度か二度、幽体離脱したら肉体に戻れなくなるように思えてなりません。だから、どうか……どうかよろしくお願いいたします」

「この次に幽体離脱したらおしまいだ、とは思いませんが——」

「いいえ」

依頼人の声は、微かに顫えていた。これまでになく断乎とした調子に、濱地の眉根が寄る。

「昨日の夜——ああ、正確には今日でしょうか——、意識が体に戻ったところで、いったん目が覚めたんです。いつもと違うな、と思いながら寝直そうとしたら、またすぐに幽体離脱を起こしかけて……。これまでにはなかったことです。眠るとあの家に連れて行かれそうで、朝までずっと起きていました。目の下に隈ができて、母に『ひどい顔になって、どうしたの？』と驚かれたぐらいです」

「……そうだったんですか。あなたに過酷なことを要求してしまったらしい。わたしの見立てが甘かったことをお詫びします」

「それはもういいんですが……本音を申すと、今日中に解決していただきたいと思っています。もう限界です。今夜も幽体離脱してしまったら、昨日と同じようにはできないでしょう。わたし、今夜はベッドに入らず起きているようにします。先生からのよいご連絡を待ちながら」

切なる訴えだった。

「今夜までに解決させます」

探偵は約束してから電話を切ると、いつにない険しい表情で、「さっきの絵を」とユリエに言う。彼が見たがったのは、もちろん一枚目の絵だ。

「志摩君、この楕円形の代物は何だろうね。まるで巨大な小判だ。思いつくことを何でも言ってみてくれ」

一分一秒たりとも無駄にできない、ということか、早口でまくしたてる。

「先生は『何かのモニュメントにも見える』とおっしゃいましたが、東京近郊にこんなものがあるとは思えません。真上から見ているから判らないんでしょうね。3D画像なら横から見られるのに。大きさがどれだけ正確かも疑わしいですね」

「大きいのには違いがないんだろう。依頼人にきみぐらいの絵心があればよかったんだが」

額を寄せて二人とも考え込む。次に濱地が口を開くまで、沈黙は長く続いた。

「『森の中で、ぼんやり浮かんだ感じ』。彼女はそう言ったね。森に囲まれてまわりに明かりがないのに、どうして浮かんで感じられたんだろう？　ひょっとして、これは白いのかもしれない。暗がりで浮かんで見えるのは白いからだ」

「大きくて、楕円形で、白い……ですか。うーん」

二人して考え込んでいると、ユリエのスマホに何か着信があった。見ると、大学の漫画研究会の一つ後輩で、恋人未満の交際をしている進藤叡二からメッセージが入っている。〈忙しいですか？　今日は完全にオフなので、晩メシでも？〉というもので、緊急性はまるでない。

「待ってください」

叡二と遠出をした際のことを不意に思い出した。彼が借りてきたレンタカーの後部座席に〈おかしなもの〉が乗っているのが視えたため、申し訳なかったが車をキャンセルしてもらい、電車で江の島に出掛けた。横須賀・総武快速線の列車が大船駅に着く際、それが目に飛び込んできた。

「これ、真上から見た大船観音じゃないですか？」

髪をいじっていたボスの手が止まる。

「大船駅の西側に、こんもりした山に聳えている撫で肩の観音様か？　上半身だけの。確かに大きくて真っ白だが……」

ユリエは〈大船観音〉で検索し、地図を航空写真に切り替えた。巨大な観音様を拡大していくと、不規則な凹凸のある楕円形に見えるではないか。鉄道との位置関係も絵のとおりで、線路に沿って川もある。

「ユーレカ」

濱地が笑みをこぼした。

「幽霊か？」

「違う、ユーレカ。アルキメデスが叫んだ『われ発見せり』だよ。彼女が見たのはこれに間違いない。浦和の南西方向。やはり神奈川県下だったな。ここからさらにひとっ飛びした丘陵地帯のどこかに、あの三角屋根をした緑色の家があるんだ」

「丘陵地帯といっても、範囲が広いですよ。藤沢市か鎌倉市っぽいけれど、問題の場所は横浜市や茅ヶ崎市なのかもしれません」

「手持ちの乏しい材料だけでは、問題の家の所在地がどこの市なのかまで絞り込むのは無理だろう。ネットの航空写真で調べたぐらいでは見つかりそうもないから、現地に行って探し回るしかない。すぐに出発……いや、その前に確認しておこう」

大船観音を真上から捉えた航空写真を高遠瑛美に送り、彼女の記憶と照らし合わせてもらうことにする。濱地が依頼人と電話で話している間に、ユリエは「ちょっと失礼します」と言って事務所の外に出た。

——つながれ。

念じながら電話してみると、叡二はすぐに出てくれた。

「ああ、志摩さん。わざわざ電話をくれたんですね。よかったら今晩、何か食べに行きませんか？」

のんびりとした声にかぶせて、「急だけど、今からドライブしない？」と誘った。


緑色の家探しに進藤叡二の手を借りることについて、濱地はいい顔をしなかった。二台の車でふた手に分れる方が効率的ではあるが、部外者に協力してもらうことをプロ意識が良しとしないのだ。ボスは渋い顔で――。

「進藤さんとは何度か会っていて、知らない仲じゃないとはいえ、『人手が足りないので、よろしく』と頼み事をするのは憚られる。それに万一、彼が運転する車が事故を起こして怪我をしても、労災にならないのがよろしくない」

責任ある雇用者として現実的な心配もみせたが、ユリエは緊急事態であることを理由に自分の提案を受け容れさせる。

「じゃあ、進藤さんを一日限りの臨時アルバイトとして雇うことにしよう。ちゃんと日当も出す」

自分が夕食を奢れば済みそうだったが、ボスの決めたとおりにすることにした。

二人は新宿駅の南口で叡二と落ち合い、レンタカーショップへ歩きながら段取りの相談をする。二台の車——叡二が運転する方にユリエが乗る——で大船方面に向かい、濱地が茅ヶ崎市内、ユリエと叡二が藤沢市内を回って、それらしき家を発見したらすぐに連絡する、という程度のざっくりとした割り振りだ。

「突然、厄介なことをお願いして申し訳ない」

恐縮する探偵に、青いダウンジャケット姿の叡二は「いえいえ」と明るく返す。彼には大学時代から気のいい奴という定評があった。

「今日は何の予定も入っていなかったので、気にしないでください。調査についてはずぶの素人ですけれど、がんばります」

濱地は叡二の友人を救ったことがあるし、漫画原作者の端くれである叡二の取材に応じて過去の探偵譚を語って聞かせたこともある。気心が知れているとは言えないまでも、互いに信頼感を抱いているようで、話は早い。この二人が並ぶと親子にも兄弟にも見えてしまうなぁ、とユリエは苦笑した。

二台が連なって新宿を出発したのは十二時半。電話では充分な説明ができなかったので、ユリエは車中でこれまでの経緯をつぶさに話して聞かせた。

「高遠さんという人は、今夜眠ったらやばそうなんですか。それはまずい。なかなか厳しいタイムリミットですね」

彼は危機感を共有してくれる。

「うん、厳しい。『もう限界です』って言ってたから」

「濱地さんは幽霊専門家と思っていたら、こういうケースも扱うんですね。いや、死んだ男が彼女を呼んでいるとしたら、これも幽霊に関連しているのかな」

「一方的に恋をした男性が幽霊になって彼女を拉致したがっている、というのは仮説にすぎないけれど、当たっていると思う。高遠さん、それ以外の形でトラブルに巻き込まれる人に見えないから」

「夜中まで持つかな」

「え？」

叡二は、目にかぶさってきた前髪を払う。

「高遠さんは幽体離脱した後、朝まで起きていたそうじゃないですか。今日はいつもより早く瞼が重くなって、零時にならないうちに寝入ってしまいそうだ。下手をすると、宵の口に睡魔に首根っこを掴まれてしまうこともあり得ます」

睡魔とはよく言ったもので、まさに魔法のごとき力でもって人を眠りに引きずり込もうとする。誰にとっても勝つのが難しい敵だ。

「でも」ユリエは悲観的になりたくない。「正体不明の何者かが彼女の意識だか魂だかを引き寄せることができるのは、夜中に限られているのかもしれない」

「だといいですね。それにしても時間がない」

――わたし、今夜はベッドに入らず起きているようにします。先生からのよいご連絡を待ちながら。

悲壮感を漂わせる高遠の言葉が、ユリエの耳の奥でエコーした。

第三京浜道路、横浜新道、横浜横須賀道路と経由し、日野インターチェンジで高速を下りる。横浜市を抜け、巨大な観音像が見下ろす大船駅前でいったん停車して、最終確認を行なった。コンビニでパンと飲み物を買い込むついでに、先ほどの簡単な段取りを繰り返しただけだが。

「では」と分れて濱地は西へ、叡二は北西へとハンドルを切る。助手席のユリエはタブレットで藤沢市内の地図を呼び出し、それらしい方角を探った。

住宅が疎らに建つ丘陵。そんなものは、いたるところにある。あっちでもない、こっちでもないと走り続けること二時間。二人は、早くも徒労感に見舞われだした。こんな探し方で見つかる気がしなくなったのである。

「どうにも車では難しいですね」

「うん。ヘリコプターでないと」

コンビニで調達したパンを食べ、缶コーヒーを飲みながら力ない声で言い合う。焦燥を誘うがごとく、初冬の陽は西の空で高度を下げつつあった。

「高遠さんは幽体離脱なんかしていなくて、おかしな夢を見ているだけ、ということはないんですか？」

叡二がそんなことを口にしたのは、ユリエが一つ言い洩らしていたせいだ。

「よからぬものの気配がまとわりついていた、ですか。濱地さんがそう言うのなら、単なる夢ではないのか。――ヘリをチャーターするのは予算的に無理だったとして、せめてドローンを飛ばしたらよかったんじゃないですか？」

「ここでそれを言うかぁ、だけど、住宅地の上でドローンを飛ばす許可がもらえなかったでしょう。日が暮れたら役に立たないし」

ボスからの電話がないのは、彼も懸命に走り回っているためか。二人は気を取り直して調査を再開した。

藤沢市の北部を回ると、それらしい雰囲気の丘が次々に現われるのだが、緑色に塗られた板張りの家には出くわさない。「あれかな？」と指差す回数も減り、二人は無口になっていった。日没の四時半が迫る。

「暗くなったら壁の色も見えにくくなってしまう。まいったな」呟いてから、叡二は頭を掻く。「すみません。愚痴っても仕方がないのに」

「独り言でしょ。気にしなくていいよ」

やがて陽が没し、家々が色を失う。走る道がなくなってきたので、大船方面に戻りながらさらに捜索を続け、六時を過ぎた。

濱地の指示を仰ぎたくなったユリエがスマホをかまえた途端に、そのボスからの電話が入る。飛びつくように出た。

「先生、どうですか？」

「まだ発見に至っていない。――おっと、溜め息は勘弁してくれ。途方に暮れているわけではなく、有益な情報を摑んだ」

「何ですか？」と急かしてしまう。

「これから言う住所をメモして、そこへ向かってもらいたい。きみたちの方が近くにいるんだ。着いたら連絡をくれ」

藤沢市内の住所を復唱しながら手帳に書き留め、「ここへ行って」と叡二に頼んだ。運転者は理由を尋ねることもなく、「了解」とだけ応えてカーナビでルートの検索にかかる。

「先生、ここに緑色の家があるんですか？」

「そう。現在は空き家だが、宇佐という表札が出ているかもしれない。宇佐神宮の宇佐」

濱地は車を闇雲に走らせていたのではなく、探偵として活動していたらしい。

「どうやって突き止めたんですか？」

「ぐるぐる走るだけでは心許なく感じて、発想を変えてみたんだ。高遠さんに執着している男がいるとしたら、どこの何者なのか？　おそらく、その男が住んでいた家が彼女を招いているんだ」

「でも、ご本人には心当たりがありませんでしたよ。街角で勝手に見初められて、自覚がないとも考えられますけれど」

「彼女が事務所にきた時、両親が早く結婚させたがるのを疎ましがっていただろう。その件について、あらためて電話で訊いてみたんだ。お見合いをしたことがあるかどうか。強く勧められて、一度だけ渋々したことがあると言う。相手は父方の遠い親戚の縁者で、名前は宇佐民彦。ソフトウェアの制作会社を経営していた。見合いをした当時の年齢は三十三歳」

「高遠さんは、その縁談を断わった……？」

「一度会っただけでね。雑談の中にも随所に嘘を混ぜるところから信用できない感じがしたので、父親を通じて縁がないことを伝えた。半年ほど前のことで、もう相手の顔もはっきり覚えていないそうだ」

「その宇佐民彦さんという人は、今どうしているんですか？」

「彼女はまったく知らなかったので、お父さんに頼んで調べてもらったら、ジョギング中に心室性不整脈を起こして急死していた。二週間前のことで、お父さんも先ほど初めて知ったということだ」

「二週間前に亡くなっていたのなら条件に合いますね」

運転しながら、叡二がちらちらとユリエに視線をやる。どんな話をしているか気になって仕方がないらしい。

「色よい返事がもらえなかった宇佐民彦はあっさり引き下がったんだけれど、実際は未練たっぷりだったのか、あるいは時間が経つにつれ恋慕の情が強まったのか、どちらかだろう。その想いがこの世に留(とど)まって、今回の事態を引き起こしている。彼にとっても苦しいはずで、解放してあげなくてはならない」

「宇佐さんが住んでいたのが緑色の家なんですね?」

「それを確かめるのに時間がかかってしまった。彼女のお父さんが何本も電話をしてくれて、ようやく判ったよ。わたしはその連絡を待つばかりだったから、今回は大して働いていない。——宇佐民彦は都内大田(おおた)区のマンションに住み、週末は藤沢市内の別宅で過ごすことが多かったらしい。それが緑色の家だよ。結婚したらそこを新居にしたい、と望んでいたようだ」

「呑(の)み込めました。仮説どおりだったようですね」

「的中していた。きみたちは、その家の所在を確認したら、何もせずに待機しているように。茅ヶ崎のはずれまできてしまっているから、わたしがそちらに着くまでちょっと時間がかかりそうだ。——車を路肩に停めて電話をしていたら前に進めないので、もう切るよ」

「はい」と応えて通話を終え、待ちかまえている叡二にことの次第を説明した。

「やっぱり濱地さんは探偵なんだな。死んだ人と話せるだけじゃなくて」

「今さら？　わたしのボスのこと、とっくに理解していると思っていた」

「あらためて知ったんですよ。ドライブの急なお誘いに乗ってよかった」

とっぷりと暮れた道を走り続ける。パンと缶コーヒーの遅い昼食を摂っただけなのに、高揚感のためかユリエは空腹を感じず、叡二も食事のことは話題にしない。

どうやらこの丘らしい、というところ——さっきはその手前で引き返していた——までたどり着いたのが午後六時半。しかし、「目的地に着きました」とカーナビが告げるのに、それらしい家は見当たらず、道を尋ねようにも通行人は皆無。行きつ戻りつするばかりで、叡二は切り返しの腕を磨かされる羽目になった。

濱地が聞いた住所に間違いがあるのでは、と疑いかけた頃に、それらしき家を発見してユリエは「あった！」と歓声を上げる。高遠の描いた絵はあまりにも簡略だったから不確かなはずなのに、これであることが確信できた。

「ここなのかなぁ」

叡二はピンときていないようだ。

「そうよ」

「志摩さん、霊気みたいなのを感じるんですか？」

「感じないけど、三角屋根で下見板張り、外壁が緑色、二階建てじゃない。今日見掛けたどの家よりも条件に合致する。先生なら、この場に立っただけで霊気を感知するでしょう」

「空き家ですね。どこにも電気が点いていない」

「そこだけ高遠さんの話と違う」

車を下りて近寄ってみると、門柱には宇佐の表札。あたりは静まり返り、見上げれば宵の星空になっている。雲間から覗く冬の星は光が冴えて美しかったが、寒くて外でじっとしていられたものではなかったので、外観の写真を一枚撮ってからヒーターの効いた車内に戻った。

「あ、電話しないと」

ユリエが指示どおり濱地に報告の電話を入れると、二人が迷っているうちに彼はすぐ近くまできているようだった。

「こっちから電話をしようとしていたんだ」

二人が無事に緑色の家に行き着けたというのに、何故か濱地の口調には緊迫したものがある。

「つい先ほど高遠さんから電話があった。眠くて仕方がないそうだ」

「えっ。あと少しがんばってもらわないと」

「夜ごとの幽体離脱に煩わされ、もともと寝不足気味だったところへもってきて、今朝まで眠れなかったのが響いているんだろう。『今にも瞼が落ちてしまいそうだから急いでください』と懇願された。わたしがそっちに着くまで耐えられるよう、きみから彼女に電話をしてくれ。番号は判っているね？」

「電話して……どうするんですか？」

「流行のファッションでもアメリカンジョークでも混迷する世界情勢でも何でもいい。彼女の目が覚めるような話をし続けるんだ。いいね？　頼んだ！」

彼女の口元に耳を寄せていた叡二にも、その指示は伝わったらしい。「できます？」と訊かれたが、やるしかないではないか。

慌てて電話すると、「はい……」と小さな声が応えた。

「高遠さんですね？　濱地探偵事務所の志摩です。緑色の家、見つけましたよ。わたしたちは今、その前にいるんです」

「『わたしたち』ということは、濱地先生も？」

「あー、いえ、先生はまもなく到着します。今はわたしと、そのアシスタントの二人です。えーと、その家の写真を撮って送信しますから、見覚えがあるかどうか見ていただけますか？」

〈目的地〉を見つけたという報せにも相手の反応は鈍く、「眠ってしまいそうです」と言う。ユリエは大きな声で「眠くない！」と一喝してから写真を送った。

「ああ、この家です。窓の形も同じ」

写真を見て眠気が飛んだようだったが、その覚醒効果はじきに失われ、「もう駄目です」と欠伸混じりに言いだした。

「幽体離脱しかけるんですよ。体から魂が薄皮みたいにめくれかけています」

「めくれるって……気のせいですよ」

「ううん。今にもめくれそう」

「高遠さん？　もしもし」

「するっと……めくれ……」

意識が飛び、スマホを取り落としそうになっている情景が目に浮かぶ。叡二が案じたとおり、夜中を待たずに依頼人はさらわれかけている。

「ねぇ、高遠さん。濱地先生って、何歳だと思います？」

苦し紛れに訊いてみると、これが依頼人の興味を引いた。

「まったく判りません。三十過ぎなのか、五十前なのかも。謎ですね。あの落ち着きで三十過ぎということはないと思いますけれど……」

「得体が知れませんよね」

「いいんですか？　上司のことをそんなふうに言って？」

濱地の謎だけでは間が持たない。自分に替われ、と叡二が身振りで言ったので、ものは試しとスマホを渡した。

「どうも、初めまして。お電話を替わりました。探偵見習いの進藤叡二と申します。眠っちゃ駄目ですよ。僕が面白い話をするので聞いてください。高速道路を走っていて、後部座席に座っていたローマ教皇が運転手に言いました。一度でいいから——」

本当にアメリカンジョークをやるのか、しかも漫研時代から披露していた古典的なネタを、とユリエは呆れたが、さらに驚いたことに効果があったらしい。オチまで語ったところで彼は「面白いでしょう？」とくすくす笑い、こちらに向けて親指を立てた。

だが、ジョークぐらいでは睡魔は退散させられなかったようで、次第に彼の顔から笑みが消え、「もしもし、起きてますか？」と焦りだす。

もう一度自分が相手になってガールズトークに持ち込もうかとした時、濱地が駆けつけた。急停止した車から飛び出してくる探偵。右手に懐中電灯、左手には見慣れぬ小さな器具を持っていた。

かろうじて間に合ったかに思えたが、どうやって家に入るのか、とユリエは訝らずにいられない。空き家とはいえ、しっかり施錠されているだろう。

「先生、この家の鍵は？」

「現在の所有者から借りてきた。すぐに開けるから、こっちを見ないように」

鍵を借りてくる暇があったとは思えず、どうやら裏技を使おうとしているらしい。左手に持っていたのがその道具だろう。法を犯している現場を黙認したら共犯になるから目を背けていろ、ということか。

スマホを握った叡二が顔を上げて、救いを求めるような顔をした。いよいよ高遠が眠りに落ちてしまいそうなのだろう。目が合うと探偵は彼に人差し指を突きつけて、「続けたまえ！」と命じた。

門が軋みながら開く音。続いて、玄関のドアが開く音。二つの解錠に一分も要さなかったことにユリエはまたまた驚く。ボスはこんな形でもやばかったのか、と。

「高遠さん、起きてます!? 聞こえていたら返事をしてください！」

叡二がスマホに叫んでいる。応答がなくなったらしい。

二階の窓の一つが、ぽっ、と明るくなった。高遠瑛美を迎え入れる準備が整ったのだ。

「先生、窓に明かりが！」

ユリエの声にかまわず、懐中電灯を握った濱地は暗い家の中に突入していった。慌てて追う。遅れて叡二が続いた。

探偵は迷うことなく二階へ駆け上がり、ドアの下から明かりが洩れている部屋を目指す。ベッドが一つあるだけの、がらんとした部屋だった。下から見た時は閉じていた窓が、今は大きく開いている。

──わたしたち以外に、誰かいる。

戸口に立つと、それだけはユリエにも感じられた。濱地には相手がもう視えているのかもしれない。

「宇佐民彦さん」

部屋の中央まで進んだボスが一隅に呼びかけたので、そちらに注意を集中させた。白い靄がぼんやりと視えてきたが、人の形にはならない。

「無作法に上がり込んだことをお赦しください。しかし、こんな挙に及んだのは、あなたのふるまいに問題があったからです」

毅然とした物言いは、自分に向けられたものではないのにユリエの胸に刺さった。虚空で蠢いていた白い靄は、もがくように乱れる。濱地の言葉が届いているのだ。

「ここに留まっても、よいことなどありません。あなたは、もう行くんです」

叡二が「何が起きてるんですか?」と耳元で囁くので、ユリエは「しっ」と人差し指を立てる。

「もう少しだけ?　あなたは、高遠瑛美さんがもうひと目だけ見たかったのですね。

それさえ叶えば、心置きなく行ける、と。いいでしょう。ただし、さんざん彼女を怖がらせ、迷惑をかけたことを忘れないでください。おかしな気配を感じたら、わたしに消されますよ。その際には経験したことのない痛みが伴うのを覚悟しなくてはならない。——彼女を見るのは一瞬だけ。それを永遠とするんです」

濱地が窓に目をやったのに釣られて、ユリエも視線を転じる。開いた窓の彼方から、目に視えない何かが近づいてくるのが感じられた。

二度ほど瞬きをする間にそれは窓のすぐそばまでやってきて、白い影の像を結ぶ。高遠瑛美の姿をしていた。自分の身に何が起きているのか理解できないようで、茫然とした顔をしている。

部屋に漂っていた靄が、濃度を増しながらするすると伸び上がった。そして、あからさまに邪気を放ちながら、飛来したものを受け止めようとするかのごとく、左右に広がっていく。

「そこまで」

穏やかに制した濱地だが、鬼の形相になるまで二秒とかからなかった。

「あなたは信用ならない男だな！」

白い影の全身が部屋に入ってきたところで、探偵は聞いたことのない大声で叫び、靄が瞬時に凝固したかと思うと、パチンという微かな音とともに弾けて消滅した。叡二も何か感じたのか、その瞬間、横っ面に突風を受けたかのごとく顔を逸らす。

すべてがあまりにも短い時間のことで、ユリエが気づくと高遠瑛美の影もいなくなっていた。濱地は沈痛な表情で佇んでいる。

「……終わったんですね？」

問い掛けると、ボスは頷く。

「高遠さんは、もうここにくることはない。彼女を呼び寄せようとしていたものも消えた。苦しめたくなかったんだけれど、うまくはいかなかった」

「仕方がなかったと思います」

ユリエの言葉にも、彼の愁眉が開くことはなかった。

「失敗したんだよ。柄にもないことを言うが、恋に破れた男の気持ちは、わたしだって知っている。だから、あんなふうには……」

しきりに悔やむ探偵を、ユリエと叡二は黙って見ているだけだった。

開いたままの窓から冷たい風が吹き込み、高遠瑛美はお家に帰って、もういない。

ミステリー研究会の幽霊

体育の授業で張り切りすぎたせいで階段を上るのがきつい。踊り場でひと息入れなくてはならなかったほどだ。お婆さんじゃあるまいし、と華穂は笑いたくなった。

天井が低く、横にやたら長い二階建ての部室棟。私立理秀院高校ミステリー研究会に宛てがわれた部室は、西の端にある。隣接した体育館の影が掛かって場末感の漂う一室だが、そこが空いていたおかげで新参のサークルが部室を得られたのだから、創設者である華穂に不満はない。

生物部、詩吟部、映画研究会、鉄道研究会……。いくつもの部屋の前を通り過ぎて、やっと〈われらの城〉にたどり着く。中から小さな話し声が洩れていた。

「あー、ふくらはぎが痛い」

大袈裟に言いながら入ると、菊井亞美子と大下啓斗が同時に顔を上げた。長机を挟んで掛けた二人の間には、『月刊☆神秘と驚異』の最新号が。今月の特集は〈超古代文明・徹底再検証〉で、あまり新味はない。

「どこかで打ったの？」

亜美子が訊いてくるので「バスケでがんばりすぎて」と答えたら、啓斗が「柄にもない」とつれなく言った。

「体育の授業がかったるい、といつもこぼしているくせに、なんで筋肉痛になるまでがんばるかな。言行不一致だろ」

「気まぐれで熱くなることもあるの。人間だから」

言い返して、亜美子の隣のパイプ椅子に腰を下ろす。ふくらはぎだけではなく左の臀部にも張りがあったのだが、場所が場所だけに黙っていた。

長身の啓斗がぬっと立ち上がったかと思うと、ペットボトルの烏龍茶を紙コップに注いできてくれる。

「まぁ、養生してください、氷川会長」

「ありがとう」と受け取りながら、華穂は尋ねる。「で、本日は何が？」

彼は、ブレザーのポケットに両手を入れて苦笑した。

「怪奇現象はうちの日常だからなかったはずがない、と言いたげだな。あったよ。椅子が入れ替わっていた」

〈われらの城〉はいたって殺風景だ。ドアの脇にオカルト関連の雑誌や書籍が並んだ書棚がある以外は、向かい合わせにくっつけた長机が二つとそれを囲むパイプ椅子が六脚だけ。

「どれが？」

自分が腰掛けている椅子の背もたれを叩いて答えたのは亞美子だ。

「これと大下君が座っていたやつ。こっちのは脚が凹んでいて、向かいのは座面にインクの汚れがある。昨日は位置が反対だったんだけど、華穂、覚えてる？」

「インクがついた椅子の場所が変わってるのは判る。脚が凹んだ椅子は……言われてみると反対側にあったかな」

「はい、満場一致で怪異認定」啓斗が手を打つ。「机を挟んだ二脚の椅子の場所が入れ替わっていた。すげー地味だな、今日のも。でも、これもちゃんと記録しておかなくっちゃ」

彼は書棚の端からキャンパスノートを抜き出す。表紙には亞美子がレタリングした文字で〈理秀院高ミステリー研究会〉とある。ただの活動日誌なのだが、五月からずっと不思議な現象が続いているので、夏休み明けに啓斗が〈怪奇日記〉と書き足していた。

「地味ではあるけれど、これも神秘と驚異よね。わたしたちがいない間に椅子が勝手に移動するわけないもん。常識を超えた現象であるのには違いないでしょ」

亞美子が華穂の同意を求めると、啓斗がにやにやしながら腕組みをして言う。

「だから菊井のその表現が大袈裟だって。誰かの悪戯の可能性もあるのに。おれたちが見ている前でふわふわと宙に浮いたりしたら、物理的にあり得ないから常識を超えるけれど」

「鍵、ちゃんと掛かってたよ。部外者の悪戯だとしても、どうやって忍び込んだのか説明がつかない」

華穂がくるまでに、二人は問題の椅子に腰掛けてそんなことを論じ合っていたのだ。座り心地に異状はないらしい。

「なんでもいいから、とりあえず大下君は座って。百八十二センチに横で腕組みして立たれると圧迫感がすごいから」

「失礼しました、会長」

啓斗は元の椅子に着席して、本日の怪奇現象を書き記していく。ボールペンを動かしながら、彼からの報告があった。

「昼休みに渡り廊下でユーマ先生と会ったら、『ミス研の宣伝をしておいたから、入会希望者が行くかもしれないぞ』と言ってたよ。時季はずれにも三日前に転校してきた一年生だって」

うちの名ばかり顧問が勧誘活動をしてくれたのは初めてだ。

「女子？　男子？」と亞美子。男子希望、と目が言っている。

男子だったらいいのにな、と華穂は思った。このミス研を創るにあたって啓斗の世話になっている。母親同士が友人で幼馴染み(おさななじみ)の彼が「仕方ねぇな」と力を貸してくれたのだが、男女ともなかなか会員が定着せず、現在のメンバーはこの三人だけ。「男一人っていうのは淋(さび)しいものがある」と彼がぼやくことがあった。

「『きみたちに可愛い弟ができるといいな』と言ってたから男子だな。落ち着けよ、菊井。年下好きなのは自由だけど、最初のうちは爪も牙(きば)も隠して――」

「しっ！　きたかも」

亞美子は、人が近づいてくるとすぐに察知する。ただ廊下の足音を聴き取るだけでなく、それがミス研を訪ねてきた人物のものだということまで当てるから、聴覚とともに勘がいいのだろう。

足音がドアの前で止まり、「失礼します」の声。高めの美声だ。

華穂の「はーい、どうぞ」に応(こた)えて入ってきたのは、小柄な男子生徒だった。身長は、啓斗よりも頭一つ分ほど低い。髪は、やや赤みを帯びた癖毛。色白で二重瞼(まぶた)の目元が涼しく、唇の形がよくて――これなら美少年のカテゴリーに入れてもよい、と華穂は判定した。亞美子の基準はもっと甘いから、ご満悦だろう。

「三日前に転校してきたトコロ・ショウと言います。この学校にはミステリー研究会があると柏(かしわ)先生に聞いて、見学させてもらいにきました」

「理秀院高校ミステリー研究会にようこそ」

華穂はにこやかに応対する。努めて笑顔を作らなくても、自然に頰が緩んだ。入会するかどうかはまったく未定で、ちょっと様子を見にきただけらしいから、ここで抜かりがあってはならない。

「会長をしている二年生の氷川です。ミステリー好きがこの部屋で好きな話に花を咲かせているだけの気楽なサークルだから、見てもらうものといっても、わたしたちが仲よくおしゃべりしているところと書棚に並んでいる本や雑誌ぐらいなんだけど。まぁ、お茶でも飲みながら色々と訊いて」

彼女が頼んだり合図を出したりするまでもなく、啓斗が紙コップに烏龍茶を注いでいた。亞美子は、「ここにどうぞ」と空いている椅子を勧める。愛らしく作った気味のある声で。

「メンバーはこの三人だけなの。全員二年生だから、一年生のトコロ君に入ってもらえるとうれしいな。活動がもっと賑やかで楽しくなりそう」

「はい」と言ったきり、彼は畏まっている。緊張しているのか、おとなしい性格なのか。いずれにせよ、転校してきた三日後にミス研の門を叩いたのだから、UFOだの心霊現象だの超古代文明だの、世界の神秘と驚異に興味があるのは確かだろう。

三人が簡単に自己紹介をした後、啓斗が訊く。

「トコロ・ショウ君って、どんな字を書くの？」

「トコロは、寝床の床に風呂の呂です。ショウは勲章の章」

「ああ、場所の所でも常日頃の常に風呂の呂でもなく、そっちの床呂か。けっこう珍しい。日本に二、三十人ぐらいしかいないだろうな」

いいぞ、と華穂は思った。文科系サークルでは、物知りの先輩が下級生の憧れを誘うこともある。長身の雑学博士は続けた。

「入会したとして、気が向いた時に顔を出してくれたら充分だよ。たいてい何人かいて――といっても最高で三人だけど――、浮き世離れした話をしてる。面白そうだと思う本があれば、家に持って帰ってもかまわない。雑誌のバックナンバーもあるよ」

床呂章は、ここで初めて書棚に目をやった。質量とも自慢するほどのものではないにせよ、同好の士を喜ばせる自信はあったのだが、美少年の瞳は輝かなかった。期待を裏切られた当惑のような顔になり、「あの……」と言って口ごもる。

「どうしたの？」

亞美子も表情を曇らせた。

「ここの蔵書、UFOやオカルトに関するものばかりですね。雑誌は『ムー』や『神秘と驚異』。もしかして……ミステリー研究会が研究しているのは、そういうものですか？」

華穂は、ありのままを答えなくてはならない。

「そう、うちはそういうものを研究している。もしかして、床呂君が好きなのは『ムー』的なものじゃなくて、推理小説？」

「はい」

狭い部室に気まずい空気が満ちた。章は肩をすぼめて、「すみません」と詫びる。

やはり名称を変更すべきだったか、と今さらながらに反省する華穂を押しのけ、ここで亞美子が前面に躍り出た。

「床呂君は謝ることなんてない。うちの名称が紛らわしいせいで、これまでにも同じような人が何人もきたの。こっちこそ、ごめんね。──ところで、きみは『すみません』と言ったよね。『すみませんでした』だったら、『ぼくは縁がないので、さっさと帰ります』だけど、『すみません』に続くのは『早とちりしていました。はは』でしょ。こっちも『間違わせてごめんね、はは』と笑ってから、『では、どうしましょう？』って話になるよね。そこらへん、話し合ってみましょう」

章は圧倒されたのか、席を立てなくなる。「はあ」とだけ小さく洩らした。

亞美子がどんなセールストークを展開させるのか華穂が待っていたら、さっさとやって、とばかりに目顔で促される。準備をしていなかった会長は、このサークルの来歴から説明を始めた。

設立されたのは今年の四月。オカルト好きの華穂が声を上げ、幼馴染みでもある啓斗と「子供の頃、不思議な幻のお友だちがいた」と言う亜美子の三人でスタートしたのだが、実は前身がある。かつて本校にあったミステリー研究会は二十人の会員を擁し、年二回は会誌を発行し、文化祭での研究発表は大好評だったという。テレビで怪奇現象の真偽を検証し、人気を博した物理学者が「息子が理秀院高校に通っている」というだけの誼(よしみ)で特別顧問に就いてくれたおかげもあって、隆盛を誇っていたのだ。

「そんな由緒あるサークルなんだけど、栄枯盛衰っていうのかな。盛者必衰？　特別顧問の先生が亡くなった頃から勢いがなくなって、十年前に廃部になった。わたしは入学して以来、ずっとそれを復活させたかったの。勇気を出して学校に働きかけ、柏先生に味方してもらって、やっとできたのが今のミス研。だから、もっともっと盛り上げたいと思っている。床呂君が加わってくれたら、本当にうれしい」

亜美子のアピールがかぶさる。

「入ってみたら楽しいかもしれないよ。人違いから恋が始まることもある、って言うじゃない」

「誰の言葉だよ」と鼻で笑ってから、啓斗がノートを差し出す。

「大したことはしていないけど、こんな感じでやってるんだ」

章は再び「はあ」と言って、手渡されたノートを読みだした。断われないから少しは目を通すふりをしよう、というように。

亞美子は、居心地が悪そうに尻をもぞもぞ動かす。ふざけた文章を書き散らしている自覚があるせいだろう。こういうノリには付いて行けません、と思われたらおしまいだ。

紙をめくる乾いた音がしばらく続いていたが、ある個所で章の手が止まる。どこを読んでいるのかこっそり覗いたら、自分が書き込んだ〈セイリッシュ海の謎〉のページだったので、華穂はどきりとする。

「これって、実際にあったことなんですか？」

「うん。インターネットで見つけて、気になったからノートにまとめてみたの。不思議でしょう？」

「すごいミステリーですね」

推理小説好きの琴線に触れたらしい。

二〇〇七年八月二十日にカナダとアメリカの国境にあたるセイリッシュ海で人間の足が発見されて以降、同じ地域の海岸に人の足が次々に漂着し続けている。その数は、十年余りの間に十三本。いずれも靴を履いており、その多くはスニーカー。身元が判明したのは一件で、足以外の部位は発見されていない。何故、どこから、足だけが流れ着くのか？　飛行機事故やスマトラ島沖地震の津波の犠牲者のものではないか、犯罪組織のしわざではないか等いくつもの仮説が唱えられているが、いずれも異様な現象の説明としてはあまりにも無理があり、謎は解けていない。

　食いついた。推理小説好きというのは、こういうのに弱いのだ。

「こんな事件は知らなかったなぁ。面白いですね」

　章は顔をほころばせて、ページをめくった。脈があるんじゃないの、と言うように亜美子が肘打(ひじう)ちをしてきた。啓斗は、よしよしと頷(うなず)いている。

　他にも華穂がネット上で拾ったネタがいくつかあったのだが、あまり関心を示してくれなかった。章の興味を惹(ひ)いたのは、別のことである。

「これはネタですか？」

　確かに閉めたはずの窓が知らないうちに開いていたり、整理しておいた雑誌の順番が一夜にして乱れていたり、というミス研で日常的に起きている現象のことだ。

「ネタっていうか……嘘や冗談じゃないよ。どれも現実にあったことばかり。この部屋は何かおかしいの。ミステリーと呼ぶには小さなことばかりだけれど」

　華穂が言うと、章は驚くほど真剣な顔になっていた。

「全然小さいとは思いません。どれもあり得ないことばっかりで、本当だったら立派なミステリーです。ぼくには誰かの悪戯だとしか——」

　啓斗が「いいや」ときっぱり否定した。

「えーと、九月九日のところを見てもらえるかな。おれたち三人が帰ろうとして廊下に出た時、部屋の中で音がした。何だろうと鍵を開けて入ってみたら、帰り際に書棚に戻したそのノートが机の上にあったんだ。人の目がなくなった途端、瞬間移動したみたいに。悪戯だとしたら、どうやったんだろう？ 方法がまるで判らない」

「ざわわとしたよね、あれは」と亞美子が両肩を擦る。

そんなリアクションには目もくれず、章はノートを食い入るように見ていた。黙々とページをめくり、怪奇現象の記述を拾っているらしい。さっき啓斗が書き込んだばかりの文章を読み終えるなり顔を上げ、ふうと溜め息をついた。

「すごすぎる」

首をすくめるようにした亞美子が「……そう？」

「はい。この部室で何が起きているのかさっぱり判りません。おかしな現象は多種多様で、発生する曜日や日付や間隔などに法則はなさそうです。どういうことなんでしょうね」

章の視線は、華穂に向けられていた。

「みんなで考えたけれど謎のまま。そのうち慣れっこになって、『今日はどうだった？』『また窓が開いてたよ』なんて言っておしまいになってる。この部屋に一人でいても怖いとは思わない」

「慣れますか、こういうのに？　へぇ、そんなものかな。ぼくには、それも驚きです」

平気でいるあなたたちの方が怖いよ、と言われた気がした。

「推理小説にくわしい床呂君は、このミステリーについてどう考える？　何が起きているのか仮説が立てられたら教えて欲しい」

啓斗に水を向けられて、章は額に手をやった。名探偵の推理タイムみたいだな、と思いながら、華穂はそんな彼を見つめる。

「ぼくは推理小説のファンだから、超常現象というものをまったく信じていません。常識では説明のつかないことがあっても、それは五感や脳が錯覚しているだけでしょう。この部屋で起きている現象は色々ですけれど、ひと言で表わすことができます」

できるかな、と華穂は首を傾げた。

「つまり、誰かがこっそり部屋に出入りしているんですよ。侵入して、中のものを勝手にいじっている」

「戸締りはちゃんとしているんだけどな。それに、さっきおれが言った九月九日のケースなんて、侵入者は逃げる間がなかったはずだ」

そんな啓斗の反論は、章の想定内だった。

「どうやって入り込むのか、どうやって出て行くのかは、ひとまず考えないことにします。何かトリックがあるんだろうから、そのうち判るでしょう。――問題にしたいのは、犯人がこの部屋に忍び込む目的です。ここには金目のものがありますか？」

代表して華穂が答える。

「見てのとおり。うちの全財産は書棚の本と雑誌で、値打ちのあるものはないよ。ずいぶん古い雑誌のバックナンバーも置いてあるけれど、古本屋さんで安く買ってきたものばかり」

「プレミアがつくような雑誌ではなかったとしても、犯人にとってはどうしても入手したいものだったのかもしれません」

「目的のものがあったのなら、さっさと持ち去ればいいと思うけれど。何度もこそこそ泥棒の真似をするなんて変」

「あれでもない、これでもない、と犯人は探している途中だとは考えられませんか？雑誌に載ったある記事が見たいのかもしれない」

啓斗と亞美子も議論に加わる。

「いや、それだったらノートに触らなくていいだろ。何かヒントが書いてあるかも、と調べたのか？　そんなに見たいのなら、ノートを持って行きそうなもんだ」

「窓がしょっちゅう開いているのも、おかしいね。すばしっこいくせに、そこだけ間が抜けているのが引っ掛かる」

章は、また少し考えてから口を開いた。

「皆さんが言うとおりです。窓を開けたままにするのは不自然すぎますね。これまでの話を総合すると、どうやら犯人は自分がこそこそ出入りしていることを皆さんに気づいてもらいたがっているようです」

三人の先輩は顔を見合わせた。言葉を返したのは啓斗だ。

「そいつは何者で、どうしてそんな遠慮がちなアピールをするんだ？」

「データが揃っていないので答えられません。はっきりしたメッセージがあったのに、皆さんが見落としている可能性もあります」

「変なことがあるたびに記録しているんだけれどな」

「だとしたら、これから何か大きなことが起きるかもしれません」

章が活き活きとしてきた。このタイミングを逃してはならない、と華穂は見た。

「ねぇ、床呂君。まだ謎を解くためのデータが揃っていなくて、これから何か決定的なことが起きるんだとしたら、わたしたちと一緒に目撃してみたくない？　とても珍しい経験ができるかもしれないよ」

返事はイエスか、ノーか？　三人が注目していると、章は「えっ？」と調子はずれな声を発した。

「……窓が少しだけ開いてます。さっきまで完全に閉まっていたのに」

指差す方を見たら、三センチほど開いていた。

「部屋が冷えてきたな、と思ったら、これかよ！」

啓斗が怒ったように言う。章はぴょこんと立って、窓から首を突き出した。

「雨樋（あまどい）を伝って誰かが上ってくるのかと思ったけど、できそうにありませんね。この雨樋は窓から離れているし、子供の体重も支えられない。屋上や隣の部屋から何かできそうでもないし……どういうことだろう？」

話しているうちに日が傾き、外は暗くなりかけている。

「皆さんが部屋にいる時に、こういうことが起きたのは初めてですか？　特別な現場に立ち会いましたね、ぼく」

そっと窓を閉めて振り向いた章に、華穂は言う。

「ミス研にまとわりついている何かが、床呂君の入会を歓迎して挨拶（あいさつ）してくれたみたい。正体を見極めずにいられないと思わない？　データが揃って、きみの推理がまとまったら聞かせて」

ついに章が「はい」と答えてくれたので、華穂は亜美子とハイタッチした。

「よぉし、怪奇現象のおかげで一年生が入ってくれた。幽霊様々だな」

啓斗は意識もせずに言ったのだろうが、怪奇現象について〈幽霊〉という言葉が出たのは初めてだった。聞き捨てならなかったのか、亜美子は笑顔をいったん引っ込めて質（ただ）す。

「大下君、窓を開けたり雑誌やノートをいじったりしているのは幽霊だと思ってるの？　なんでこの部屋にそんなものが出るのよ」

「仮に幽霊と呼んだだけで、この部屋に何かが取り憑いてるなんて思ってない。うちの前にこの部屋を使っていたのは占い研究会で、その時には異状はなかったらしいから、幽霊が部屋に憑いているわけじゃない」

彼は、占い研にいた女子生徒にそれとなく様子を聞いていたのだ。

「正体の究明はこれからだ。頼りにしてるよ、名探偵で怪奇ハンターの床呂君。ミス研のプリンス」

啓斗に言われた章は、照れながらもうれしそうだった。この先輩たちなら馴染めそうだ、と思ってくれたのだろう。

烏龍茶で乾杯し、章はたちまち打ち解ける。

「超常現象をまったく信じていない、と言いましたけれど、興味はあるんです。推理小説ファンは不思議な話が大好物ですから。ぼくはホラー小説もよく読んでいます。あそこにある本や雑誌にも面白そうなのがありましたね。たとえば——これ」

彼は、華穂が古本屋で見つけてきた『ムー』を手に取る。一九九二年二月号で、イギリスのレイライン特集に惹かれると言う。

「スティーヴン・ローズという作家の『ゴースト・トレイン』という小説を知りませ

んか？　レイラインと線路がややこしいことになったせいで、鉄道が呪われて大変なことになるんです」

「知らないけど面白そうだな」啓斗が言う。「おれたち向きの小説があったら教えてよ。これからのミス研は、話題の幅が広がりそうだ」

「わたし、推理小説も読んでみようかな。ゴシックな感じでお薦めがあれば――」

亜美子が話している時、啓斗のシャープペンが理由もなく机上を転がりだしたので、全員がはっとなる。ペンは、机の端からぽろりと床に落ちて跳ねた。

先ほども申したとおり、わたしは超常現象だのオカルトだのには昔から関心がなく、そういうものを面白がる人の気持ちがよく理解できません。人間は色々なことを空想するものだな、と思うばかりでした。

高校で物理の教師をしていますから、現代の科学で森羅万象を説明できないことは承知しています。人間がまるで気づいていない自然界の隠れた法則がないとは言えないことも。また、死別した愛しい人に再び会いたいとか、死んだら無になるとは考えたくないと希い、幽霊や霊魂を思い描いてしまう心情は痛いほどよく判ります。ですから、超常現象やオカルトを信じる人たちを馬鹿にすることもありません。

ミステリー研究会の設立にあたり、氷川華穂から顧問に就くよう頼まれたのは、わたしが授業中に雑談モードになった際、そういう話をしたせいでしょう。『柏先生だけが頼りです』と手を合わされて、熱心さにほだされて引き受けたんです。

わたしは彼女の一年次の担任で相談を持ち掛けやすかったんでしょうけれど、それだけではなく別の計算もあったらしい。超常現象やオカルトを研究するなんて、子供っぽいだけでなく不健全かつ危険だから、部活動として許可されないのではないか。創部のためには、決して怪しいものでない、というお墨付きが欲しい。そこで、物理の教師であるわたしを顧問に据えて、科学の光を当てて世界の不思議を検証する知的なサークルである、と学校側に認めさせようとしたんです。

悪くない発想だったと思います。氷川の狙いどおりにことが運び、由緒あるミステリー研究会は復活しました。「先生のおかげです」と感謝されましたけれど、あの子の熱意と行動力の賜物ですよ。

彼女に釣られて「由緒ある」なんて表現を使ってしまいました。理由は、これも先ほどお話ししたとおり。かつて同じ名前のサークルが本校にあり、活発に活動していたことがあったからでして、氷川は、それを知って自分が甦らせようとしたんです。

わたしは奉職して五年目なので、かつてのミステリー研究会がどのようなものであったか詳細は存じません。ひと頃、テレビにもよく出演なさっていた物理学者の多和田教授が特別顧問にお就きになっていたそうで、時には先生を学校にお招きして囲み、わいわい楽しくやっていたと聞きます。多和田教授がご病気で亡くなってから勢いを失い、廃部に。それが十年ぶりに復活したわけです。

　氷川華穂が会長。彼女とは小学生時代からの友人である大下啓斗と二人での旗揚げでした。わたしは当初から、はたして会員が集まるだろうかと危惧していたんです。氷川がすぐにクラスメイトの一人、菊井亜美子の勧誘に成功し、その後もぽつぽつと入会希望者はやってきたんですが、案じていたとおり定着してはくれませんでした。

　顧問のわたしがうるさいことを言ったせいかもしれません。心霊スポットを探訪するとか、本に書いてあるおかしな儀式を再現するとかいったことを厳しく禁じたんです。部活動としての健全さを保持するため、怪しげなことは許可しませんでした。放課後に集まり、世界の不思議や謎について語り合うだけでは、刺激が足りなかったのでしょうか。ホラー映画マニアの一年生も、映研に取られてしまいました。

　それでも氷川たち三人は部活を楽しんでいましたね。様子を窺うために一度だけ部室に顔を出したら、ＵＦＯやらＵＭＡやらの話で盛り上がっていて、門外漢のわたしにあれこれ解説してくれるんです。ＵＭＡというのは初耳でしたが、ネッシーのような未確認生物のことだそうですね。わたしの名前は柏悠馬なので、ミス研内ではユーマ先生と呼ばれるようになってしまいました。

　会員の三人が雑誌を見ながら「この写真はあり得ないよね」とか「目撃証言、ブレすぎ」とか突っ込みを入れて笑っていたので、正直なところ安心したものです。この子たちは、世界の不思議をネタにして遊んでいるだけなんだな、と。

　逆に言うと、そういうところが気に食わなくて去った入会希望者もいたんでしょうね。大下なんて「霊感があるとか言う奴が苦手」と公言していて、氷川と菊井も「判る」と同調していましたから。

　コーヒーのお代わり？　ありがとうございます。今は結構です。

　そんな雰囲気だったから、「この部屋ではおかしなことが起きるんですよ」とあの子たちが言うのを、てっきり冗談かと思い込んでいました。「窓が独りでに開くんです」と半笑いで言われたら、「戸締りには気をつけろよ」と注意するしかありません。その時点で、つまり五月の中頃から不穏なことは始まっていたんでしょう。

　いつの間にか窓が開いたり、本や雑誌が動いていたり、といったことが十一月まで断続的に続いたら気味が悪くなってもおかしくないのに、氷川たちはわたしに相談しようとしませんでした。そこがあの子たちの変わっている点だと言えます。超常現象をネタにして戯れているうちに、感覚が鈍麻していたのではないでしょうか。ささやかな怪奇現象に慣れてしまい、エスカレートするなんて想像もしなかったらしい。

　床呂章がミス研を訪ね、すぐに入会を決めたのは十一月三十日でした。ご両親がこちらに引っ越し、福岡にある系列校から転校してきた生徒です。二学期の初めに転入してくる予定だったのが、ご両親の事業の都合で時期がズレてしまったのだとか。

わたしがミステリー研究会の顧問をしていると知るなり、「興味があるので、説明を聞いてみます」と目を輝かせていました。うちのミス研を推理小説研究会と勘違いしている、と気がつかなかったのは迂闊ですが、さっきお話ししたような経緯で彼は四人目の会員になったんです。

非常に不可解なのですが、彼が入会するなり、ミス研がおかしくなりました。因果関係は不明です。いや、関連があるのかどうかさえも……。閉めたはずの窓が開く、書棚の本や雑誌が動く、という子供の悪戯のような次元を超えた現象が起きるようになりました。何となく部室の空気が淀んで感じられたり、頭が痛くなったりという段階では、換気がよくないのが原因だと思っていたようですが、どうやらそうではないらしい。

まさか呪いや祟りではあるまいな、と彼らが考え始めた頃――床呂の入会から一週間も経っていません――、氷川が「襲われた」と言ってきました。不審者が侵入したのかと慌てたら、違うんです。部室に入るなり、何者かが、あるいは何かが後ろから覆いかぶさってきて、床に倒されたと怯えて言う。

後ろ手にドアを閉めた途端に背後から何かがのしかかってきた、だなんて理屈に合いません。その時の彼女の後ろには閉まったドアしかないんですから。本人も重々承知しながら、「でも、後ろからきたんです」と言い、激しく動揺していました。

何かの思い違いだろう、としか考えられなかったのですが、校内における生徒の安全に関わることですから無視できません。やりかけていた作業を中断し、怖がる氷川を伴って部室に向かいました。

部室の前に立つと、中に誰かがいる気配を感じました。警戒しながらドアを開くと同時に、長机を挟んで座っていた大下と床呂が、わっと立ち上がってこちらに突進してきたので、びっくりしました。どうしたのかと訊くと――。

彼らは氷川と入れ違いに部室にやってきて、椅子に座ってお茶を飲んでいたそうです。二、三分した時、二人は誰かに右足首を摑まれたのを感じて、顔を見合わせました。どちらも両手を長机の上に出しているし、机の下に誰かが隠れているはずがないのを部屋に入った時に見ている。ぞっとして同時に立とうとしたら、体の自由が奪われていました。足首を摑まれているだけなのに、全身が動かないんです。

恐怖のあまり声も出なくて、どうしていいか判らなくなっていたんですが、わたしがドアを開けた瞬間に呪縛が解けた、と。よほど怖かったのか二人とも呼吸が荒くて、床呂なんて上半身を顫わせていました。

室内の気配を窺ってみたんですが、わたしには何も感じられません。それでも「気のせいだろう」と気休めを口にするのはためらわれました。何のきっかけもなく二人が同じタイミングで同じ錯覚に襲われるのは、これまた理屈に合いませんから。

混乱しているところへ、氷川のスマホに電話がかかってきます。菊井からでした。彼女は誰よりも早くに部室にやってきて怪奇現象に遭遇し、気分が悪くなって保健室で休んでいました。ようやく落ち着いたので、「部室がおかしい。行っては駄目」と報せてきたんですよ。

部屋に入って日誌のノートを取ろうとしたら、後ろからポニーテールにしている髪の毛を強く引かれた、と言います。そして、耳元で「馬鹿にするな」と誰かが囁く声を聞いたのだとか。

どんな声か？　若い男のようだったそうです。自分たちと同じ高校生かもしれない、と言っています。聞き覚えのある声ではなかった、とも。

どう対処していいものか迷ったわたしは、ひとまず部室に鍵を掛けて封鎖することにしました。そんなことをしなくても、彼らは怪奇現象がなくなるまで部屋に入るのを拒否したでしょうけれど。

退去する前に、日誌のノートを持って出ました。原因究明の参考にするためです。廊下でそれを開いてみて、今度はわたしが身顫いせずにおられませんでした。生徒たちから隠したんですけれど、覗き込んだ大下がはっとするのが判りました。彼、両掌で口元を押さえて、言葉を呑み込んでいました。よけいなことを言って他の二人を心配させたくなかったからですよ。

現物を持参していますので、ご覧ください。生徒たちが話していた怪奇現象についても、簡単ながらすべて記録されています。

わたしを驚かせたのは、最後のページ。

真っ黒です。その二ページだけ紙がふにゃふにゃになっていますから、墨がべったり塗ってあるのかと思ったら、そうではない。鉛筆かシャープペンで塗り潰(つぶ)してあるのがお判りいただけますね？　いくら時間をかけて根気よく塗っても、生半(なまなか)なことでは、こんなふうにはできないでしょう。執念というより狂気、いいえ、怨念めいたものを感じます。

それが今週の火曜日のことです。

誰に相談をしていいやら判らず、すっかり当惑してしまいました。教頭や校長に報告したところで、「生徒の悪ふざけじゃないのか。やはりあんな不真面目なサークルは認めるべきではなかった」という反応が返ってくるのが目に見えている。わたしにできることは、当面、ミス研の活動を休止にすることだけでした。

翌日、部室に入ってみたんです。何がどうなっているのか理解できず、何をどう調べたらいいかも判らないまま、とにかく様子を見るために。

おかしなことが起きたか？　いいえ。

ただ、これは気のせいなのかもしれませんが、部屋に留まっていると嫌な感じがしました。どこからともなく何者かが自分を観察しているような……。身を隠す場所なんてないのに、思わずきょろきょろ部屋を見回して、誰かいないか確認したぐらいです。

何かが変だ。

これは超常現象の専門家にこっそり相談してみるしかないのではないか、と考えたところで、はたと思い出しました。去年の秋に教育委員会の研修に参加した時のこと。大学時代に同期だった女性と久しぶりに会って雑談をしていて、妙なことを耳にしました。心霊現象についての調査を専門にする秘密めいた探偵がいるらしい。世の中には色々な仕事があるものだ、と。事務所の電話番号はこんな語呂合わせらしい、ということも彼女は話しました。そんな探偵が実在するとは思えず、冗談でないのならばいわゆる都市伝説の類だろうと思ったんですが……。

電話番号の語呂合わせが記憶にあったので、駄目で元々というつもりで、昨日こちらにご相談のお電話をいたしたわけです。今日は授業が終わるなり、できるだけ早く学校を出てきたのですけれど、こんな時間になって申し訳ありません。

いかがでしょう、濱地先生。

これは先生にお調べいただくべき事案ですか？　そんなことからして判断しかねて

いるのです。

　わたしの説明だけでは要領を得ないことが多々あったかと思いますので、ご不明の点についてはは何でもお尋ねください。


　1＋1＝2。

　転んだら痛い。

　食べないとお腹がへる。

　当たり前すぎて、つまらない。

　万有引力の法則。

　エネルギー保存の法則。

　ボイル＝シャルルの法則。

　習ったので、どういうことかは理解している。

　死んだニャン吉はもう抱っこできない。

　死んだお祖父ちゃんにはもう会えない。

　はい、知っています。

　世の中、当たり前のことばかり。当たり前が当たり前でなくなったら困るだろうけれど、当たり前ばっかりだと息が詰まりそう。どうせおまえら人間は、この狭苦しい当たり前という檻の中で生まれて死んでいくだけ、と誰かが嗤っているような気がする。

えっ、嘘！

信じられない！

でも、本当なんだ！

当たり前が吹っ飛ぶようなことが、もっともっとあればいいのに。不思議や神秘や驚異やミステリーに触れて、わくわくしたい。

華穂は、そう思ってミス研を創った。自分と同じように考えている友だちと出会いたかったのだ。その希望が充分かなわないうちに、予想もしなかったことに見舞われた。当たり前を蔑ろにした報いなのだろうか？

背後からのしかかってきたモノの何とも言えない異様な質感が、六日経っても背中に残っている。おおよそヒトのようでもあったが、透明なヒトが虚空から出現するわけがない。

啓斗、亜美子、章を巻き込んでしまったのが悔やまれる。何がどうなっているのか判らないが、自分がミス研を創らなければこんなことは起きなかったはずで、責任を感じてしまう。みんな自分を責めたりしないのだけれど。

責任と言えば――金曜日の放課後に廊下で会うと、章がひどくしょげていた。

「ぼくが入会した途端に変なことになってしまい、すみません。どうしてこうなったか判らないけれど、原因はぼくにあるのかもしれません」

「ないない。床呂君って自意識過剰ね」と一笑に付したが、内心、引っ掛かるものがあった。

「偶然じゃないのかもしれない」

亞美子も疑念が払えないようだった。章と怪奇現象がどうつながっているのかについては、さっぱり判らないようだが。

啓斗は「偶然だよ」と言い切った。説明がつかない現象は章が転校してくる半年以上も前から始まっていたのだから関係はない、と。しかし、章の登場が何かのきっかけになり、事態が一気にエスカレートした可能性もある。

他ならぬ章自身がそう考えていた。推理小説ファンの彼は、ただ怯えたり責任を感じたりするだけではなく、ミス研に降りかかった怪異の原因を推理しようとしていた。

「あの部室には何かが棲みついています。本来は凶暴なものではなくて、氷川さんたちをからかって遊んでいたんでしょう。それをぼくが刺激してしまったみたいです。いったい自分の何が悪かったのか、心当たりはないんだけれど。ずっとそれを考えています」

華穂も一緒に考えてみたが、それらしい答えは見つからなかった。入会したばかり、かつ最年少である彼は、まだミス研で大した存在感を発揮しておらず、何が〈部室に棲みついた何か〉の機嫌を損ねたのやら察しがつかない。

顧問のユーマ先生は――。

科学的な説明を見出して安心させてもらいたかったのに、予想もしなかった行動に出る。心霊現象を専門に扱う探偵に調査を依頼した、という報せを日曜日の夜に電話でもらって、華穂は啞然とした。先生が部活の問題について探偵に相談するというだけでも驚きなのに、それがまた心霊現象専門とは。

この世の中、当たり前だけで埋め尽くされているのでもなかったようだ。退屈な現実に風穴が穿たれたのを愉快に思えたし、教壇で物理を教えるユーマ先生の対応の柔軟さには感動と感謝を覚えた。

先生は、金曜日の放課後に南新宿の探偵事務所を訪ねたという。探偵は翌日から調査を開始し、〈犯行現場〉である部室に足を運び、日曜日には結論を下したのだそうだ。

そして、月曜日の今日。

解き明かした真相をミス研のメンバーに語ってくれることになった。興奮せずにはおられない。

封鎖されている部室に集合するのかと思ったら、昼休みにユーマ先生から「放課後、視聴覚室にくるように」と指示された。華穂は、午後の授業にまるで集中できなかった。他の三人も同様だったに違いない。

　ホームルームが長引き、亜美子とともに小走りで視聴覚室へと向かう。

「ビデオでも上映しながら解説してくれるの？」

　亜美子に訊かれても、華穂は何も聞いていない。

「さぁ。もしそうだったら、あんまり怖いのは観たくないな」

　階段教室になった視聴覚室に駆け込むと、啓斗と章はすでに最前列に着席していた。教壇の下に立っていた先生が「よーし、揃った」と言う。その傍らのこちら向きに置かれた長机に、見覚えのない顔が二つあった。

　右側には二十代前半に見える女性。アッシュブラウンに染めた髪を後ろで括（くく）り、黒っぽいスーツに身を包んでいる。表情はきりっとしているのに、どこか可愛らしい顔立ちだった。手元にはミス研のノートとスケッチブックらしいものが置かれていた。その下には古い雑誌のようなものも。

　彼女の左手には、オールバックの男性が掛けている。ダークな茶色のスーツに渋いグレーのジレ、臙脂（えんじ）色のネクタイ。いかにも紳士然とした身だしなみで――職員室では決してお目に掛かれない――、一分の隙もなく、物静かで落ち着いた雰囲気が頼もしい。五十歳が近いようにも見えるのに、それにしては肌艶（はだつや）が若々しい。年齢の見当がつきかねた。わたしという存在は年齢などという俗なものを超越しています、というかのようだ。

「紹介しよう。こちらが私立探偵の濱地健三郎先生。お隣が助手の志摩ユリエさんだ」

オールバックの探偵は「濱地です」と軽く一礼してから、ユーマ先生に言う。

「事務所にいらした時にもお願いしましたが、わたしを〈先生〉と呼ぶのはお控えいただけますか。そのような者ではありませんし、正真正銘の先生に言われると、どうにもおかしな具合ですので」

穏やかな物言いだった。ユーマ先生は「失礼しました」と頭を掻いてから、「二人とも、そこに座って」と華穂と亜美子を促す。男子が席を詰め、四人は最前列に並んで着席した。広い部屋の前方に、七人がこぢんまりと固まった恰好になる。

「視聴覚室に集まってもらったことに意味はないんだ」先生は言う。「濱地さんのお話をじっくり伺うため、空いていた部屋を押さえたのにすぎない。お話が終わったらすべては解決して、きみたちは部室に戻ることができるだろう」

「本当ですか？」

反射的に啓斗が訊く。答えるのは探偵だ。

「絶対に、とまでは約束できないとしても、まず大丈夫でしょう。皆さんは部室を取り戻し、これまでどおりに楽しい活動ができるはずです。いや、これまで以上に、かな」

「それは、えっと」亞美子は敬語が得意ではない。「あそこで色々なことが起きる原因をお突き止めになられただけじゃなくて、解決方法もお突き止めになられたということですか？」

探偵は「はい」と頷いた。

「では、お願いします」

先生が通路を挟んで華穂の右隣の席に座る。入れ替わりに濱地は起立したかと思うと前に出て、教卓に片手を置いて語りだした。

「この一週間ほどの間、部室で起きたことの意味が判らず、さぞや不安な想いで過ごされたことでしょう。皆さんが見たり聞いたりしたものは、わたしが専門とする心霊現象です。それはまだ続いていますが、止める算段はあります。これからそれをお話しするのですが――」

彼は言葉を切り、一座を見回した。絶妙の間が緊張感を生む。

「わたしの力で邪気を払う、といった方法ではないのです。皆さんにあることを実行してもらわなくてはなりません。わたしだけでどうにかなるのなら、面倒な説明は省いてさっさと仕事を済ませ、『終わりました』と報告すれば足りた」

「ぼくたちに……できることなんですね？」

章が、おずおずと尋ねた。

「もちろん。だから皆さんに集まってもらったわけですが、それに先立ちお願いがあります。これからわたしがお話しすることを、みだりに他の人にしゃべらないでいただきたいのです。『みだりに』なんて言うと、『じゃあ、家族や親友には話していいの？』と思うかもしれませんが、可能な限り避けて欲しい。話したって信じてもらえないでしょうし——同語反復になって恐縮ですが、みだりに話すことではないからです」

「ああ……」

華穂は、われ知らず声を洩らしていた。濱地の言っていることが、論理ではなく直観によって理解できた。そういうことも人間の世界にはあるのだな、と。

「こんな探偵がいることも、みだりに話さないでいただけるとありがたい。宣伝していただかなくても、わたしの存在はわたしを必要とする人に伝わるのです」

何に納得したのか、ここで先生が深く頷いていた。

「ミス研を代表して約束します」

華穂の返事に他の三人の会員が「約束します」と唱和し、濱地は満足げだった。

「ご理解いただき、うれしく思います。——さて、前置きはこれぐらいにして本題に入りましょうか。皆さんの部室では五月の中頃、正確に言うと五月十四日から奇妙なことが頻発していて、それらはすべてサークルのノートに記録されています。読ませていただいたところ、霊的な何かが居着いており、会員の皆さんにちょっかいを出しているらしい。害意は感じられず、かまってもらいたいのだな、という印象をわたしは受けました。——どうしました？」

亞美子が何か言いたそうにするのを濱地は見逃さない。

「はい、あの。うちの床呂君もそんな見方をしていました。どうやら犯人は自分がここそ出入りしていることに気づいてもらいたがっているようだ、って。でも、それはものが動くだけの時のことです。その後、わたしは強い力で髪を引っ張られたし、氷川さんは後ろから乱暴に押し倒されています。害意がないとは思えません」

「ええ、柏先生から伺っています。わたしが今言ったのは、そういったことが起きる以前、つまり床呂章君が入会した先々週の金曜日以前の現象についてです」

「……やっぱり、ぼくがミス研に入ったのがよくなかったんですか？」

章がつらそうな顔をした。探偵は優しい口調で返す。

「あらかじめ確言しておくと、きみには何の落ち度もない。だから、微塵（みじん）も責任を感じる必要はありません。少しばかり運が悪かっただけです」

「運？」

華穂は、濱地の話の先を読もうとしたが、無理だった。運が悪かったとは、単に入会した日がよくなかったということか？　黙って続きを聴くしかない。

「部室に居着いた何かは、どうして皆さんにかまってもらいたかったのか？　淋しかったからですよ。神秘や不思議を愛でる皆さんの仲間に加わりたかったからで、驚かせたり怖がらせたりするのは本意ではありませんでした。〈彼〉は——男性なんですよ。菊井さんが聞いた声のとおり——こんな顔をしています」

探偵が目顔で指示を出すなり、志摩がスケッチブックを開いて見せた。癖のない頭髪をセンターで分けた、どこか哀しげな顔が木炭で描かれていた。理秀院高校の制服を着ている。

「これは、わたしが部室で視た人物の似顔絵です。話そうと声を掛けたらたちまち消えてしまったのですが、絵が上手な志摩が見事に描いてくれたおかげで調査がとても捗りました」

「誰ですか、それ？」

啓斗の問いに対する答えは、意外なものだった。

「ご存じないのは当然ですが、皆さんの先輩ですよ。彼は十四年前にミステリー研究会に所属していて、あの部屋で三ヵ月ほど楽しい日々を過ごし一年生の夏に不慮の事故で命を落としています。十四年前というと、お判りですね？　多和田教授を特別顧問に迎えた旧ミステリー研究会が活況を呈していた時期です」

濱地がわずかに空けた間に、華穂は質問を挟み込む。

「似顔絵の人が昔のミス研の会員だったって、どうして判ったんですか？」

「部室に居着いて会員にかまってもらいたがるところから、ミス研のOBではないか、と当て推量をして調査を進めたんですよ。十年前に消滅した旧ミス研のメンバーの名簿は残っていませんが、手掛かりがまったくないわけでもない。わたしと志摩は、亡き多和田教授のご子息を訪ねてみました。その方は本校の卒業生ながらミス研の会員ではありませんでしたが、教授が何かを遺していることが期待できました。ありましたよ、五年分の古い会誌が。父親が揃えていたバックナンバーを、ご子息はいまだに保管していたんです。お借りしてきたものがこれです」

濱地が言い終える前に、志摩が何冊か翳して見せる。スケッチブックの下に積んであったものだ。絵心のある会員が描いたらしき幻想的なイラストが表紙を飾っており、華穂は手に取ってみたくなった。

「会誌の中には会員が自己紹介するコーナーがあり、何年分かの名簿を入手したのに等しい。連絡先までは書いてありませんが、名前が判明したら個人情報保護の壁を避けて調べる手立てはあります。わたしと志摩で手分けをして会員の名前をインターネットで検索したところ、いくつかヒットした。町田で不動産会社の営業をしているSさんや、立川でカフェを経営しているCさんなど。その方たちに会ってお話を伺い、似顔絵の男性を突き止めることができました。〈彼〉が事故で在学中に亡くなったこ

『部室にこんな顔の幽霊が出るんだけど、心当たりはありますか？』って尋ねたんですか？」

亞美子の問いに、探偵は首を振る。

「いいえ。多和田教授のことを本に書くための取材をしているうちに、理秀院高校にあったミステリー研究会に興味が湧いた。教授のお宅にこんな似顔絵があったのだが、会員のどなたかでしょうか？——と、そんなふうに訊いたんです。SさんもCさんも、即座に同じ名前を挙げてくれました」

濱地は一冊の会誌を取り上げ、ページをめくりながら続ける。

「その名前は、確かにここにも出てくる。〈彼〉は、幽霊屋敷にロマンを感じていたようですね。いつか本場のイギリスに行って有名な屋敷を探訪してみたい、と希望を綴っています」

「何という名前の人ですか？」

華穂が尋ねたら、いったん答えをはぐらかされた。

「〈彼〉の名前は、何度も出てくるんですよ。十四年前から廃部になった十年前までの足かけ五年にわたって自己紹介のページに登場している。死んだ後も幽霊が書いているはずもない。

「亡くなった以降の会誌には、名前だけが紹介されていてコメントはありません。どういうことかと言うと、不幸な事故の後も、仲間たちは『彼はまだミステリー研究会の会員だ』と考えて、自己紹介のページに名前だけを残したんですよ。〈彼〉を知る者がみんな卒業してしまってからも、その慣習は後輩によって受け継がれた」

その気持ちは判る、と華穂は思う。

「ただ会誌に名前を留めただけではなく、会員たちはふだんから〈彼〉が部内にいるものとしてふるまったそうです。ことあるごとに名前を出し、幻の会員として〈彼〉がそこにいるかのように接していました。そうしているうちに、部室に残っていた〈彼〉の思念が徐々に実体に近いものを持つに至った。〈彼〉は、後輩たちの口から自分の名前が発せられることを喜んでいたことでしょう」

友情から始まった行為は、やがて他愛のない習わしへと変化し、それはそれで会員たちの親睦（しんぼく）を深める一助となったようだ。ミステリー研究会らしい洒落（しゃれ）でもあり、いつ部室にきても姿を見せていない〈彼〉のことを、会員たちは〈幽霊会員〉と称していた。

「これが自己紹介のページです」

濱地が会誌を回覧させる。幻の会員の名前は、所清士郎（ところきよしろう）だった。

「……トコロ。もしかして、これが原因ですか？」

「大下君の言うとおり。所君は旧ミステリー研究会の会員たちの心の中で生き続け、廃部とともに行き場を失ったのだけれど、ここにいる皆さんが研究会を復活させたことにより甦ったわけです。〈彼〉は、うれしかったのだと思いますよ。ただ、かつての慣習が受け継がれていないために、誰も呼びかけてくれない。〈彼〉は、どうにかして自分の存在に気づいてもらおうと努めます。それが五月半ばから始まった不可解な出来事の数々です。懸命に訴えていたのですよ。ぼくに振り向いて、ぼくはこの部室にいる、と」

そう聞くと、華穂も哀しい気分になってきて、どうしようもなかったと承知しつつ、無用の罪悪感をうっすらと覚えた。

「〈彼〉は、みんなから『所君』と呼ばれていたんですよ。またそう呼ばれることを望んでいたのに、存在にすら気づいてもらえない。そこにやってきたのが床呂章君です。十年ぶりに『床呂君』の声が再び部室に響きましたが、それは自分に向けられたものではなかった。〈彼〉の失望は、やがて怒りに変わっていきます。ミステリー研究会の部室で起きたのは、そういうことだったのです」

何か言いたそうにしている章に、濱地は視線を注いだ。それに促されて最年少の会員は言う。

「濱地さんのお話はきれいに筋が通っていて、色々なことに辻褄が合います。でも……

…そんなことが現実にあるなんて、信じられません」

反発や批判ではなく、素直な感情の表明のようだ。探偵はきちんと受け止める。

「筋が通っていて辻褄が合うだけでは信用できない、というのは理性的な態度です。きみは推理小説ファンでしたね。よい影響を受けているらしい。確かに、辻褄が合うなんてことにさしたる価値はない。そんなストーリーは、与えられた素材を器用に組み立てれば何通りでも創れますから。唯一無二の答えであることを証明するためには、反論が不可能な論理か、物的証拠が要ります。あなたに倣ってこちらも正直に打ち明けますが、わたしはそのどちらも用意できないんです。しかしながら——」

探偵は、ピンと人差し指を立てる。

「わたしの推理が正しいと仮定した対処をすることで部室の怪奇現象が消滅したら、それが証拠になるのではありませんか？」

ここでユーマ先生が発言した。

「濱地さんの言うとおりにして事態が収束したなら、真相がどうであったかについて厳密な答え合わせをする必要がない、とも言えますね。ぜひ試してみたいと思います。——いいな？」

同意を求められた四人は、「はい」と声に出したり頷いたりして了承の意思表示をする。それを受けて、濱地は具体的な指示をした。

「対処というのは、いたって簡単なことです。新しいミステリー研究会に所清士郎君を〈幽霊会員〉として迎えてあげるんです。皆さんは演技をしなくてはなりません。『所君は今日も姿を見せないね』『これは所君の好きそうな幽霊屋敷だ』などと話して、仲間に加える。のべつまくなしにではなく、折に触れてという程度でかまいません。紛らわしいので、床呂章君のことを〈章君〉と呼ぶようにすれば、〈彼〉の心は安らぎ、もう悪さをしないはずです。――馬鹿らしいですか？　そんな茶番を演じてまで〈彼〉に付き合いたくないのならば、〈彼〉が居着いている部室で過ごすのが嫌ならば、ミス研は廃部にするしかない。どちらを選択するか、決めるのは皆さんです」

すぐに答えられる者はおらず、しんと部屋が静まり返った。自分が答えなくては、と華穂が口を開く。

「他のみんなが賛成してくれるのなら、わたしはその形でミス研を続けたいと思います。みんなと活動を続けたいし、このまま所君を消してしまうのも気の毒な気が……」

啓斗と亞美子が「おれもいいよ」「わたしも」と言ってくれたので、廃部はなくなった。じゃあ、ぼくは辞めます、と言うのかと思ったら章は――。

「ぼく、これからは章と呼んでもらえるんですね？」

華穂は、ほぉと溜め息をついてから答えた。

「もちろん呼ぶよ、章君」

それから視聴覚室を出て、全員で部室に向かったのだが、程度の差こそあれ、濱地の話をどこまで信じたらよいものか、みんな迷っていたらしい。ものは試しで、うまくいかなければ廃部もやむなし。華穂自身、そんな心境だった。

あれから十日が経ち、ミス研は、すっかり平穏を取り戻していた。

「半信半疑だったよね。失敗したらまた怖い目に遭う。でも、それが最後になるなら我慢するか、って覚悟を決めて部室に入った」

亞美子が言って、烏龍茶をひと口飲んでから、啓斗の紙コップにも注ぐ。

「サンキュ。おれも同じような感じだった。あの時は、『わたしたちは部室に立ち入りません』と言いながら濱地さんが廊下で待機していたから、安心感はあったけれどね。でも、濱地さんがいなくなったら、また変なことが起きるんじゃないか、と思ったりして、スリルがあったよ。——章は？」

「まぁ大丈夫だろう、と思っていました。濱地さんの話にすごく説得力があったから。話というより、話し方にかな。ああ、探偵ってこんなふうに推理を語るんだ、と興奮しました」

「推理小説ファンの感想だなぁ」と華穂。「わたしも、あの語り口に感心したけれど。……不思議な人だったね」

「うん。現実離れしていたというか、あんな人、初めて会った。普通じゃない仕事をしているうちに普通じゃなくなったのかな。普通じゃないから普通じゃない仕事をするようになったのかな。そこのところも謎。だいたい何歳なの、あの探偵さん？ユーマ先生のお父さんかというぐらい落ち着いていて老けた感じもしたけれど、きっと若いよね。大下君、どう思う？」

章が答えさせなかった。

「大下さんは助手の志摩さんのことばっかり見ていたから、訊いても無駄ですよ。もう濱地さんの顔なんて忘れたでしょう」

啓斗は否定しない。

「忘れたよ。それはいいけれど、日にちが経つにつれて志摩さんの顔まで思い出せなくなっていくのが悲しい。事件が解決したのを記念して、一緒に写真を撮ってもらったらよかったなぁ。——そんなことより、こないな」

華穂がその言葉を引き受けた。

「うん。こないね、所君。本当に……こない」

怪奇現象は、ありし日の刺激が懐かしくなるほど、ぴたりと止んでいた。探偵の見立ては完全に的中していたと考えるほかない。

華穂たちは、濱地との約束を胸に刻んでいた。この部室に出没する〈彼〉のことも、心霊現象を専門にする探偵のことも、外部の人間に話すのは禁止。共通の秘密を持つことで、四人の一体感は一気に高まった。これから誰が入会してこようと、彼もしくは彼女に「実は」と打ち明けることもない。

ただし、〈幽霊会員の所君〉のことは説明しなくてはならないから、それについては旧ミス研から継承した風習ということにした。こんな物好きなサークルに入ろうとする人間なら、面白がってくれるだろう。

「きていないのかな？」

澄まし顔で章が言った。

「えっ。どういうこと」

「昨日、最後にこの部屋を退出したのは、ぼくなんですけれど……。すみません。換気のために窓を少し開けたのを、うっかりそのままにして帰ってしまいました」

「反省するほどのことでもないよ」亜美子が言う。「平気だって。この部屋、盗られるほどのものはないんだから」

「いえ、違うんです。鍵を持っていたので、今日ぼくは一番にここへきました。そうしたら、窓が閉まっていたんですよ。開けたまま帰ったはずなのに。嘘じゃありません」

「ん？　それって、つまり……」

亞美子は、上目遣いに周囲を窺う。

「所君が閉めてくれたんでしょうね。たまたますれ違いになっているだけで、ちゃんと顔を出してるんだ。ねっ？」

華穂が言うと、啓斗は「だな」と答えた。

＊付記　セイリッシュ海のミステリーについては、この物語が書かれた後で科学的検証から謎が解けつつある。人間の足首は海中で死体から離れやすく、同海域における潮流や風向きなどの条件が揃ったことが怪現象の原因と考えられる。足首の主の身元も行方不明者のデータベースとＤＮＡ鑑定から多くが特定された。

それは叫ぶ

トンネルを抜けると、枯れた山林が車窓の右手に広がった。左手には、蛇行する川を挟んだ盆地。名前を聞いたことがないショッピングセンターが町の中心に見えている。

久しぶりに出張で遠くまでやってきた。ボスが単身で赴くのかと思ったら、「きみにもきてもらおう」と言ってくれたので、志摩ユリエはひそかに喜んでいる。このところ依頼人が少なかったせいで処理すべき仕事は溜まっておらず、事務所で電話番をしても時間を持て余したに違いない。

濱地健三郎は、心霊現象が絡んでいそうな事件とあらば日本全国に足を運ぶから、助手として同行するユリエも思いがけない土地へ出掛ける機会がある。ただでさえ仕事が刺激的な上に、色々なところに行けるのは楽しかった。

——旅行に行けるのもメリットだなんて、志摩さんは呑気すぎませんか？

二日前、進藤叡二とパキスタン料理店で食事をした際に本音を洩らしたら、そう言われてしまった。大学時代に漫画研究会で一緒だった一つ年下の彼は、根っから真面目だ。

――別に不真面目な気持ちで言ったんじゃないよ。でも、そういう気分ってあるじゃない。進藤君は会社勤めの経験がないから判らないかなぁ。遠くへの出張っていうのは面倒だし疲れるけれど、日常から脱出できて、ちょっとリフレッシュできる時間でもあるの。

ユリエが言い返すと、彼はチキンカレーにナンを浸しながら「いやいや」と首を振った。

――ぼくだって、出張の味は知っていますよ。フリーのライターなんだし、自腹を切って漫画原作のシナリオハンティングもしますからね。

――ああ、そうか。ごめん。ところで新作の持ち込み、結果は出た？

濱地を通じて知り合った警視庁の刑事、赤波江に取材をさせてもらって仕上げた初の警察ハードボイルドの原作がどうなったのかが気になっていたのに、叡二は話を変えようとしなかった。

――「検討させてください」と編集さんに預かられたままです。そんなことより、志摩さんの仕事について話しましょう。濱地さんの下で働いていて、不安になることはないんですか？

大いにやりがいを感じているし、待遇への不満もない。叡二が何を案じてくれているのか、ユリエはにわかに理解しかねた。

――大学の頃の志摩さんは、心霊現象だの何だのに少しは興味を持っていたけれど、幽霊が視えるなんてことはなかったでしょ。濱地さんの助手になってから特別な能力が開花して、だんだん強くなっている。

――だんだん強くなっているなんて、わたし、言った？　それほどでもないよ。

様々な心霊現象に立ち会わなくてはならないから、経験は着実に重ねている。常識離れした案件ばかりであっても、年齢不詳のボスが頼もしいおかげで逃げ出したくなったことはなく、人間は異常なものにも次第に慣れる。自分は特に順応性が高いのかもしれないな、ともユリエは思うが。

――大丈夫。怖いのを我慢して働いているわけじゃないから。未知の世界があるのを知って、自分が広がったみたいに思ってる。

――おせっかいなことを言いますけれど、広がらなくてもいいでしょう。ごく普通の人間でいるのが幸せだとは思いませんか？　世の中には視えないままでいる方がいいもの、知らない方が心安らかでいられることがあります。

――もう視えるようになっちゃったのよ。

心霊現象について調査し、解決に導く過程で、危険が伴う場面もある。そんな時はボスが体を張り、ユリエの心身を守ってくれているのだけれど、叡二はどうしても心配してしまうらしい。人手が足りなくて彼に調査を手伝ってもらったこともある。自分がどんな仕事をしているのかをよく判ってもらえたと思っていたが、どうやら逆だった。

濱地の近くにいたら必ず霊的な能力が芽生えるというわけでもない。むしろ「きみのようなケースは稀だ」とボスから聞いた。彼女の中にもともと潜在していたものが、心霊現象と繰り返し遭遇しているうちに発現したらしい。

もしかしたら――とユリエは思う。彼女の能力が育ってゆき、より色々な体験をすることに対して、叡二は取り残されるような淋しさを感じているのかもしれない。それは思い上がった勘違い？　この想像が当たっていたら一抹の申し訳なさを感じるけれど、子供っぽいぞ、とも思った。

――濱地さんに全幅の信頼を置いているんですね。

そんなことも言われた。

――信頼に値するよ。進藤君だって知ってるじゃない。だから、わたしは今の仕事を続けても大丈夫なの。

叡二は口元をわずかにほころばせ、話題はクリスマスの予定に移った。二人が付き合いだして初めての十二月だから、雰囲気のいいレストランのディナーにでも誘ってくれるのかと淡い期待をしていたら、彼はふさがっているという。東京オリンピック絡みのムック本の取材なのだとか。生活のために雑多な仕事をこなしているから仕方がない。早く落ち着いた環境で漫画原作の執筆に専念できるようになればいいのだが。

――志摩さんはどうするんですか、クリスマス？

訊かれたので肩をすくめ、自宅マンションで独りショートケーキを食べて、ミステリーでも読んで過ごすつもり、と答えた。いまだにわたしのことを〈先輩〉扱いして、遠慮ばかりのきみ以外の誰かとは過ごさないよ、というメッセージのつもりで。

その夜も彼にはライターとしての仕事があり、食事だけで終わった。忙しい合間に会う時間を作ってくれたのだ。

彼の心遣いに感謝しながら店を出るなり、右手から歩いてきたコート姿の中年の男に、どんと肩をぶつけられた。自分が不注意だったのかと思いかけたが、そうではなかったらしい。叡二が眦を上げて、速足で去って行く男を追いかけようとしたので、反射的に腕を摑んで止めた。

――あいつ、志摩さんにわざとぶつかったんだ。

ユリエにはそう言い切るのがためらわれた。通りの向こうでビラを配っているサンタクロースに気を取られ、まわりをよく見ていなかったのが悪いようにも思えたのだ。

――どうしようもない奴ですよ。他人を不愉快にして何が面白いんだか。ぼくは、ああいうのが赦せないんです。

正義を愛する熱血漢や騎士のポーズを取る癖を、彼は持ち合わせていない。だから、心からの怒りなのが判った。

新宿三丁目に向かう彼と別れ、新宿駅東口の改札へと歩きながら、ほぉ、とユリエは溜め息をついた。いっかな距離を詰めようとしないのに、要所要所で惚れてしまうようなことをして見せる。何なんだ、あいつは。実にけしからん、と笑いたくなっていた。

「お聞きした住所はもうすぐです」

運転席から声がしたので、意識を現在へと引き戻す。ユリエの隣、後部シートの奥の濱地健三郎は、無言で頷いていた。

東京を出て三時間半。新幹線、地方私鉄、タクシーと乗り継いで、いよいよ目的地に到着だ。

寡黙な運転手は二人のことをどう見ているのだろう？　スーツをきれいに着こなしたオールバックの紳士は大学教授で、同伴しているやはりスーツ姿のユリエをその助手と読んでいたら半分は正解で、御の字と言える。まさか紳士が心霊探偵だと見抜けるはずもない。

今回の依頼人は三十三歳の主婦、可児篠子。夫の佳喜が尋常ではない状態に陥っているので救って欲しい、とのことだ。おおよそのことは電話で聞いているが、原因はまったく不明で、医者が解決できる問題ではないらしい。

「お噂を耳にしたもので」と篠子から事務所に電話があったのが昨日の午後。あらましを聞いた濱地は難しい顔になり、「明日、伺います」と答えた。現在、手掛けている案件がなかったのは依頼人にとって幸いだった。

タクシーは住宅が点在する町のはずれに入っていき、まだ新しそうな家の前で停まった。その音を聞きつけたのか、濱地たちが下車していると玄関のドアが開いて、ほっそりとした女性が出てくる。憂い顔で、探偵の到着を待ちかねていたという風情だ。

可児篠子は頭を下げて挨拶し、「どうぞ」と急かすように探偵と助手を家に招き入れようとした。ユリエは、切迫したものを感じると同時に、高揚感を覚えた。

——救命士になったみたい。

事前にもらった電話によると、可児佳喜に生命の危機が迫っているとのことだった。「なったみたい」ではなく、自分たちは文字どおり救命士として東京から駆けつけたのである。

ポーチに続く低い門をくぐろうとしたところで、何故か濱地の足が止まる。篠子もユリエも、「えっ?」と声を発していた。

「……どうかなさいましたか?」

篠子は、世にも心細げな表情になって尋ねる。

「わたしが感じているものを正確にお伝えするのは簡単ではないのですが、これだけは言えます。奥様がわたしをお呼びになったのは正しい判断でした」

「つまり……それは」

喜んだり安堵したりすることもなく、依頼人は口ごもってしまう。心霊探偵にすがるしかないほど夫がただならぬ状態であることを再確認し、慄いているかのようだ。

「賢明な判断をなさった、と申しているんです。あとはお任せください」

濱地はきっぱりと言ったが、彼が現場に踏み込む前に足を止めるのを初めて見たので、ユリエは軽く身顫いした。いつになく手強い案件なのかもしれない。

玄関脇の庭に青い三輪車があった。濱地が目をやるなり篠子が反応する。

「五歳の息子がいるんですが、三日前にわたしの実家に預けました。父親の様子がおかしいのに接して、情緒が不安定になりかけていたもので」

横浜から実母に迎えにきてもらったが、事情をありのまま打ち明けられなくて困ったという。

「歯切れの悪い説明になってしまったので、かえって母を不安にさせたみたいです。『佳喜さんがおまえたちに暴力を振るうんじゃないんだね？』とさんざん念を押されました。彼は優しい夫で、そんなことをするわけはないのに。『夫婦の揉め事が原因ならば、よくよく二人で話し合うんだよ』という忠告ももらいました。全然違うんですけれどね。あの人はわたしや息子にではなく、自分を……」

言葉にならない。

「現在、お宅にいるのはご夫婦だけですか。奥様だけで夜もおちおち目が離せないご主人のケアをなさっていたのでしたら、大変な負担でしたね」

「……いつまでも持ちこたえられません」

声を絞り出す篠子に、現状をよく把握しないままユリエは同情した。

玄関に入るなり廊下に掛かった暖簾がまくれ上がり、奥から誰か出てきた。六十代ぐらいの和装の女性で、子供のようなオカッパ頭が奇異だ。首には黒光りする立派な数珠を下げ、小柄ながら歩き方に貫禄があった。年齢から推して夫の母親がきているのかと思ったら、そうではない。

「こちらは蓬莱さんとおっしゃいます」

篠子に紹介されて、紺色の紬姿の女性は頭を下げた。

「初めまして。蓬莱政江と申します」いがらっぽい声で言う。「こちらの奥様からご相談を受けた拝み屋です。旦那様のご様子は深刻で、わたくしの手に負えないことが判りましたので、かねてよりご高名を聞き及んでいた濱地様のお助けを乞うよう、ご夫妻に進言いたしました。遠くからこんなに早くお越しいただけるとは思っておりませんでした。ありがたいことです」

ユリエは、これまで拝み屋という人種に会ったことがなかった。意外なことに、そういう人たち——商売敵かと思っていた——の間にも、濱地のことは知れ渡っているらしい。しかも、敬意とともに。

「力足らずで、わたくしには祓えません」

蓬莱はいかにも無念そうだ。たいていのものは祓えるのだが、と言いたげである。

拝み屋について濱地が何かをコメントしたことがなかったので、どういう応対をするのかユリエは注目した。

「お疲れのご様子ですね。手を尽くされたことが偲ばれます。——どういったモノなのかの見当はついていますか？」

「いいえ。お恥ずかしいのですが、どうにも得体が知れません。くだくだご説明するよりも……」

奥へ視線を向けたので、濱地は「そうですね」と応えた。

蓬莱は「佳喜さんは、さっきからずっと落ち着いています」と篠子に声を掛けてから、先に立って歩きだす。暖簾をくぐる濱地のあとにユリエも続いた。

「感じるかな？」

前を向いたままボスに訊かれた。助手としての適性をあらためてテストされているような気分になる。

「普通ではないのは……」と語尾を濁して答えた。

「ほぉ。判るのか。わたしと蓬莱さんのやりとりを聞いたせいで、錯覚をしているのではないかな？」

「その影響もいくらかあるかもしれませんけれど、何か黒いものを感じます。黒くて、よくないものの気配です」

漠然とした言い方だったが、能力の限界によるのか、本当にそうなのだから仕方がない。妖しいものは視えないし、神経を研ぎ澄ましても妙な音や声が聞こえることもない。

「黒くて、よくないもの、か。わたしとこの仕事をするようになって、同じようなものを感じたことは？」

考えてから返答した。

「ありません」

濱地が何か呟いたが、背中を向けているので聴き取れない。「そうだろうな」だったようにも思う。

通されたのは六畳ほどの洋間だった。窓際にベッドが置いてあるだけで、がらんとしている。客間にしているそうだからものが少ないのはいいとして、サッシ窓には真っ昼間からシャッターが下ろされているせいか、どうにも部屋全体が陰気だ。

危機にあるという男性は、ベッドに浅く腰掛けていた。チェックのシャツにジーンズ――ベルトはしていない――という恰好(かっこう)で、寝付いていたのではないようだ。ヘッドボードの上には、五歳の愛息を夫婦で挟んだ家族写真が飾られていた。

「濱地先生と助手の方ですね？　お迎えに出ずに失礼しました」

さも申し訳なさそうに詫(わ)びる。頭髪が乱れ気味で、眼鏡の奥の目には憔悴(しょうすい)の色が窺(うかが)えたが、髭(ひげ)はちゃんと剃(そ)っている。

「今、わりと楽なんです。動き回るとよくない症状がぶり返すんじゃないかと思ったので、じっと座ってお待ちしていました」

可児佳喜、三十五歳。年の離れた従兄(いとこ)が経営している鶴舞(つるまい)ソースに勤めていると聞いている。従業員は五十人足らずながら地元の優良企業で、首都圏のコンビニチェーンの棚にも製品が並んでいるそうだ。

「この部屋には先生方に座っていただく椅子もないので、ダイニングでお話を」ここで妻に向かって「今は精神状態が安定しているからね。先生がきてくださったし」

頷く妻に、濱地は質(ただ)す。

「ダイニングに危険はありませんね？」

返事は「はい」だった。

「包丁などは隠してありますから」

「ならば結構です。移動しましょう」

退出する際、佳喜が閉じこもっている部屋にステンレス製のドアラッチが付いているのにユリエは気づいた。光沢が鮮やかで、設置されたばかりのものと知れる。彼が自らの身を守るための措置だが、それしきのものだけではいかにも心許ない。

ダイニングにはちょうど五脚の椅子があった。濱地とユリエが並んで着席し、その向かいに可児夫妻。蓬萊は、下座にあたる席にちょこんと腰を下ろす。

椅子がガタガタと鳴るのが収まると、佳喜は小さく深呼吸をしてから口を開いた。

「会社に行けなくなって一週間です。社長に迷惑も心配もかけています。いや、一番苦しめているのは妻ですが。自分自身が苦しいだけでなく、家族や周囲を心配させているのがつらい。そんなことが言えるのも、今は平常心が戻っているからです。発作が始まると正気が吹っ飛んで、自分が何をしているのかもわからなくなってしまいます」

濱地はテーブルの上に両手を揃えて置き、あくまでも穏やかに話す。

「発作とおっしゃいましたね。しかし、あなたは奥様が勧めても治療のために病院に行こうとはなさらない」

「病気ではありませんから」

「何故、そう断言できるのでしょうね。精神医療の専門知識をお持ちなんですか？」

「そんなものはありませんが、心理学や精神医療に関する本はよく読みます。営業の参考になれば、と読みだしたら興味が湧いて、それなりに歯応え(はごた)えのある研究書も何冊か通読はしていますけれど。心療内科にかかって治るものではないことぐらいは、その程度の素人の自己診断でも判りますよ。一週間前に発作が起きるまで、わたしはいたって平凡ながら幸せに暮らしていて、気分が沈むような悩み事とも無縁なんです。思い当たることと言えば、あの――」

話が本題に入ろうとしたところで、玄関のチャイムが鳴った。篠子が素早く立ち、スーツ姿の来訪者を伴って戻ってくる。佳喜は、恐縮した面持ちで腰を浮かせた。

「すみません。ただでさえ迷惑をかけているのに」

相手は佳喜の謝罪をぴしゃりと遮る。

「ああ、もう、詫びなくていい。きみが休んでいても、うちの商品は飛ぶように売れているから」

それから濱地とユリエに向き直って、きびきびとした口調で自己紹介をする。佳喜の従兄、鶴舞ソース社長の可児鶴彦(つるひこ)だった。多忙の中、どうにか時間を作って様子を見にきたのである。押し出しのいい五十絡みの社長は、懇願してきた。

「濱地さん、志摩さん。どうか助けてやってください。蓬萊さんの手にも負えず、他に頼る人がいません」

蓬萊政江はこの地方きっての凄腕だそうで、彼女を頼るよう夫妻に勧めたのは鶴彦だったのだ。

「なにとぞ、なにとぞお救いください。あなた方が最後の希望なんです」

「あなた方」と言われたが、今回の案件に関して、自分は役に立てないのではないか、とユリエは直感していた。確たる根拠はない。ただ、これまで扱ってきた事例とどこか様相が違う。

「こいつはね」従兄は佳喜の肩を叩いて「誠実で、本当にいい男なんですよ。篠子さんという素晴らしい伴侶に恵まれ、可愛い息子も授かって、仕事もばりばりこなして、充実した生活を送っている。愛妻家で子煩悩。家庭の外ではみんなに好かれて人望が篤い。なんでそんな人間がこんな目に遭わなくっちゃならないんでしょう。これは何かの間違いです。どうかそれは正してください」

篠子が自分の席を譲ろうとするが、彼はそれを拒む。彼女が別の部屋からキャスター付きの椅子を運んでくると、ようやくそこに尻を落とした。

「ことの発端から伺いましょう」

濱地に促され、佳喜は語りだす。適宜、鶴彦と篠子、そして蓬萊に補足してもらいながら。

一週間前の十二月三日。

佳喜が外回りの営業を終えて帰社すると、社内に残っているのは鶴彦だけだった。報告書を急いでまとめたところで、「ちょっと付き合ってくれるか」と彼から声が掛かり、二人は会社の近くのおでん屋に足を運ぶ。

行きつけにしている赤提灯（あかちょうちん）の店で、半月に一度はそんなふうに従兄弟（いとこ）同士で寄り道をすることがあった。社員らに不平や不満がないのかを社長がヒアリングすることもあったが、たいていは砕けた雑談である。鶴彦は妻と死別し、二人の娘たちが東京の大学に進んだため一人暮らしをしていたので、つい従弟（いとこ）を誘いたくなるらしい。ただし、佳喜は早く家で妻子の顔が見たいだろうし、まったくの下戸（げこ）に長話の相手をさせるのは気の毒なので、いつも十時を過ぎる前には店を出た。

その日も十時になるかならずという頃に腰を上げ、夜風に吹かれながら会社の方へと引き返した。アルコールを一滴も飲んでいない佳喜は通勤に使っている車に乗るため。鶴彦は、その方向に自宅があったから一緒に歩いたのである。

夜の早い町のこと、その時間ともなると人通りは絶え、あたりは静まり返っていた。群雲の掛かった月を見上げた鶴彦が「半月の手前か。ふっくらとした餃子（ギョーザ）みたいだな」などと言っていた時――。

夜空を見上げようとした佳喜の顔に、何かが当たった。悪臭のする湿った薄い布で、顔面を撫でられたような感触だったという。ずるり、と音がしそうな接触だった。

「何っ——!?」

あまりの不快さに声が出た。

「どうした？」と鶴彦に訊かれた彼は足を止めた。濡れた布切れがそのへんに落ちているのでは、と見回しても何もありはしない。

再び「どうした？」と訊かれて、不潔な布みたいなものが当たったと答えた。不快感はなかなか去らず、顔一面に嫌な感触が残ったままだ。

「変だな。風はやんでいるから、何かが飛んできたわけでもないのに」

「水気をしっかり含んでいたようだから、風で飛んできたんじゃなさそうです」

「かといって、上から落ちてきたのでもないぞ」

足元には石ころの一つも転がっていないし、道路の両側には電柱も高い建物もなかった。

「さっきの店の中が暖かかったから、外に出て寒気がしただけじゃないのか？」

鶴彦としては、立ち尽くしている佳喜にそうとでも言うしかなかったのだが、当人は強く否定する。

「そんなのとも違うんです。ああ、気色が悪いな」

ハンカチで顔を拭っても、違和感はまだ消えない。正直なところ鶴彦は、顔に何の汚れも付いていないのに大袈裟だな、と滑稽に思ったという。

大袈裟どころか、佳喜は社長にありのままを告げることを控えていた。おかしな感触があった時に、およそ理解できないものを頭上に視ていたのだ。

それは、くしゃくしゃに丸められた何か。人間の頭部よりひと回りは大きく、何枚もの白っぽい布でできているようだった。その無気味な塊から長短の切れ端が飛び出し、ひらひらと揺れていたように思う。瞬間のことなので、揺れるという運動をしていたかどうかも定かではないのだ。さらに気味の悪いことに、布の塊の中心に歯と舌を具えた人間の口らしきものが視えた。

「不思議なことがあるもんだね」

その件は鶴彦のひと言でおしまいとなり、会社の駐車場前で二人は別れた。先ほどのアレは何だったのか、と怪訝に思いながら佳喜はハンドルを操った。

ずるり。

あの感触がしつこく残っていたものの、運転中に気分が悪くなることもなかったのだが、自宅に帰り着いてまもなく最初の発作に襲われた。

愛息の寝顔を覗いてから、「足りてないでしょう」と篠子が用意してくれていた夜食に箸を付けようとして、彼はゆらりと立ち上がる。そして、「どうしたの?」という愛妻の問い掛けを無視して、キッチンにあった包丁に手を伸ばした。

篠子にしてみれば、食事をやめて包丁を握る意味が判らなかった。訝りながら見ていると、夫はその刃先をしばし見つめてから、じわじわと自らの喉に近づけていく。

「何してるの⁉」と大声を出したら、佳喜が苦しげな顔になって右手を開いたので、包丁は床に落ちて跳ねた。

「どういうつもり？」

冗談になっていないし、かといって本気で自分の喉を刺そうとしていたとも考えられない。妻は唖然とし、夫は慄然として顫えていた。

「……それ、どこかに隠して。ぼくが捜し出せないところに。早く」

わけが判らぬまま篠子は包丁を拾い上げると、命じられたとおりにした。どこに隠したか悟られないよう、隠した後も家中をうろうろしてからダイニングに戻ると、佳喜は冷蔵庫にもたれて荒い息をしていた。

「ふざけないでよ」

咎めながら、妻は恐怖していた。生真面目で思いやりのある夫が、悪ふざけでこんな真似をするはずがない。精神に変調をきたしたのではないか、と思ったのだ。

佳喜が返した言葉は衝撃的だった。

「理由もなく、死にたくなった。突然」

篠子の頭は混乱するばかりだ。まだネクタイを解いていない夫の胸板を叩き、「正気に戻って」と言った。

自分がとんでもないことをしかけたのを佳喜は理解していた。篠子にも増して、彼自身が到底信じられなかったのである。

妻が用意してくれた夜食を前に、「いただきます」と手を合わせるまでは理性が働いていた。ところが、箸を持ったところで意識がぼおっと遠のき、頭蓋骨の中で何かが叫んだ。意味をなさない悲鳴のごとき叫び声だったのに、どうしても逆らえない至上の命令と受け取った。

――今ここで死ね！

極限状況でもなければ従う者がいるとは思えないのに、彼は実行しかけた。未遂で済んだのは、篠子が大声を発したせいもあるが、正気が完全には失われていなかったからである。愛する妻と息子がいるのに、死ねるわけがないだろう、という意識が右手の指の筋肉を動かしたのだ。

そんな説明に篠子が納得できるはずもないし、佳喜にしても理解不能だった。「気が変になったのかな」と言って、頭を抱えてしまった。

「疲れているのよ。よく働いているものね。疲れたんだわ」

篠子は、夫に抱きついて繰り返した。それもまた納得のいく説明ではなかったが、他に考えようがない。佳喜が「ごめん。食欲がなくなった」と言うので、彼女は「休みましょう」と息子がすやすや眠っている寝室に連れて行き、以前に自分が服用していた睡眠導入剤を服ませた。彼はじきに寝付いたが――以来、妻の眠れぬ夜が始まった。

発作が断続的に佳喜を見舞うのだ。

彼が二度目の〈叫び〉を聞いたのは、翌朝に出勤しようとしかけた時のこと。篠子は医者に診てもらうことを勧めたが、夫は「もう平気だから」と受け流した。昨夜のことは覚えていたが、突飛すぎて現実感がなく、心の平安が戻っていたので、医者に行くほどのことには思えなかったのだ。大切な顧客とのアポイントメントがあり、欠勤しにくい事情もあった。

ところが、「行ってくるよ」と車に乗り込んでシートベルトを締めるなり、頭の中でそれが響いた。

――今ここで死ね！

言葉になっていなかったのに、今度も〈叫び〉がそう命じているのが判った。エンジンキーを抜き、運転席の後ろに投げ捨てたのは彼の機転だった。〈叫び〉の主は、彼が自らを殺すチャンスを得た時に命令を発する、と咄嗟に理解したのである。一度目は近くに包丁があった。二度目は車の運転を始めようとしていた。止める者がいなくて彼の理性が完全に喪失していたら、数十秒のうちに自死できた。

「俺が死ぬわけないだろう！」

フロントドアガラスを拳で殴りながら怒鳴る彼を見て、篠子は蒼ざめた。やはり仕事どころではなかったのだ。

「死ねるわけがない！」

佳喜はもがくようにシートベルトを外し、運転席から転がり出てくる。その場にへたり込んだ夫を一刻も早く安全なところに連れて行きたかったが、どこを目指せばよいやら見当がつかない。やはり病院か、とスマートフォンで一一九番にかけようとしたら、きつく制止された。言い合いとなる。

「そんなんじゃない。そんなんじゃないんだよ」

「どうしてそう言えるの？」

「何かがぼくに『死ね』と命じるんだけれど、こんな形の希死念慮は本にも書いていないし――」

「知ったかぶりはやめて！　診てもらわないと判らないでしょう。精神性のものじゃなくて、何かウィルスみたいなものに冒されて脳がダメージを受けているのかもしれない。ね？」

「いや、違うな。違うと感じる」

押し問答をしているうちに佳喜は冷静さを取り戻し、二人はともかく家に入った。欠勤することを篠子が会社に伝えて三十分もすると、社長から電話がかかってくる。「どうしたの?」と問われて妻は返答に窮したが、それが鶴彦の不審を煽り、ついにはすべてを打ち明けた。

驚いた社長は、午前中に駆けつける。彼がそこまで迅速に動いたのは、一つには従弟を大事に思っていたからだが、もう一つの理由は昨夜おでん屋を出た後で佳喜がおかしなものに出くわす現場に居合わせたせいだ。やはりアレは何かよからぬものだったのだな、と察したのだ。鶴彦という目撃者がいたことは、佳喜にとって不幸中の幸いだったと言える。

篠子としては、医者に行くよう説得してくれることを鶴彦に期待していたのだが、彼は違う選択を勧めた。自分の知人が世話になった拝み屋に相談することだ。そして、その知人に尋ねて連絡先を聞きだすと、てきぱきとことを進め、その日のうちに蓬萊政江はやってきた。彼女がくるまで佳喜は発作を起こさなかったが、いつおかしな行動に走るか知れたものではないので、篠子と鶴彦は片時もそばを離れることができなかった。

「この人は正しい」

佳喜と相対し、ひととおりの話を聞いたところで蓬萊は言い切った。医者にかかってどうこうできるものではない、ということだ。

「何が取り憑いたのかは判らん。しかし、医者は役に立ちませんよ」

残念なことに、だからわたしに任せなさい、とは続かなかった。彼女が約束したのは、できる限りの手を施すことだけ。

蓬莱には他にも抱えている仕事があったため、ずっと佳喜に寄り添うことはできなかったが、可能な日には泊まり込んで佳喜に取り憑いた〈何か〉と闘ってきた。

さらに懸命に闘ったのは、言うに及ばず佳喜本人だった。〈今ここで死ね！〉という衝動がやってくる都度、「死んでたまるか」と跳ね返した。

佳喜を死に追いやろうとする邪悪で謎めいた〈叫び〉は、間断なくやってくるわけではない。いったん治まったかと思うと、突如として襲来する。およそ半日に一度という間隔で。特段のきっかけはないが、佳喜の手が届く範囲に凶器となるものがある場合にスイッチが入った。たとえば先の尖った鉛筆。目から深く刺し込めば脳に致命的な損傷を与えられる。一定量を超えて飲めば死に至ることもある洗剤や醤油も彼から隠す必要があったし、ベルトなどの紐類も遠ざけなくてはならなかった。

走ってきた車に飛び込んだり高所から身を投げたりせぬよう、佳喜が家に閉じこもったのは言うまでもない。妻が隠した品々を見つけ出すのを避けるため、危険物のない客間をシェルターとし、「ぼくから自由を奪ってくれ」という本人の希望に従って、ドアラッチが取り付けられた。

　そういう措置を講じた上で、蓬莱は〈叫び〉を祓おうと努めたのだが、いったい何が禍しているのかも摑めず、どんな祈禱も手応えはない。佳喜がこもった部屋に張った御札や護符も効果がみられず、「効き目がないのならやめてください。それ自体が恐ろしげで気が滅入ります」と佳喜が訴えたので、すべて剝がされた。

「これは呪いかもしれません。何者かが強く呪詛しているのでは」

　拝み屋は、誰かに恨まれている覚えがないかと質したが、佳喜にはまったく心当たりがない。付き添っていた篠子に加えて、鶴彦も断乎として異を唱えた。

「彼に関して、それはありませんよ。とことん敵を作らない男なんですから。こんな温厚な人間を憎む奴なんていません」

「わたくしもそう拝察します。ですが、ご本人に落ち度がなくても、逆恨みということがありますよ」

　蓬莱に促されていくら考えても、佳喜には何も浮かばなかった。

　異常な状況に幼い息子が怯えるため、妻の実家に預けることを余儀なくされてしまう。日常生活は完全に破壊された。

　鶴彦も夜は可児宅で過ごし、篠子をサポートしようとしてくれたのだが、どうしてもキャンセルできない出張に出なくてはならない日もあって支え切れない。六日目ともなると、彼女の気力と体力が尽きるのは時間の問題となる。

それを見て取ったかのようなタイミングで、蓬莱政江が白旗を揚げた。

「何がどうなっているのかも判らない。申し上げにくいのですが、わたくしではご期待に沿えません」

篠子は激しくうろたえた。

「投げ出すんですか？　そんな殺生なことをおっしゃらないでください。夫も必死でがんばっているのに」

彼はよく抵抗していたが、わずかな気の緩みも許されない日々はあまりにも過酷で、いずれ〈叫び〉に屈してしまわないとも限らない。現に昨夜、「いつか負けそうで怖い」と弱音を吐いていた。

「できそうにないことを、さもできるように偽るわけにはいきません」

あまりにも率直に述べてから、蓬莱はさらに言った。

「わたくしは失敗しましたけれど、投げ出して逃げるほど無責任ではない。ご紹介したい方がいます。と申しても、わたくしはお会いしたこともないのですけれど」

そこで出てきたのが、心霊探偵の名前だった。

ことの次第を聞き終えたところで、濱地は尋ねる。

「念のために伺いますが、呪詛される覚えはまるでないのですね？」

佳喜は躊躇なく「はい」と答えた。

「本当です。わたしはいたって平凡な男で、命に代えても守らなくてはならない重大な秘密なんてものもありません」

「では、やはり引っ掛かるのは路上で遭遇したアレですね。まだ記憶に残っていますか？」

「はい。何度も思い返しているので。一瞬のことでしたから、イメージに近いものしか再現できていないのかもしれませんが」

ユリエは、はっとなって、トートバッグに入れているスケッチブックとコンテを取り出す。自分の出番がきた。

「志摩は絵が得意です。あなたの視たものを描きますから、できるだけ克明に言葉で描写してみてください。わたしがリードしましょうか。本体は、何枚もの布をくしゃくしゃに丸めた塊のようだったんですね。およそ球体だったんですか？」

「球とは言えません。丸っこいんですが、輪郭はごてごてしていました。そこから布の切れ端みたいなのが、五つも六つも飛び出して、ひらひらしていたような……」

「布の質感は？　ひらひらして視えたということは、薄かったんでしょうかね」

「ごく薄いものに思えました」

「飛び出した布の長さは、本体の何倍もあったんですか？」

「ええ。角度によるんでしょうけれど、一番長いものは本体の七、八倍はありました」

「口があったというのが奇妙です。どのへんに、どのように付いていたんですか？」

そんな聴き取りの結果、佳喜が「ちょうどこんな感じです」という絵が完成した。

ユリエの背後に回って覗き込んだ鶴彦が、最初に感想を洩らす。

「ぞっとしますね。こんなもの、ホラー映画の中でも視たことがない。口があるということは生き物のようですが」

篠子は、おぞましくて正視に堪えない様子だ。蓬莱は、しきりに首を傾げている。

「先生。これは何なんですか？」

一同を代表する形でユリエが尋ねた。

「化け物だね」

「こんなものをこれまでにご覧になったことがありますか？」

「ない」

幾多の心霊現象に対してきた濱地健三郎をもってしても、正体不明ということか。

探偵は狼狽の素振りもなく、佳喜に質問していく。

「こいつが宙に浮かんでいたそうですが、高さはどれぐらいでした？」

「三メートルほど……でした。真下から見上げたわけではありません。わたしの前方一メートルぐらいのところにいたんです」

「ひらひらさせている長短五、六本の布。このどれかがあなたに触れたわけだ。本体が人間の頭部よりひと回りは大きく、そこから伸びた布の長さが本体の七、八倍はあったとすれば二メートルを優に超しますから、三メートルの上空に浮かんでいても先端があなたの顔に届く」

それしきの足し算は、ユリエもとうに済ませていた。

「このようなものを、かつて夢で視たこともないんですね？」

「はい」

「無意識に悪戯描きしたことも想像したこともない？」

「ありません」

「では、こいつから連想したり想起したりするイメージなどは？」

「ないです。まったくない」

次の質問は、鶴彦に向けられた。

「佳喜さんがコレと接触した場所で、何か事件や事故が起きたことはありますか？」

社長の返答に迷いはなかった。

「会社のすぐ近くですから、ここ二十四年間は何も起きていないと断言できます。因縁めいたものが生じる場所ではありません」

「お二人は肩を並べて歩いていたそうですが、あなたは妙な気配などを感じて──」

「ないですね」

「ない、ない、ない。ないない尽くしですか」

探偵は失望の色を見せることもなく、オールバックの髪を右手で撫で上げた。解決の取っ掛かりが見つからなくて内心は焦りかけているのではないか、とユリエはやきもきしてしまう。

質問が変わる。

「つかぬことを伺いますが、最近、会社の近辺で自殺者が出たことは？」

鶴彦は異物を呑んだかのように、一瞬だけ言葉を詰まらせる。

「うーん、お話がどうつながるのか判りませんが、隣町で一件ありました。七十代の女性です」

「時期は？」

「半月ほど前のことです。一人暮らしでしたがお元気で生活にもゆとりがあったはずなのに、首を吊るなんて変だな、という噂を耳にしました」

「その一件だけですか。事故死や不審死はどうです？」

「存じません」

鶴彦は質問の意図を知りたそうにしていたが、濱地は人差し指を眉間に当てて黙ってしまう。

「これまでの話をお聞きになって、いかがでしょうか？」

やや遠慮がちに蓬萊が感触を訊いた。

「ないない尽くしのおかげで、可能性が狭まりました。七十代女性の自殺も真相を示唆しているようだ。こういう案件にぶつかったのは久しぶりです」

ということは、初めてでもないわけだ。どのように対処すればよいかについても、すでに胸中にあるのかもしれない。可児夫妻のために、そうであることをユリエは祈りたくなった。

佳喜も微かな希望を見出したのでは、と彼の方を見たら、思いつめた顔でテーブルを見つめている。膝に置いていた両手が上がって行って、胸元で虚空をまさぐるようにしているのは何故？

「可児さん」

濱地が呼び掛けると、佳喜は自分の手をにらむ。指先がわなわなと顫えていた。

「また発作がきます。夜中に寝ていて足が攣る時のように。前触れが判るようになってきたんです」

彼の体の周囲に普通ではないものが現われるのではないか、とユリエは注目した。まだ奇怪なものは視えてはこないが、不可視の何かの気配を皮膚で感じた。

「手近に危ないものはないな？　出ていないね？」

周囲を見回しながら鶴彦が訊くのに、「ありません！」と篠子が応える。彼らは肝心の佳喜を見ておらず、彼が顫える手を喉元に運ぼうとしているのに気づいていなかった。ユリエは戦慄（せんりつ）する。人間は自分で自分の頸（くび）を絞めて自死することも不可能ではない、と本で読んだことがあった。

「先生！」

指摘するまでもなく、探偵は事態を理解していた。

「心の準備をする時間がもらいたかったが、こればかりは仕方がない」

濱地はそう言ってから、両手で拳を握ったり開いたりした。仕事に取り掛かるか、という仕草だ。

「佳喜さん、立てますね？　何が起きるかが読みにくいので、さっきの部屋に戻ってください。そこでやります」

相手が呻（うめ）きながら頷くのを確かめてから、ユリエに指示が飛ぶ。

「きみはこなくていい。どうなるか、本当のところわたしにも判らないんだ。他の皆さんもここに留（とど）まってください」

「でも！」

ボスは抗議しようとする助手を無視して、佳喜の肩に手を添えてダイニングから出て行く。じっとしていられるか、と言うように蓬萊がそのあとを追ったので、ユリエも廊下に出た。

濱地の助けを借りながら、佳喜はよろよろと客間に入る。二人の姿が見えなくなった途端、部屋の中から野太い叫び声がした。死に誘う〈叫び〉が佳喜の頭を突き破って外部に洩れたかのようだ。獲物がしつこく歯向かうのに業を煮やしたか、あるいは濱地という邪魔者が介入してきたことが気に食わなくて凶暴性を増幅させたのか。とにかく局面が変わったらしい。

蓬萊は、開いたままのドアの前で祈禱の言葉を唱え始めた。その体を押しのけるわけにもいかず、ユリエは肩越しに部屋の中を覗く。ベッドに腰を下ろし、叫ぶ死神と肩を顫わせながら闘っている佳喜を、探偵は張りのある声で鼓舞していた。

「人間は終わりが見えない状況に耐えられない。痛みや悲しみはもちろんのこと、際限もなく続くように感じられる日常さえ呪うものです。あなたは、いつ終わるとも知れない理不尽な苦しみと闘い、死の衝動を見事に斥けてきました。大したものです。これが最後ですから、もう一度だけがんばってください。ほら、枕元にご家族で撮った写真がありますよ。これまでもそれを力にしてきたのでしょう。死ぬわけにはいかない、死んでたまるものか、と。生きようとする強い意志をもってあなたが耐えている間に、わたしが終わらせます」

佳喜は写真立てを取り、両手で包み込んだ。そして、濱地に問う。

「終わらせ、るって……道具も、なしに……どうやって？」

これまでの経緯を聞いたばかりの濱地には準備ができていないのではないか、と案じているのかもしれないが、この探偵はいつだって徒手空拳でことに当たる。

「説明するのは難しい。枝葉を払ってひと言で言うならば——対象の存在を否定します」

ボスは、依頼人を悩ませる霊的なものと対話が可能であれば言葉を用いる。対象に共感を示しつつ説得することもあれば、峻烈な叱咤をぶつけることもあり、またその願望をかなえてやることもあった。対応の仕方は状況に応じて融通無碍にして千変万化。しかし、今回は対象の存在をただ〈否定〉するということは——まったく言葉が通じず、コミュニケーションが成立する余地がないのだ。

ユリエは理解した。ボスに遠ざけられたのは、そんな相手と向き合った経験が助手たる自分にないからだ。

写真立てを持ったことで気力が湧いただけでなく、両手がふさがったことも佳喜にはありがたかったようだ。そうしていれば、おのれの頸を絞めようがない。あとは、濱地がどうやって〈終わり〉を実現させるかだ。

何かが視えてきた。

佳喜の証言に基づいて描いた絵がどこまで正確だったのか、答え合わせの時だ。部屋の一隅の天井近くに現われたのは、ほぼユリエが描いたとおりのもので、物体とも生物とも知れない。白い布を乱雑に丸めたような本体は、数知れぬ襞(ひだ)を持つ人間の脳にも似ていた。中央にある厚い唇が開くと乱杭歯(らんぐいば)と黒ずんだ舌が覗くのがおぞましい。

本体から伸びた触手のごとき布は六本。あるものは折り畳まれ、あるものは空中で海藻のように揺れ、別のあるものは壁を撫で、それぞれが違った動きをしている。濱地は声を発することなく、そちらに向けられた横顔にも表情はなかったが、無言でそれを〈否定〉し続けているのだろう。奇怪な布の塊に視力があるのか不明だが、その口は探偵の方を向いており、挑発するかのごとく舌を下品にちらつかせていた。

両者は対峙(たいじ)し、佳喜はじっと堪えている。助手として何もできないのを不甲斐(ふがい)なく思いながら、途切れることのない蓬莱の祈禱がいくらかでも濱地の掩護(えんご)になっていることをユリエは希(ねが)うばかりだ。

そのものを見つめる探偵のまなざしは静かな水面のようで、安らかでさえある。精神の集中が極限に達して、顔の筋肉を一ミリ動かす力さえ惜しんでいるのか。だとしたら、人間の業ではない。

そのものは小さな膨張と収縮を繰り返し、心臓が鼓動を打っているかのよう。長短六本の触手は本体の近くで不揃いな上下運動を続けていた。

ぶつかり合う両者の力が拮抗(きっこう)しているせいなのか、互いに攻撃する隙を探っているのか。

場の空気が重く、あまりにも濃密なので、ユリエは時間の観念を失う。この状態が果てることはあるのだろうか、と疑いたくなった。

ボスは言った。――「対象の存在を否定します」

ならば自分も倣わなくては。やり方は教わっていないけれど、あの異形のものをとにかく〈否定〉する。

――こんなものは存在しない。あり得ないから。

いや、理屈は要らない。

――これはない。

――これはない。

――ない。

――ない。

――ない。

――ない。

――ない。

――ない。
――ない。
――ない。
どうにかして言葉も捨てようとした。
うまくできているという自覚は持てないが、懸命に試みる。
駄目だ。
敵意を込めた言葉をぶつけなくては否定し切れない。
――可児佳喜さんに手を出すな。
――お前なんか消えてしまえ。
――逃げるのも許さない。
――消えろ。
――消えろ！
――消えろ！
――消えろ！
念じているうちに、自分の方が消えてなくなりそうな気がしてきたところで――。
「ああ……」
佳喜が脱力した声を出して、がくりと両肩を落とす。緊張感に満ちた静寂の中での闘争がクライマックスを迎えたのだ。

布の塊が、空中でこちらに向けて転がった。二回転、三回転したかと思うと、触手の一つがするすると伸びてくる。

「よけろ！」

濱地が吼えるように叫んだ。佳喜が屈しないと見て、それは標的を変えたらしい。「えっ？」と祈禱を中断したものの、拝み屋は逃げようとしない。ユリエは蓬萊の体を後ろに引き倒し、無我夢中で体の位置を入れ替える。触手は頰の間際で長さが尽き、からくも止まった。

腐臭が鼻を突いたのに顔をしかめていると、それはするすると後退して、本体のそばへ戻る。六本の触手はすべて縮こまり、防御の体勢に転じたかのようだった。

「志摩君、ドアの前から離れるんだ。仕留める」

命令に従い、蓬萊を抱えるようにして廊下の客間の前から退散した。室内で何が行われているか判らなくなる。

「あ」

とだけ聞こえた。異音というしかなく、一刀両断された〈叫び〉の首が飛ぶ断末魔にも思えた。

濱地が佳喜に話しかける声がする。内容は聴き取れないが、異常な状況が終了したことを告げているらしい。安堵で全身の力が抜けた。

「あなた――」

蓬萊がユリエの二の腕を摑んだ。満面に驚きを表わしながら。

「視えていたんですね。わたくしには視えなかったものが。なんてことかしら。濱地先生の片腕を務めるだけのことはある。どんなものでした？　あなたがお描きになった絵のまま？」

「結構……似ていました」

廊下に尻を突いていた二人が立ち上がったところで、濱地たちが出てくる。佳喜は解放されたことがまだ信じられないのか、放心しているように見えた。ダイニングで待機していられなくなって出てきた篠子が、事態を察してたちまち笑顔になる。

案件は処理されたのだ。

「濱地先生、ありがとうございます。こんなに早く、こんなに鮮やかに解決していただけるとは」

探偵の手を握らんばかりの感謝を示してから、鶴彦が尋ねる。可児佳喜に取り憑いたものは何だったか、と。

探偵と助手は、日が暮れる頃には帰路に就いた。慌ただしいトンボ返りだ。

濱地の精神的な消耗が大きかったので、ユリエは宿泊して休むことを勧め、スマートフォンで適当な宿を探しかけたのだが、ボスは事務所の上階にある自分のねぐらに戻りたがった。

疲労困憊のため休息は必要だったらしい。いつになく帰りの新幹線はグリーン車を希望した。車内はよく空いていて、二人の周辺には乗客の姿がない。車窓は暗く、聞こえてくるのは列車の走行音だけ。濱地は窓側の席で昏々と眠り、先ほどの出来事を思い返していたユリエも時にうつらうつらした。

一時間ほどして探偵の目が開いた。そっとしておいてあげたかったが、我慢できない。

「先生」

「ん？」

「あれの正体について社長さんに訊かれて、『化け物としか言いようがありません』と答えていましたけれど、本当は何だったんでしょうか？」

駅を通過し、ホームの明かりが飛び去った。

「適当な返事ではぐらかしたわけじゃない」

「心霊現象ではないんですか？」

「わたしの専門分野である現象だよ。幽霊ばかり扱うのでもない。いや。あれだって幽霊と呼べる」

「死んだ人の思念がこの世に留まって実体化したものなんですか？」

「思念が現象化したものだ。ただし、対話不能の存在。あえて乱暴な言い方をすれば、幽霊の屑だよ。何らかの経緯で他の現象に転化しそこね、目的もなく生きた人間を襲うだけだから始末が悪い」

「そんなものがあるなんて、初めて知りました」

「めったにないことだよ。きみにレクチャーするのはまだ早い、と思っていた。わたしを手助けしてくれるようになって、まだ一年も経ってないからね」

これまでに手掛けた案件だけでも、ユリエには信じられないことの連続だった。助手の成長段階を見ながら、いつか話して聞かせるつもりだったらしい。

「幽霊の屑という表現は、すごく新鮮です。人間とは懸け離れた形をしていましたけれど、あれでも幽霊なんですね？」

「もともとはヒトの形をしていて、何かの目的や希いを持っていたんだろう。肉体とともに滅びず残ったその想いが、ねじれて歪んだ成れの果て。そんなものが稀に生じる」

「ねじれて歪んで——通り魔になった幽霊、ですか」

「そう。襲う相手は誰でもよかった」

化け物以外の言葉を思いつかない。

「……最悪」と吐き捨てた。

「ところで、赤波江さんがどうして警察官になったのか、聞いたことがあるかな？」

「いいえ」

「中学生の頃、弟が自転車で転んで怪我をした。何者かが道路上に張ったロープに引っ掛かったんだ。悪質極まりないね。幸い軽傷で済んだが、犯人は判らず仕舞い。弟想いの彼は怒りまくり、ワルをこらしめるために刑事を志したんだそうだよ」

「今回のアレと似ていますね」

アレは、触手を路上に垂らして誰かが触れるのを待っていたのだ。並んで歩いていた鶴彦は危機一髪で、佳喜は不運だったと言うしかない。彼の前に隣町の女性が犠牲になったと思われる。

佳喜が生き延びられたのは濱地のおかげだが、探偵がやってくるまで妻子のために「まだ死ねるもんか」と持ちこたえたことが大きい。同じ窮地に陥った時、それだけの力が自分に出せるだろうか、とユリエは考えてしまう。

襲う相手は誰でもよかった。

胸がむかつくようなフレーズだ。道路にロープを張る陰湿な犯罪者のみならず、街角で嫌がらせのために肩をぶつけてくる不愉快な人間もまた、幽霊の屑の眷属（けんぞく）だろう。

叡二が「ぼくは、ああいうのが赦せないんです」と憤った顔を思い出した。

「さっきのお化けは始末なさいましたけれど、ああいうものは、どこかの町に今日も現われているんでしょうか？」

「いるかもしれないね。いつかどこかに、きっと現われるのは確かだ」

「布をひらひらさせたのが？」

「いいや。一体ずつ形も現われる場所も違うし、取り憑いた相手に『今ここで死ね！』と命じるとは決まっていない。原因不明の死病に罹らせたり、他人に危害を加えるよう唆したりする奴もいた。どんな奴なのかは遭遇してみないと判らない」

「先生のお仕事について、わたしは認識が充分ではありませんでした。通り魔ともやり合うんですね」

「また訊いてしまうが、恐ろしくなったらわが社を去ってもかまわない。きみを失うのは惜しいが、無理に引き止めたりはしないよ。この稼業は時にスリリングすぎる」

ユリエは、微笑しながら首を振った。幽霊にも通り魔がいると叡二が知ったら、

「本当に大丈夫なんですか？」と再考を促しそうだが、怯んだりしない。そんなものは赦せないし――。

「わたしは今日、世界の恐ろしさをまた一つ知ってしまいました。あまりにも理不尽で危険。だからこそ先生のそばにいることを望みます。いざという時に救ってもらえ

るから、どこで働くよりも濱地探偵事務所は安心です」

「理不尽で危険。まさにそのとおりだね」

また駅を過ぎ、十二月の街の灯が車窓を流れる。

「いくら嘆いても、わたしたちは世界の理不尽さから逃れることはできない。せめて精一杯の抵抗をしよう。そうやって生きていくしかないし――理不尽なるものを撲滅して『それは当然こうなる』で満ち満ちた世界が実現したら、きっとわたしたちは別の苦痛を味わう。時として理不尽さがもたらしてくれる幸福も失せてしまうんだから。どこにどんな危険が潜んでいるか知れないとしても、この世界は地獄ではない。幽霊だのお化けだのの相手ばかりして、何が面白くて生きているんだろう、ときみの目に映っていたとしても、わたしは生きることを楽しんでいるよ」

「何が面白くて生きているんだろう、なんて失礼なことを思うわけありません！」

ドアが開いて車内販売のワゴンが入ってきたので、ユリエは口元を覆った。

「ああ、色々と売りにきたね。アイスクリームが食べたくなった。志摩君もどうだ？」

ボスが財布を取り出しながら言う。

「喜んで」

バニラと抹茶を買った。並んでスプーンを使っていると、数時間前にあったことが夢にしか思えなくなってくる。

「おいしいね。いつか食べてみたいと思っていたんだ」

「新幹線のアイスを召し上がるの、これが初めてなんですか？」

探偵はうれしそうに答えた。

「そう。生まれて初めてだよ」

あとがき

『濱地健三郎の幽たる事件簿』は、心霊探偵・濱地健三郎とその助手・志摩ユリエが様々な怪異と相対する連作短編集で、『濱地健三郎の霊なる事件簿』に続くシリーズ第二作にあたるが、本書から先に読んでいただいても何ら支障はない。――などとシリーズものの作者はよく言いますが、本当です。

一編を除いて怪談専門誌『幽』（後に『怪と幽』）で連載した作品だから怪談として読まれることを想定していると同時に、前作の〈あとがき〉に記したことを繰り返すと、怪談でもミステリーでもなく、「両者の境界線において新鮮な面白さを探すこと」を目論んで書かれている。新鮮な面白さ、出ていたでしょうか？

収録作について、執筆の経緯や作者の雑感などを綴って〈あとがき〉としたい。

『ホームに佇む』のみ、怪談専門誌ではない『小説BOC』に寄稿した。他の作品より短いのは、媒体が違うせいだ。「山手線の駅を舞台にした短編で特集を組みます。お好きな駅を選んで書いてください」という依頼だったので、生粋の大阪人である私は辞退しかけた。そういう小説は子供時代・青年時代から山手線に親しんでいた作家が書くのが面白そうに思えたのだが、私は鉄道好き・駅好きであるし、「大阪の作家が山手線を描くのも一興ではないか」と翻意した。濱地を起用したのは、たまたまこのような物語の着想を得たため。「有楽町駅でなくても成立する話だな。山手線をしっかり描いてもいない」と言われたら返す言葉がない。それでも、あなたが有楽町駅のホームに立った時、あるいは東海道新幹線に乗って有楽町駅のそばを通過する際、この小説をふと思い出してくださることがあれば、作者としては「よしよし」なのである。

『姉は何処』の濱地は推理を巡らせ、罠を仕掛ける。本書中で最も名探偵らしさ（探偵らしさとはまた違う）を発揮する作品だろう。何が起きたのかを解説して終わりだったら〈幽霊が出てくるミステリー〉としてまとまってしまうので、そうならぬようああいう幕切れを用意した。発表順を変えてこの作品を二番目に置いたのは、彼はあくまでも探偵であり、単に勘のいい男ではないことを読者に示したかったから。

『饒舌な依頼人』は、依頼人の抱える問題を解決するために濱地がいかに融通無碍（この言葉は最後の『それは叫ぶ』にも出てくる）であるかを描いた作品。言葉のコスプレよろしく江戸っ子の語り口を書いているうちに、ついつい江戸弁が移りそうになった。濱地は怪異にまつわる謎解きをするだけではなく、ハードボイルドの私立探偵のごとくトラブルシューターの役目も担っているから、こういう作品も交る。

『浴槽の花婿』は、まず題名ができた。作中でも言及されている牧逸馬の犯罪実話『浴槽の花嫁』を現代教養文庫で読んだのは高校生の頃。犯罪史に残る有名な事件だが、大人になってどんな職業に就くかもしれないので（私は当時からミステリー作家志望だったけれど）、高校時代から色んな本を読んでおくものですね。遺産や生命保険金を目当てに結婚を繰り返し、三人の妻を浴槽で溺死させた伝説の殺人鬼の名前はジョージ・ジョセフ・スミス。絞首刑に処せられたのは第一次世界大戦中の一九一五年で、まだシャーロック・ホームズの物語が書かれていた時代である。

『お家がだんだん遠くなる』は、幽体離脱をモチーフにしようと構想を練るうちに、このような物語ができた。濱地とユリエに捜査で駆けずり回ってもらおう、叡二も参加させようか、という感じで。題名に幽体離脱という言葉を遣うつもりでいたら、書いている途中で自然とあの歌が浮かび、残念ながら変更を余儀なくされた。

何故、残念がったのか？　それは、後に短編集をまとめる際に書名を『濱地健三郎の幽たる事件簿』にしたかったからである。前作『濱地健三郎の霊なる事件簿』の〈霊〉の字は目次から拾った。それを踏襲するためには、本書の目次には〈幽〉を入れなくてはならない。

幽庵、幽玄、幽冥……と頭の中で辞書をめくっているうちに思いついた幽霊部員という言葉から生まれたのが『ミステリー研究会の幽霊』。いつも題名を先に考えているわけでもないが、このシリーズではそういうことがよく起きる。

ホラー小説色が強い『それは叫ぶ』も、確か題名から決まった気がする。濱地とユリエは、今後もこの作品に登場したような敵と遭遇する機会があるだろう。二人の冒険は、まだまだ続く。

はたして次はどんな物語ができるのか、自分でも想像がつかないことを作者は楽しんでいる。

鈴木久美さんの装丁とQ－TAさんのコラージュによって、「これは素晴らしい」と濱地も相好を崩しそうな表紙になりました。幸甚です。

また、雑誌掲載時には中央公論新社の渡辺千裕さん、『幽』『怪と幽』編集部の細田明日美さん、白鳥千尋さんに、単行本化にあたってはKADOKAWA文芸図書編集部の光森優子さんに大変お世話になったことに深謝いたします。

そして、お読みいただいた皆様へ。

ありがとうございます。

二〇二〇年三月十五日

有栖川有栖

文庫版あとがき

文庫化にあたり、『ミステリー研究会の幽霊』の末尾に、セイリッシュ海のミステリーが解けつつある旨を付記したが、もう少し知りたい方がいらしたら、『科学で解き明かす禁断の世界』（エリカ・エンゲルハウプト著／関谷(せきや)冬華(ふゆか)訳　日経ナショナルジオグラフィック社）の「＃5　人間の足が続々漂着」にくわしい。流れ着いた足の多くがスニーカー（発泡素材が使われている）を履いていたことも手掛かりとしてミステリーが解明されつつある。

もう一つ付け加えると、この短編が掲載された『怪と幽』では、〈ムーと怪と幽〉という特集が組まれていた。たまたまそういう巡り合わせになったのだが、執筆中に特集について知ったので、それならばと作中に実在の「世界の謎と不思議に挑戦するスーパーミステリー・マガジン」に登場してもらった。

さらに蛇足。単行本の〈あとがき〉に書いたとおり、『濱地(はまじ)健三郎(けんざぶろう)の幽(かくれ)たる事件簿』という書名は、『ミステリー研究会の幽霊』から幽の字を採っている。第一短編集は『濱地健三郎の霊(くしび)なる事件簿』だった。そこで霊を使ってしまっているので、第二短編集の目次には霊の字が入らない方がスマートだったな、と後になって思ったりもしたが——本当にどうでもいいことですね。

文庫版のカバーイラストは、前作と同じく志摩（しま）ユリエ名義で大路浩実（おおじひろみ）さんに手掛けていただきました。ユリエの絵の腕前は、作者の想定をはるかに超えていましたね。今回もありがとうございます。

門賀美央子（もんがみおこ）さんは、大阪の天王寺七坂を舞台にした怪談集『幻坂』で濱地が世に出た当初から、この心霊探偵を見守ってくださっていました。本書に素晴らしい解説をお寄せいただき、うれしいばかりです。

そして今回もご担当いただいた編集部の光森優子（みつもりゆうこ）さん、引き続きよろしくお願いいたします。

濱地の事務所には、今日も依頼人からの電話が——。

二〇二二年十二月十四日

有栖川有栖

解説

門賀美央子（文筆家）

有栖川有栖といえば新本格ミステリー。

この図式は揺るぎないものだが、近年の有栖川氏は優れた怪談文学の数々を世に送り出している。

けれども、氏の新たな顔が広く知られるには少々時間を要したようだった。

今でも忘れられない出来事がある。

二〇一一年、とある新本格ミステリー畑の人と話をする機会があった。名は仮にXさんとしておこう。

Xさんは新本格ミステリーについて深い知識と読書歴を有していただけでなく、自身も新本格の習作を書くほどジャンルにのめり込んでいた。そして、新本格作家の中ではとりわけ有栖川氏を神のように尊敬していた。

先に告白しておくと私は、新本格というジャンルに関しては、彼のようなコアな層には小学生レベルと判断されるであろう程度の読者である。よって、最初はもっぱら

Xさんの新本格談義の聞き手に徹していた。

しかし、話が有栖川氏に至り、小説のみならず評論関係まで熱く長く語るにもかかわらず、一連の怪談作品に触れる気配がないことにだんだんじれてきた。

そこで、Xさんが長広舌のあと、とっくに冷めたコーヒーをひと口飲むタイミングを見計らって口を挟んだ。

「有栖川さんの怪談作品についてはどうお思いになります？」

その直後の、鳩が豆鉄砲を食ったような彼の顔は、今も忘れられない。

「怪談、ですか？　有栖川さんが？」

「ええ、ここ数年、何本か書いていらっしゃいますよね」

私としては、これだけ熱心な有栖川ファンなら押さえていて当然と思っての発言だったが、彼は大いに戸惑ったらしい。露骨に（新本格の盟主が怪談なんて）という顔をした。なんならレーゾン・デートルが脅かされたのかと疑うほどの動揺が目に浮かんだのだ。

「いや、あの有栖川さんが、怪談？」

「あら、ご存知ありませんでした？　素晴らしい作品がいくつもありますよ」

攻守交代である。私は、既刊だった鉄道怪談集『赤い月、廃駅の上に』や後に『幻坂』として単行本化されることになる一連の「天王寺七坂」シリーズの、その時発表済みだった作品について、それらが怪談として、また文学としていかに優れているかを滔々と語った。突然の形勢逆転に彼は相槌以外に言葉もなく、ただ黙って聞くばかりだった。どうやらどれ一つ読んでいなかったらしい。有栖川信者を名乗るならあまりに迂闊と言うしかないが、迂闊の理由について、彼は最後に放ったひと言ですべて物語った。

「僕は、論理のない作品には興味がないんですよ」

彼とは、その後会っていない。別に喧嘩別れしたわけではなく、ただ単に機会がなかっただけだが、もし私があの時有栖川ワールドに生まれた新たな名探偵・濱地健三郎をもっと厚く語っていたら、彼の認識も変わっていたことだろう。

なにせ、心霊探偵・濱地健三郎は、彼の愛する論理と私が婬する霊異を両立させる存在なのだから。

ただ、ひとつ言い訳しておくと、当時の濱地は「源聖寺坂」で初登場を果たしたばかりで、霊能力と推理力を併用して事件を解決するスタイルはすでに見せていたものの、有栖川作品に登場する他の探偵諸氏ほど目覚ましい活躍をしていたわけではなかった。どちらかといえば主役ではなく狂言回し的な立ち位置だ。続く「天神坂」に至っては女性においしい上方料理をご馳走しながら説得するだけときている（前段階で探偵としての仕事をしていたのだろうが、作中その部分は語られない）。

なので、やはりXさんを有栖川怪談に導くには、二〇一四年の本シリーズ連載開始を待たなければならなかっただろう。

濱地ものとしての単行本第一作『濱地健三郎の霊なる事件簿』の著者あとがきで、濱地は「一回きりのキャラクターのつもり」で作られ、二作目で「お役御免」にするつもりだったと明記されている。それが今や本にして三冊、作にして二十三編を叩き出す存在にまでのし上がった。もはや有栖川ワールドでは江神二郎や火村英生に並ぶといってよい。

だが、彼らと濱地の世界は、ある一点において完全に異なる。此方では霊は疑う余地なく実在するものであり、現世に迷い出ては怪奇な事件を巻き起こす、という点だ。霊は、物理世界における原子の如く、確実に在るひとつの〝現象〟として扱われるのである。

著者は本作の世界観を、前出のあとがきで次のように説明している。

ふだん私が書いている本格ミステリは超自然的なものを絶対的に否定するが、幽霊やゾンビが実在したり時間や空間が特異な法則で歪んだ世界を舞台にしたりする〈特殊設定もの〉がある。私が目指したのは、そのように怪談やSFを利用したミステリではなく、ミステリの発想を怪談に移植した上で、両者の境界線において新鮮な面白さを探すことだった。

つまり、霊現象をただの道具にするのではなく、怪談とミステリーそれぞれの特性を活かす新ジャンルを築こうとしたのが、本シリーズの始点なのだ。

そして、この試みは怪談とミステリー、双方の読者に迎え入れられた。

怪談専門誌『幽』の終刊後、後継誌『怪と幽』で連載継続になったのは怪談サイドの愛と期待の表れだろうし、二〇一八年の「このミステリーがすごい！」で『濱地健三郎の霊なる事件簿』が四十二位に選ばれたのはミステリー側が試みを受け入れた証とみていいだろう。

そもそも、本シリーズは探偵ものとして極めてオーソドックスな形を採っている。探偵は鋭い観察眼と洞察力、そして豊富な知識／経験をもとに推理を繰り広げる。助手は探偵のよきアシスタントであり、読者にとってはよき橋渡し役となる。こうしたバディ体制は著者の他シリーズにも見られるが、濱地が著者にとって初の専業探偵である点は要注目だ。

依頼人は第一次の事件当事者として、最初から濱地を頼ってくる。巻き込まれ型のスタートもあるにはあるが、基本は「依頼人」あっての事件なのだ。なお、ビルの二階に事務所を構えているのはロンドンのベーカー街221Bに居住したかの名探偵を意識してのことなのだそうな。

　また、濱地は強い霊感と霊に直接干渉できるだけのサイキック能力を有しているものの、「黙って座ればピタリと当たる」類(たぐ)いの霊能者ではない。霊から得られる情報は一材料に過ぎず、一般的な調査があってはじめて推理が可能になる。事件を解決に導くのはあくまでも論理的思考。つまり、本シリーズは、「怪異」要素を除けば、こてこての探偵小説なのだ。Xさんもこれなら不満はあるまい。

　では、「怪異」がほんの添え物なのかというとさにあらず。こちらも本格的である。死霊、生霊、騒霊現象から残留思念まで、あらゆるタイプの「霊」が登場するだけでなく、出現の仕方も大変ユニークだ。

　たとえば、「姉は何処(いずこ)」で現れる発光する女性の霊は、理(ことわり)と不可思議が混在する本シリーズならではの新奇な霊体描写になっている。一方、「それは叫ぶ」で家族を破滅に追いやろうとする妖物(ようぶつ)は江戸(えど)怪談の通り悪魔、さらに言うなら日本神話に登場する禍津日神(まがつひのかみ)の系譜に連なるものだが、正体不明であるがゆえに底しれぬ恐ろしさを醸し出している。

　それら異界のものどもは、派手や大仰を排した筆で、淡々と描写される。

　だからこそ、怖い。

　さらに、幻想的光景を組み込める怪談の特性を最大限に利用して、著者の霊妙かつ奔放なイマジネーション力を思う存分発揮している。こればかりは普通のミステリー作品では叶(かな)うまい。私は、氏の優れた叙景や叙情は怪談作品でこそ十全に発揮されると確信している。

思えばポーもドイルも怪奇心霊の人であった。有栖川氏がその流れの先にいてなんの不思議があろう。読者にはこの幽(かく)れたる沃野(よくや)を味わいながら、存分に彷徨(さまよ)い歩いてもらいたい。

＊本書は、2020年5月に小社より刊行された単行本を、加筆修正の上、文庫化したものです。

【収録作品初出一覧】

ホームに佇む	「小説BOC 8」(2018年1月刊行)中央公論新社
姉は何処（いずこ）	「幽」vol.30 (2018年12月刊行)KADOKAWA
饒舌な依頼人	「幽」vol.28(2017年12月刊行)KADOKAWA
浴槽の花婿	「幽」vol.29(2018年6月刊行)KADOKAWA
お家がだんだん遠くなる	「怪と幽」vol.1(2019年4月刊行)KADOKAWA
ミステリー研究会の幽霊	「怪と幽」vol.2(2019年8月刊行)KADOKAWA
それは叫ぶ	「怪と幽」vol.3(2019年12月刊行)KADOKAWA

濱地健三郎の幽たる事件簿

有栖川有栖

令和5年 1月25日　初版発行

発行者●山下直久

発行●株式会社KADOKAWA
〒102-8177　東京都千代田区富士見2-13-3
電話　0570-002-301（ナビダイヤル）

角川文庫 23492

印刷所●株式会社暁印刷
製本所●本間製本株式会社

表紙画●和田三造

◎本書の無断複製（コピー、スキャン、デジタル化等）並びに無断複製物の譲渡および配信は、著作権法上での例外を除き禁じられています。また、本書を代行業者等の第三者に依頼して複製する行為は、たとえ個人や家庭内での利用であっても一切認められておりません。
◎定価はカバーに表示してあります。

●お問い合わせ
https://www.kadokawa.co.jp/（「お問い合わせ」へお進みください）
※内容によっては、お答えできない場合があります。
※サポートは日本国内のみとさせていただきます。
※Japanese text only

©Alice Arisugawa 2020, 2023　Printed in Japan
ISBN 978-4-04-112337-9　C0193

◇◇◇

角川文庫発刊に際して

角川源義

第二次世界大戦の敗北は、軍事力の敗北であった以上に、私たちの若い文化力の敗退であった。私たちの文化が戦争に対して如何に無力であり、単なるあだ花に過ぎなかったかを、私たちは身を以て体験し痛感した。西洋近代文化の摂取にとって、明治以後八十年の歳月は決して短かすぎたとは言えない。にもかかわらず、近代文化の伝統を確立し、自由な批判と柔軟な良識に富む文化層として自らを形成することに私たちは失敗して来た。そしてこれは、各層への文化の普及滲透を任務とする出版人の責任でもあった。

一九四五年以来、私たちは再び振出しに戻り、第一歩から踏み出すことを余儀なくされた。これは大きな不幸ではあるが、反面、これまでの混沌・未熟・歪曲の中にあった我が国の文化に秩序と確たる基礎を齎らすためには絶好の機会でもある。角川書店は、このような祖国の文化的危機にあたり、微力をも顧みず再建の礎石たるべき抱負と決意とをもって出発したが、ここに創立以来の念願を果すべく角川文庫を発刊する。これまで刊行されたあらゆる全集叢書文庫類の長所と短所とを検討し、古今東西の不朽の典籍を、良心的編集のもとに、廉価に、そして書架にふさわしい美本として、多くのひとびとに提供しようとする。しかし私たちは徒らに百科全書的な知識のジレッタントを作ることを目的とせず、あくまで祖国の文化に秩序と再建への道を示し、この文庫を角川書店の栄ある事業として、今後永久に継続発展せしめ、学芸と教養との殿堂として大成せんことを期したい。多くの読書子の愛情ある忠言と支持とによって、この希望と抱負とを完遂せしめられんことを願う。

一九四九年五月三日

角川文庫ベストセラー

濱地健三郎の霊なる事件簿　有栖川有栖

心霊探偵・濱地健三郎には鋭い推理力と幽霊を視る能力がある。事件の被疑者が同じ時刻に違う場所にいた謎、ホラー作家のもとを訪れる幽霊の謎、突然態度が豹変した恋人の謎……ミステリと怪異の驚異の融合！

ダリの繭　有栖川有栖

サルバドール・ダリの心酔者の宝石チェーン社長が殺された。現代の繭とも言うべきフロートカプセルに隠された難解なダイイング・メッセージに挑むは推理作家・有栖川有栖と臨床犯罪学者・火村英生！

海のある奈良に死す　有栖川有栖

半年がかりの長編の見本を見るために珀友社へ出向いた推理作家・有栖川有栖は同業者の赤星と出会い、話に花を咲かせる。だが彼は〈海のある奈良へ〉と言い残し、福井の古都・小浜で死体で発見され……。

朱色の研究　有栖川有栖

臨床犯罪学者・火村英生はゼミの教え子から2年前の未解決事件の調査を依頼されるが、動き出した途端、新たな殺人が発生。火村と推理作家・有栖川有栖が奇抜なトリックに挑む本格ミステリ。

ジュリエットの悲鳴　有栖川有栖

人気絶頂のロックシンガーの一曲に、女性の悲鳴が混じっているという不気味な噂。その悲鳴には切ない恋の物語が隠されていた。表題作のほか、日常の周辺に潜む暗闇、人間の危うさを描く名作を所収。

角川文庫ベストセラー

暗い宿
有栖川有栖

廃業が決まった取り壊し直前の民宿、南の島の極楽めいたリゾートホテル、冬の温泉旅館、都心のシティホテル……様々な宿で起こる難事件に、おなじみ火村・有栖川コンビが挑む！

壁抜け男の謎
有栖川有栖

犯人当て小説から近未来小説、敬愛する作家へのオマージュから本格パズラー、そして官能的な物語まで。有栖川有栖の魅力を余すところなく満載した傑作短編集。

赤い月、廃駅の上に
有栖川有栖

廃線跡、捨てられた駅舎。赤い月の夜、異形のモノたちが動き出す――。鉄道は、私たちを目的地に運ぶだけでなく、異界を垣間見せ、連れ去っていく。震えるほど恐ろしく、時にじんわり心に沁みる著者初の怪談集！

小説乃湯
お風呂小説アンソロジー
有栖川有栖

古今東西、お風呂や温泉にまつわる傑作短編を集めました。一入浴につき一話分。お風呂のお供にぜひどうぞ。熱読しすぎて湯あたり注意！　お風呂小説のすばらしさについて熱く語る!?　編者特別あとがきつき。

幻坂
有栖川有栖

坂の傍らに咲く山茶花の花に、死んだ幼なじみを偲ぶ「清水坂」。自らの嫉妬のために、恋人を死に追いやってしまった男の苦悩が哀切な「愛染坂」。大坂で頓死した芭蕉の最期を描く「枯野」など抒情豊かな9篇。

角川文庫ベストセラー

怪しい店　有栖川有栖

誰にも言えない悩みをただ聴いてくれる不思議なお店〈みみや〉。その女性店主が殺された。臨床犯罪学者・火村英生と推理作家・有栖川有栖が謎に挑む表題作「怪しい店」ほか、お店が舞台の本格ミステリ作品集。

狩人の悪夢　有栖川有栖

ミステリ作家の有栖川有栖は、今をときめくホラー作家、白布施と対談することに。「眠ると必ず悪夢を見る」という部屋のある、白布施の家に行くことになったアリスだが、殺人事件に巻き込まれてしまい……。

最後の記憶　綾辻行人

脳の病を患い、ほとんどすべての記憶を失いつつある母・千鶴。彼女に残されたのは、幼い頃に経験したというすさまじい恐怖の記憶だけだった。死に瀕した彼女を今なお苦しめる、「最後の記憶」の正体とは？

眼球綺譚　綾辻行人

大学の後輩から郵便が届いた。「読んでください。夜中に、一人で」という手紙とともに、その中にはある地方都市での奇怪な事件を題材にした小説の原稿がおさめられていて……珠玉のホラー短編集。

殺人鬼　——覚醒篇　綾辻行人

90年代のある夏、双葉山に集った〈TCメンバーズ〉の一行は、突如出現した殺人鬼により、一人、また一人と惨殺されてゆく……いつ果てるとも知れない地獄の饗宴。その奥底に仕込まれた驚愕の仕掛けとは？

角川文庫ベストセラー

Another（上）（下）　綾辻行人

1998年春、夜見山北中学に転校してきた榊原恒一は、何かに怯えているようなクラスの空気に違和感を覚える。そして起こり始める、恐るべき死の連鎖！　名手・綾辻行人の新たな代表作となった本格ホラー。

Another エピソードS　綾辻行人

一九九八年、夏休み。両親とともに別荘へやってきた見崎鳴が遭遇したのは、死の前後の記憶を失い、みずからの死体を探す青年の幽霊、だった。謎めいた屋敷を舞台に、幽霊と鳴の、秘密の冒険が始まる――。

霧越邸殺人事件（上）（下）〈完全改訂版〉　綾辻行人

信州の山中に建つ謎の洋館「霧越邸」。訪れた劇団「暗色天幕」の一行を迎える怪しい住人たち。邸内で発生する不可思議な現象の数々…。閉ざされた〝吹雪の山荘〟でやがて、美しき連続殺人劇の幕が上がる！

深泥丘奇談（みどろがおかきだん）　綾辻行人

ミステリ作家の「私」が住む〝もうひとつの京都〟。その裏側に潜む秘密めいたものたち。古い病室の壁に、長びく雨の日に、送り火の夜に……魅惑的な怪異の数々が日常を侵蝕し、見慣れた風景を一変させる。

深泥丘奇談（みどろがおかきだん）・続（ぞく）　綾辻行人

激しい眩暈が古都に蠢くモノたちとの邂逅へ作家を誘う。廃神社に響く〝鈴〟、閏年に狂い咲く〝桜〟、神社で起きた〝死体切断事件〟。ミステリ作家の「私」が遭遇する怪異は、読む者の現実を揺さぶる――。

角川文庫ベストセラー

深泥丘奇談・続々　綾辻行人

ありうべからざるもうひとつの京都に住まうミステリ作家が遭遇する怪異の数々。濃霧の夜道で、祭礼に賑わう神社で、深夜のホテルのプールで。恐怖と忘却を繰り返しの果てに、何が「私」を待ち受けるのか——!?

山の霊異記 幻惑の尾根　安曇潤平

閉ざされた無人の山小屋で起きる怪異、使われていないリフトに乗っていたモノ、岩室に落ちていた小さな靴の不思議。登山者や山に関わる人々から訊き集めた、美しき自然とその影にある怪異を活写した恐怖譚。

山の霊異記 赤いヤッケの男　安曇潤平

赤いヤッケを着た遭難者を救助しようとしたため遭遇した怪異、山の空き地にポツリと置かれた小さなザックから夜出てくるモノとは……自らも登山を行う著者が、山で聞き集めた怪談実話。書き下ろし2篇収録。

山の霊異記 黒い遭難碑　安曇潤平

鐘ヶ岳を登るうちに著者の右目を襲う原因不明の痛み、登山道にずらりと並ぶ、顔が削り取られた地蔵、山の中に響く子どもたちの「はないちもんめ」……山で遭遇する不思議なできごとを臨場感たっぷりに綴る。

山の霊異記 霧中の幻影　安曇潤平

霧の山道で背後からついてくる操り人形のような女性、登山中になぜか豹変した友人の態度、死ぬ人の顔が見えるという三枚鏡。登山者や山に関わる人々から聞き集めた怪異と恐怖を厳しい自然とともに活写する。

角川文庫ベストセラー

山の霊異記　ケルンは語らず　安曇潤平

山の空気を堪能する女性二人の後をつける黒い影、山登りの最中に知人からかかってきた電話に隠された秘密、暴風雨の夜にテント泊の男性が遭遇した恐怖。山という場所の魅力と恐怖を畏怖の念とともに描きだす。

鬼談百景　小野不由美

旧校舎の増える階段、開かずの放送室、塀の上の透明猫……日常が非日常に変わる瞬間を描いた99話。恐ろしくも不思議で悲しく優しい。小野不由美が初めて手掛けた百物語。読み終えたとき怪異が発動する――。

営繕（えいぜん）かるかや怪異譚（かいいたん）　小野不由美

古い家には障りがある――。古色蒼然とした武家屋敷、町屋に神社に猫の通り道に現れ、住居にまつわる様々な怪異を修繕する営繕屋・尾端。じわじわくる恐怖。美しさと悲しみと優しさに満ちた感動の物語。

ゴーストハント1　旧校舎怪談　小野不由美

高校1年生の麻衣を待っていたのは、数々の謎の現象。旧校舎に巣くっていたものとは――。心霊現象の調査研究のため、旧校舎を訪れていたSPR（渋谷サイキックリサーチ）の物語が始まる！

ゴーストハント2　人形の檻　小野不由美

SPRの一行は再び結集し、古い瀟洒な洋館で頻発するポルターガイスト現象の調査に追われていた。怪しい物音、激化するポルターガイスト現象、火を噴くコンロ。怪しいフランス人形の正体とは⁉

角川文庫ベストセラー

ゴーストハント3 乙女ノ祈リ　小野不由美

呪いや超能力は存在するのか？　湯浅高校の生徒に次々と襲い掛かる怪事件。奇異な怪異の謎を追い、調査するうちに、邪悪な意志がナルや麻衣を標的にし――。怪異&怪談蘊蓄、ミステリ色濃厚なシリーズ第3弾。

ゴーストハント4 死霊遊戯　小野不由美

新聞やテレビを賑わす緑陵高校での度重なる不可解な事件。生徒会長の安原の懇願を受け、SPR一行が調査に向かった学校では、怪異が蔓延し、「ヲリキリさま」という占いが流行していた。シリーズ第4弾。

ゴーストハント5 鮮血の迷宮　小野不由美

増改築を繰り返し、迷宮のような構造の幽霊屋敷へ集められた霊能者たち。シリーズ最高潮の戦慄がSPRを襲う！　ゴーストハントシリーズ第5弾。

ゴーストハント6 海からくるもの　小野不由美

日本海を一望する能登で老舗高級料亭を営む吉見家。代替わりのたびに多くの死人を出すという。一族にかけられた呪いの正体を探る中、ナルが何者かに憑依されてしまう。シリーズ最大の危機！

ゴーストハント7 扉を開けて　小野不由美

能登からの帰り道、迷って辿り着いたダム湖。そこにナルが探し求めていた何かがあった。「オフィスは戻り次第、閉鎖する」と宣言したナル。SPR一行は戸惑うも、そこに廃校の調査依頼が舞い込む。驚愕の完結。

角川文庫ベストセラー

散りしかたみに　近藤史恵

歌舞伎座での公演中、芝居とは無関係の部分で必ず桜の花びらが散る。誰が、何のために、どうやってこの花びらを降らせているのか？　一枚の花びらから、梨園の中で隠されてきた哀しい事実が明らかになる——。

桜姫　近藤史恵

十五年前、大物歌舞伎役者の跡取り息子として将来を期待されていた少年・市村音也が幼くして死亡した。音也の妹の笙子は、自分が兄を殺したのではないかという誰にも言えない疑問を抱いて成長したが……。

ダークルーム　近藤史恵

立ちはだかる現実に絶望し、窮地に立たされた人間たちが取った異常な行動とは。日常に潜む狂気と、明かされる驚愕の真相。ベストセラー『サクリファイス』の著者が厳選して贈る、8つのミステリ集。

さいごの毛布　近藤史恵

年老いた犬を飼い主の代わりに看取る老犬ホームに勤めることになった智美。なにやら事情がありそうなオーナーと同僚、ホームの存続を脅かす事件の数々——。愛犬の終の棲家の平穏を守ることはできるのか？

二人道成寺　近藤史恵

不審な火事が原因で昏睡状態となった、歌舞伎役者の妻・美咲。その背後には2人の俳優の確執と、秘められた愛憎劇が——。梨園の名探偵・今泉文吾が活躍する切ない恋愛ミステリ。

角川文庫ベストセラー

震える教室　近藤史恵

歴史ある女子校、凰西学園に入学した真矢は、マイペースな花音と友達になる。ある日、ピアノ練習室で、2人は宙に浮かぶ血まみれの手を見てしまう。少女たちが謎と怪異を解き明かす青春ホラー・ミステリー。

みかんとひよどり　近藤史恵

シェフの亮二は鬱屈としていた。料理に自信はあるのに、店に客が来ないのだ。そんなある日、山で遭難しかけたところを、無愛想な猟師・大高に救われる。彼の腕を見込んだ亮二は、あることを思いつく……。

クレシェンド　竹本健治

ゲームソフトの開発に携わる矢木沢は、ある日を境に激しい幻覚に苦しめられるようになる。幻覚は次第に進化し古事記に酷似したものとなっていく。『涙香迷宮』の鬼才・竹本健治が描く恐怖のメカニズム。

腐蝕の惑星　竹本健治

最初は正体不明の黒い影だった。そして繰り返し襲ってくる悪夢。航宙士試験に合格したティナの周囲に起こる奇妙な異変。『涙香迷宮』の著者による、入手困難だった名作SFがついに復刊！

閉じ箱　竹本健治

幻想小説、ミステリ、アイデンティティの崩壊を描いたアンチミステリ、SFなど多岐のジャンルに及ぶ竹本健治の初期作品を集めた、ファン待望の短篇集、ついに復刊！

角川文庫ベストセラー

フォア・フォーズの素数　竹本健治

『涙香迷宮』の主役牧場智久の名作「チェス殺人事件」やトリック芸者の『メニエル氏病』など珠玉の13篇。『匣の中の失楽』から『涙香迷宮』まで40年。ついに復刊される珠玉の短篇集！

ふちなしのかがみ　辻村深月

冬也に一目惚れした加奈子は、恋の行方を知りたくて禁断の占いに手を出してしまう。鏡の前に蠟燭を並べ、向こうを見ると——子どもの頃、誰もが覗き込んだ異界への扉を、青春ミステリの旗手が鮮やかに描く。

本日は大安なり　辻村深月

企みを胸に秘めた美人双子姉妹、プランナーを困らせるクレーマー新婦、新婦に重大な事実を告げられないまま、結婚式当日を迎えた新郎……。人気結婚式場の一日を舞台に人生の悲喜こもごもをすくい取る。

きのうの影踏み　辻村深月

どうか、女の子の霊が現れますように。おばさんとその子が、会えますように。交通事故で亡くした娘を待ちわびる母の願いは祈りになった——。辻村深月が〝怖くて好きなものを全部入れて書いた〟という本格恐怖譚。

生首に聞いてみろ　法月綸太郎

彫刻家・川島伊作が病死した。彼が倒れる直前に完成させた愛娘の江知佳をモデルにした石膏像の首が切り取られ、持ち去られてしまう。江知佳の身を案じた叔父の川島敦志は、法月綸太郎に調査を依頼するが。

角川文庫ベストセラー

ノックス・マシン　法月綸太郎

上海大学のユアンは、国家科学技術局から召喚の連絡を受けた。「ノックスの十戒」をテーマにした彼の論文で確認したいことがあるというのだ。科学技術局に出向くと、そこで予想外の提案を持ちかけられる。

パズル崩壊 WHODUNIT SURVIVAL 1992-95　法月綸太郎

女の上半身と男の下半身が合体した遺体が発見された。残りの体と密室トリックの謎に迫る（「重ねて二つ」）。現金強奪事件を起こした犯人が陥った盲点とは？（「懐中電灯」）全8編を収めた珠玉の短編集。

友達以上探偵未満　麻耶雄嵩

忍者と芭蕉の故郷、三重県伊賀市の高校に通う伊賀ももと上野あおは、地元の謎解きイヴェントで殺人事件に巻き込まれる。探偵志望の2人は、ももの直感力とあおの論理力を生かし事件を推理していくが!?

ゆめこ縮緬　皆川博子

愛する男を慕って、女の黒髪が蠢きだす「文月の使者」、挿絵画家と若い人妻の戯れを濃密に映し出す「青火童女」、蛇屋に里子に出された少女の記憶を描く表題作等、密やかに紡がれる8編。幻の名作、決定版。

愛と髑髏（どくろ）と　皆川博子

檻の中に監禁された美青年と犬の関係を鮮烈に描く「悦楽園」、無垢な少女の残酷さを抉り出す「人それぞれに噴火獣」、不可解な殺人に手を染めた女の姿が哀切な「舟唄」ほか、妖しく美しい輝きを秘めた短篇集。

角川文庫ベストセラー

写楽

皆川博子

江戸の町に忽然と現れた謎の浮世絵師・写楽。天才絵師・歌磨の最大のライバルと言われ、名作を次々世に送り出し、忽然と姿を消した〝写楽〟。その魂を削る凄まじい生きざまと業を描きあげた、心震える物語。

夜のリフレーン

皆川博子
編／日下三蔵

秘めた熱情、封印された記憶、日常に忍び寄る虚無感――。福田隆義氏のイラスト、中川多理氏の人形と小説とのコラボレーションも収録。著者の物語世界の凄みと奥深さを堪能できる選り抜きの24篇を収録。

金田一耕助に捧ぐ九つの狂想曲

赤川次郎・有栖川有栖・小川勝己・北森鴻・京極夏彦・栗本薫・柴田よしき・菅浩江・服部まゆみ

もじゃもじゃ頭に風采のあがらない格好。しかし誰よりも鋭く、心優しく犯人の心に潜む哀しみを解き明かす――。横溝正史が生んだ名探偵が9人の現代作家の手で蘇る！　豪華パスティーシュ・アンソロジー！

赤に捧げる殺意

赤川次郎・有栖川有栖・太田忠司・折原　一・霞　流一・鯨　統一郎・西澤保彦・麻耶雄嵩

火村&アリスコンビにメルカトル鮎、狩野俊介など国内の人気名探偵を始め、極上のミステリ作品が集結！　現代気鋭の作家8名が魅せる超絶ミステリ・アンソロジー！

9の扉

北村　薫、法月綸太郎、殊能将之、鳥飼否宇、麻耶雄嵩、竹本健治、貫井徳郎、歌野晶午、辻村深月

執筆者が次のお題とともに、バトンを渡す相手をリクエスト。9人の個性と想像力から生まれた、驚きの化学反応の結果とは⁉　凄腕ミステリ作家たちがつなぐ心躍るリレー小説をご堪能あれ！